作品をまたいで見え隠れするモチーフ

作家が互いの伏線を拾い合い、物語をつなぐ重要な役割を果たすことも――

クジラ

エビ沼

絵本

八王子

謎の壁

渦巻きのお守り

つむじ

平蔵

タツムリ

分断の壁

「おおる、おおる……」

ウェレカセリ

鬼仙島

RASEN PROJECT

Chronology

〈螺旋〉年表

★この年表はネタバレを含みます

年表の見方

青の文字……海族

緑の文字……山族

オレンジの文字……主な共通アイテム

原始

BC

3000

寒冷化が始まる

イソベリが海岸で集落をつくる

ヤマノベが山から海辺へ押し寄せる

ウナクジラがイソベリの聖地・シオダマリに座礁する

イソベリとヤマノベの対立、激化

ウェレカセリの描いた壁画が発見される

昭和後期に再発見され、ニュースに!?

古代

AD

724 聖武天皇即位、光明子が皇后に

729 長屋王の変（藤原四兄弟の陰謀）

740 藤原広嗣の乱、その後遷都が相次ぐ

752 東大寺大仏開眼供養

753 鑑真来日

756 聖武天皇崩御

940 平将門の乱、終結

1185 屋島・壇ノ浦の戦いで源氏が平家を滅ぼし鎌倉幕府開設

『ウナノハテノガタ』

大森兄弟

『月人《つきひと》壮士《おとこ》』

澤田瞳子

イラスト：スケラッコ

中世・近世

1192 **源頼朝**、征夷大将軍となる

1198 **頼朝**、落馬（**平教経**による襲撃？）

1333 鎌倉幕府滅亡　**足利尊氏**、**楠木正成**ら活躍

1336 室町幕府開設

1369 **足利義満**、征夷大将軍となる

1399 応永の乱　**大内義弘**ら、**義満**に討たれる

1560 桶狭間の戦い　**織田信長**台頭

1582 本能寺の変　**明智光秀**、**信長**を討つ

1586 **豊臣秀吉**、太政大臣に

1600 関ヶ原の戦い　**徳川家康**勝利

1603 江戸幕府開設

1837 **大塩平八郎**の乱　息子・格之助、**鬼仙島**へ

1863 新選組結成　**土方歳三**ら活躍

瀬戸内海のどこかにある島。江戸時代以降、迫害された海族の人間が集まるようになる。

明治

1868 明治維新

1877 西南戦争　**西郷隆盛**死去（『もののふの国』ここまで）
平蔵、**鬼仙島**へ

1890 呉鎮守府開庁
山神司令長官のもと、**榎木新太郎**らが勤務

1891 **新太郎**の妹・**鈴**、**鬼仙島**へ
海軍、**鬼仙島**を襲撃　**灯**ら海賊が迎え撃つ

『もののふの国』
天野純希

『蒼色《そうしょく》の大地』
薬丸 岳

昭和前期

1937 日中戦争勃発
1941 真珠湾攻撃、太平洋戦争勃発
1942 ミッドウェー海戦／戦局悪化
1944 **浜野清子**、お守りとともに宮城県にある高源寺へ疎開、**那須野リツ**と出会う
1945 **清子**、帰京／東京大空襲

渦巻き状の模様が彫り込まれた木製の首飾り。各時代で登場する。

昭和後期

1951 サンフランシスコ平和条約締結／冷戦激化
1980頃 国内情報機関の強化／**宮子**、スパイとして活躍
1982 **宮子**と北山直人、出会う
バブル景気はじまる
宮子と直人、結婚／**宮子**と直人の母**セツ**の対立激化
紀元前の壁画が発見される
直人夫婦、**セツ**と別居
1989 絵本『アイムマイマイ』の制作開始

螺旋を背負ったカタツムリのヒーローが活躍する。

1989 平成に改元
1992 **南水智也**、**堀北雄介**、北海道で生まれ、幼なじみとしてともに育つ
絵本『アイムマイマイ』、漫画『帝国のルール』流行

2011　**智也**、**雄介**、北海道大学に進学

2012　古文書に**鬼仙島**の記述が確認される

「嬉泉島」が海山伝説の聖地に

2014　**雄介**は渡航を計画

近未来

2030頃　人工知能ウェレカセリの研究が進む

バンド・γ《ガンマ》モコ流行、作曲担当の田中カタナ死去

水戸直正、**檜山景虎**、自動車事故で家族を失う

大停電により、情報のアナログ化が進む

2032　γモコの杏アント死去

2050　ウェレカセリの開発者・寺島テラオ死去

水戸直正、寺島テラオの最後の手紙を運ぶ

2071　**壁**が建設される

東京を東西に分断する長大な壁。

未来

2085　SSS〈スーパー・シミュレーション・システム〉が未来を予測、

その後、映画『眠り姫の寝台』の脚本が作られる

〈レイドバック〉施行により技術の進化がとまる

2089　東京に不眠症が蔓延

2092　**壁**の崩壊がすすむ

2095　**シュウ**、睡眠コンサルタント〈ドリーム8〉に勤務、

眠り姫の秘密を追う

〈螺旋〉の舞台
RASEN Map

8つのバトルが燃え上がる！

海族 vs. 山族

昭和前期
都会っ子vs.山っ子
乾 ルカ
コイコワレ
疎開先の村で出会った二人の少女による宿命の対決！

平成
「生きてるだけ」vs.生産性
朝井リョウ
死にがいを求めて生きているの
平成を生きる若者たちの絶望と祈りの物語

伊坂幸太郎
下記2篇は「シーソーモンスター」に収録

近未来　配達人vs.国家
スピンモンスター
ある天才科学者が遺した手紙を携え、二人の男が世界を救うべく激走する！

昭和後期　嫁vs.姑
シーソーモンスター
バブル期の気弱な勤め人の悩みは嫁姑の過激すぎるバトル

古代
藤原氏vs.天皇家
澤田瞳子
月人《つきひと》壮士《おとこ》
母への想いと、出自の葛藤に引き裂かれる若き聖武天皇

未来
吉田篤弘
眠り姫vs.睡眠薬開発者
天使も怪物も眠る夜
2095年、東京は不眠に悩まされていた。睡眠薬開発を担う青年は謎の美女と出会う

中世・近世
織田信長vs.明智光秀
天野純希
もののふの国
千年近くにわたりこの国を支配してきた武士、その戦いの系譜

明治　海賊vs.海軍
薬丸 岳
蒼色《そうしょく》の大地
明治海軍と海賊の戦いの中で、少年と少女の運命が交錯する

原始　イソベリvs.ヤマノベ
大森兄弟
不明
ウナノハテノガタ
生贄の運命から逃れた女の登場に、死を知らない海辺の一族が戦慄する

中公文庫

蒼《そう》色《しょく》の大地

薬丸　岳

中央公論新社

目次

蒼《そう》色《しょく》の大地

少年が息を荒らげ、山を登ってくる。砦で女が彼を迎え、どうしたのかと訊ねると、「これ、何？　下で見つけたんだ。カタツムリの殻かな」と言う。

女はそれを節くれだった指で受け取り、かざす。

日が透けた。

「これはたぶん、貝殻。貝」

「貝って」

「貝は、海のもの」

その途端、隣で寝そべっていた黒犬がむくっと頭を上げた。

少年は分かりやすいほどにおびえ、顔に手をやらんばかりだ。

「海のものがどうして山にあるの？　海と山はまざらないんじゃないの」

「まざるとかまざらないじゃなくて、ぶつかるの。わたしたちは海の人と会えば、衝突するようになっているからね」

海にあるはずの貝がどうして山にあったのか。昔、海の人間がこのあたりに来た印なのか。もしくは海に行った何者かが持ち帰ったのか。

確かなのは、そこで大なり小なりの争いが起きたことだ。

山の者と海の者の対立は、太古から未来まで繰り返され、その衝突のひとつひとつに物語がある。

海と山、両者を自在に行き来する唯一の者、争いを見届ける者がいつかそう語ったという。

「仲良くやればいいのに」

少年が言った時、海の集落でも、海の子供が海の大人に同じことを口にしていた。

仲良くやればいいのに。

「会ったらいけないんだ」

どちらの大人もそう答えるほかない。

——海と山の伝承「螺旋」より

今日、おまえはよくないことをしたじゃろう――

むかしむかし、隣の畑から抜き取った大根を盗み食いしたその夜に、灯《あかし》を寝かしつけながら爺《じい》ちゃんは言った。

どこで見とった？

まわりに誰もいないことをしっかり確認したのに不思議だった。

爺ちゃんは見とらん。おそらく村の誰も見とらん――

じゃあ、なんでそんなことを言うん。おれは盗っておらん。それでも盗ったというんか。

神様に見られたんじゃ。おまえの目を見たらわかる――

神様なんてばかばかしい。

ええか、灯。誰も見とらんかったとしても神様だけはしっかり見とるよ――

神様なら見られとってもかまわん。殴られんし、牢屋《ろうや》にも入れられん。

牢屋には入れられんがもっと怖いところに連れていかれるよ。真っ暗な闇の中じゃ――

真っ暗な闇の中……

そうじゃ。悪いことをすると神様はそいつの心に灯《とも》るろうそくの火をひとつ消すんじゃ。

いくつのろうそくが灯っているのかはその人によって違う。じゃが、悪いことをするたびにろうそくの火をひとつずつ消していく。代わりに正しいことをすると神様はろうそくの火をひとつ灯してくれる。おまえは今日神様からろうそくの火をひとつ吹き消された。だからおまえの目を見ただけで爺ちゃんはわかったんじゃ――

おれはろうそくの火なんかいらん。腹を満たすほうが大切やろう。

生きている間はそれも大切かもしれん。人から奪えば食べ物も明かりも何でも手に入れられる。じゃが、死んだ後には人から奪うことはできん。自分が生きている間に溜めてきた明かりだけがすべてじゃ。それがなけりゃ進む道もわからず、おまえが行きたい場所には行けん。おまえのおとうやおかあや、わしがいるところには――

天国ってところか？

生きている間に明かりを持たなかった者は真っ暗な闇の中を無限にさまようしかない。

それが地獄じゃ――

一

「緊張してるのか」

その声に我に返り、灯は後ろを振り返った。

声で平蔵《へいぞう》だとわかったが、視界は真っ暗なままだ。闇の中で颪と波と帆がはためく音が聞こえる。この船は黒《くろ》衣《ご》船《せん》と呼ばれ、帆だけでなく船体もすべて黒い。さらに灯たち四人の乗員も黒い着物を着て、顔中に墨を塗りたくっている。

漆黒の闇に包まれていたせいか、灯は先ほどまで爺のことを思い出していた。

「そ……そんなことはない」相手からは見えないと思いながら、灯は首を横に振った。

「うそつけ。さっきからからだが震えてるじゃねえか」

ふたたび平蔵の笑うような声が聞こえた。

「見えるのか？」

「ああ、よく見えるよ。ぶるぶる震えてるおまえの姿がな」

「うそうそ、見えねえって。それにしょうがねえよ。おれも初めての戦《いくさ》のときはびびっちまったもんだ」

少し離れたところから庄《しょう》之《の》助《すけ》の声が聞こえた。

「おれはちっともびびらんかったけどなあ。三人斬ってやったぞ。そうですよね、蒼狼《そうろう》さん」

平蔵が呼びかけたが、蒼狼の声は返ってこない。

三人斬ってやったぞ――

平蔵の言葉が頭にこびりついて離れない。

「いたぞ」

蒼狼の声が聞こえ、灯は前を向いた。真っ暗な視界の中に小さな瞬《また》きが見える。

足音が近づいてきて、灯は顔を上げた。すぐ後ろに蒼狼が立っている。蒼狼に棒のような物を渡される。鞘《さや》に収められた刀だとわかり、全身が強張《こわば》った。

「抵抗する奴は容赦なく叩き斬れ」蒼狼はそう言うとふたたび闇の中に消えた。

小さな瞬きが徐々に大きくなり、その正体があらわになってくる。海に漂う弁才船《べざいせん》の篝火《かがりび》だ。

艫《とも》矢倉《やぐら》に掲げられた篝火に照らされ、ふたりの人影が見えた。

「艫矢倉にふたり、舳車立《おもてしゃたつ》のあたりにもひとりいるな」

蒼狼の声に、灯は弁才船の船首のあたりに目を向けた。たしかにそこにも篝火が掲げられ、人の姿が確認できた。

「見張りは三人か。楽勝だな」平蔵の声が聞こえた。

「油断するな。黒衣船を旋回させてあの船の後ろにつけるぞ」

蒼狼の指示で、平蔵と庄之助の動きが慌ただしくなった。帆を操作しているのだろう。

黒衣船は大きく旋回し、弁才船の後ろについた。

灯は刀を握り締めながら、近づいてくる弁才船を見つめた。

艫矢倉に立つふたりの男の人相が窺《うかが》えるところまで近づき、震える手を必死に抑えつける。

緊張感にたまらず振り返ると、弁才船の篝火に照らされ、蒼狼たちの姿が浮かび上がっている。

蒼狼の蒼《あお》い目と視線が交わり、灯の鼓動が速くなった。

灯も蒼狼と同じように蒼い目をしている。そのことでまわりの者たちから『青鬼《あおおに》』と呼ばれ忌み嫌われながら生きてきた。自分を嫌う者たちの気持ちが今、少しだけわかるような気がする。

蒼狼の蒼い目は冷徹な憎悪をはらんでいる。きっと自分も同じような畏怖《いふ》をまわりの者たちに抱《いだ》かせてきたのだろう。

縄を持った平蔵がゆっくりと海に入った。音を立てないように弁才船の船尾に向かって泳いでいく。

灯に三人の姿が見えるということは相手にもこちらの姿が見えるはずだ。

心配になって艫矢倉を見上げたが、ふたりの男たちはまだこちらの存在に気づいていない。

後頭部にかすかな痛みを感じて振り返った。庄之助が手招きしている。小石をぶつけて灯を呼んだようだ。

灯は足音を立てないように這《は》ってそちらに向かうと、庄之助に縄を握らされた。縄の先端はこの船の出っ張りに巻きつけられている。

手に縄を引く感触が伝わった。目を向けると庄之助が頷《うなず》きかけて縄を引き始めた。灯も掌《てのひら》に痛みを感じながら縄を引き、弁才船の船尾を見上げた。

艫矢倉にいた男のひとりと目が合った。男がじっとこちらを見つめながら首をひねる。

「あっ！」

こちらに気づいて男が声を上げた瞬間、風を切る音がした。男の胸もとに矢が突き刺さり、こちらに向かって落ちてくる。目の前で大きなしぶきが上がった。

灯は呆気《あっけ》にとられて振り返った。弓を構えていた蒼狼が次の矢をつがえて狙いを定める。続けざまに蒼狼が放った矢はもうひとりの男の右肩を貫いた。

男の姿が視界から消え、続いて「海賊だ！　海賊だ！」と叫び声が響いた。

「手を休めるな。引け！」

庄之助の声にはっとして、灯は立ち上がった。足を踏ん張りながら懸命に縄を引く。

弁才船の船尾がどんどん近づいてくる。船尾とぶつかった衝撃でからだが大きく揺れ、灯は海に投げ出された。慌てて船にしがみつくと、庄之助が顔を出した。

「縄を出っ張りに巻きつけて船を固定したら上がってこい」

庄之助はそう言うと、灯を助けることなく立ち上がって刀を腰にさした。蒼狼とともに黒衣船から弁才船に飛び移り、よじ登っていく。

ふいに首筋に悪寒《おかん》を感じて顔を向けると、どんよりと濁った男の目に見つめ返されて灯は絶叫した。矢で胸を射られた男が目を大きく見開いたまま海面を漂っている。

灯は男の亡骸《なきがら》から目をそむけて黒衣船に上がった。甲板にうねっている縄を引き寄せて出っ張りに巻きつけていく。船と船を固定すると刀を腰にさして船尾をよじ登った。

弁才船の艫矢倉に乗り移った瞬間、足を滑らせて倒れた。床についた掌にぬめった感触があり、篝火に照らされて赤黒く光っている。あたりに目を向けるとすぐ目の前で男が倒れていた。先ほど蒼狼に右肩を射たれた男だ。誰かに斬られたようで、背中から流れ出た血が床を染めているのだろう。

灯は吐き気を催し、手を口もとに持っていこうとして思いとどまった。血塗られた手を着物で拭《ぬぐ》ってゆっくりと立ち上がる。

男のからだを乗り越えて前に進んでいくと、いきなり近くの扉が開いて男が飛び出してきた。

灯がとっさに刀を抜いて上段に構えると、男が「ひいぃ……青鬼！」と悲鳴を上げて仰《の》け反《ぞ》った。

「助けてください……殺さないでください……」男が手を合わせながら泣きじゃくる。

「消えろ」

灯が頭を振りながら言うと、男は意味を察したように船尾に向かって駆け出す。しばらくして海に飛び込む音がした。

灯はさらに船首に向かって進んでいき、足を止めた。蒼狼と平蔵と庄之助が十人ほどの男たちに囲まれている。男たちはそれぞれ棒や鍬《くわ》を持っていた。いや、その中のふたりが持っているのは刀だ。

三人は背中合わせになり、男たちに刀を向けている。蒼狼と庄之助は違うほうを向いているが、こちらのほうに顔を向けている平蔵と目が合った。あきらかに形勢は不利だというのに、その目に怯《おび》えはない。

平蔵の右目は灯と同じように蒼いが、左目は黒い。

今日知り合ったばかりだが、そんな目をした者に今まで会ったことがない。

見つめられていることに妙な息苦しさを覚え、灯は平蔵から男たちに視線を移した。

「この海賊どもが！　清水栄太郎《しみずえいたろう》様の船と知っての愚行か！」刀を持ったひとりの男が叫んだ。

その名前は知っている。このあたりの海運を一手に引き受ける大商家だ。

三人ににじり寄っていく男たちを見つめながら、どうすればいいのかわからず立ち尽くすしかなかった。

「清水だろうが何だろうが知ったことではない。海を渡りたければ我々の許しを乞《こ》え」蒼狼が一喝する。

ここからでは背中しか見えないが、臆《おく》した様子は微塵《みじん》も窺えない。

「ふざけるな！　どうしてきさまらのようなごろつきの……」

　いきなり破裂音が響き、灯は驚いてその場にしゃがんだ。

　先ほどまで怒鳴っていた男が倒れ、まわりの者たちがあたふたしている。蒼狼の背中越しに煙が立ち上っているのが見えた。

　ふと目を向けると、平蔵がこちらを見ながら鼻で笑っている。

「仏国《フランス》製だ。ＭＡＳ１８７３といって、弾は六発入ってる。陸軍も手に入れたばかりの拳銃だ」

「どうしてそんなものを……」

　もうひとりの男がそう言いながら刀を構え直したが、蒼狼がそちらに銃口を向けたようですぐに後ずさりする。

「この後ろに船を泊めてある。おとなしくそいつで退散するというなら生かしてやろう」

　蒼狼の言葉を聞きながら、棒や鍬を持った男たちが顔を見合わせた。

「清水の給金はきさまらの命より高いか」

　男たちが棒や鍬を次々と放った。最後まで刀を構えていた男もそれを見て観念したように刀を置く。

　蒼狼が拳銃を振りながらこちらのほうにからだを向けると、男たちが歩きだした。

　灯は蒼狼たちのもとに駆け寄り、背後から男たちを威嚇《いかく》するようにしながら船尾に向かう。

艫矢倉にたどり着くと男たちは、倒れている仲間に気づいたようで次々と手を合わせる。先ほどまで刀を持っていた男が船尾から海面を覗きこみ、すぐにこちらに顔を向けた。

「あんな小さな船じゃ本土まで戻れん」

男の抗議に、蒼狼があざけるように笑った。

「鬼仙島《きせんじま》までならたどり着けるだろう。そこから罪人船《ざいにんせん》に乗って本土に戻ればいい」

罪人船とは本土と鬼仙島を唯一結ぶ船の蔑称《べっしょう》だ。本土に住む多くの者たちが鬼仙島に渡る人間を罪人のように蔑《さげす》むことからそう呼ばれるようになったそうだ。

「鬼仙島って……あんなところに立ち入ったらただでは済まされない」その名前を口にすることさえおぞましいというような口ぶりで男のひとりが言った。

「手段を選ばなければおまえらの半分ぐらいは生き残れるかもしれないな。それともみんな仲良くここで死ぬか」

蒼狼を見つめながら、男たちが悔しそうに顔を歪める。

刀を持っていた男がまわりの者たちに、「しかたがない。行こう」と促して船を降りていった。他の男たちも恨めしそうに一瞥《いちべつ》をくれて次々と黒衣船に乗り移っていく。つないでいた縄を外し、男たちを乗せた黒衣船が闇の中に消えていく。

「どうしてあんな奴らに船をくれてやったんですか」

その声に、灯は目を向けた。平蔵が蒼狼に不満そうな顔を向けている。

「弾の無駄遣いはしたくない」

「この刀でひとり残らずぶった斬ってやりましたよ」平蔵が片手に持った刀を一振りした。

蒼狼が平蔵から視線を外す。灯は蒼狼の視線の先を追った。床に倒れている男が目に入り、とっさに視線をそらした。

「おまえは人を斬りすぎる。それでは本当の恐怖は生まれない」

「どういうことですか」意味がわからないというように平蔵が首をひねる。

「重要なのは死ぬまでの間にどれだけ我々のことを考えたかだ。死の淵に立たされながら、我々のことを恨み、我々の存在を思い知ることで、恐怖はさらに深くなる。ひとりでも生きて本土に戻れる奴がいたらその恐怖が国中に広がる。ここで皆殺しにするのは簡単だが、それは海龍《かいりゅう》様が望むところではない」

海龍――

鬼仙島に住む人間ならその名前を知らない者はいない。いや、鬼仙島にかぎらずこの一帯の島、さらには本土の人間までもが海の支配者としてその名前を知っている。

幕末から明治初期にかけて様々な海戦に陰の参謀として関わり、いくつもの戦いを勝利に導いた人物として虚実入り混じった逸話が飛び交っているが、その実像は杳《よう》として謎《なぞ》だ。

灯自身も桃太郎や金太郎のような実体のないお伽噺《とぎばなし》の英雄ぐらいにしか思っていなか

ったが、その人物が本当に存在し、この周辺の海を支配する海賊と関わりがあるというのか。

「さっきの奴らは生き残れますかね」それまで黙っていた庄之助が口もとを歪めて言った。

「わからない。奴らに鬼仙島に立ち寄る度胸はないだろう。水も食料もないまま本土に戻れたら奇跡だ。まあ、奇跡が起こらなければ仲間の誰かがあの船を見つけて回収するだけだ。奴らの仲間が近くにいないともかぎらない。船の明かりをすべて消して蟻巣島《ありすじま》に戻るぞ」

蒼狼が足もとにあった片手桶《おけ》に手を伸ばした。中に入っていた水で篝火を消すと、ふたたび漆黒の闇に包まれた。

闇の中に大きく目を見開きながら海面を漂う男と、床に倒れている男の姿が交互に浮かび上がってくる。

今、自分が立っているのはまぎれもなく地獄だろう。

蟻巣島は鬼仙島から南西に五十町ほど離れたところにある小さな島だ。

灯は蒼狼たちに連れられて今日初めてその島に渡った。周囲のほとんどは断崖絶壁に囲まれていて、とても人が住めるような島ではないというのが最初の印象だった。

人が住めないから蟻の巣などと名づけられているのかと思ったが、そうではない。島の周囲にはいくつもの穴が開いていて中に洞窟があり、それらが蟻の巣のようにつながっているからそう呼ばれるようになったという。

漆黒の闇の中に仄《ほの》かな灯りが浮かび、そのまま進んでいくと洞窟の入り口が見えた。吸い込まれるように洞窟の中に入っていくと、無数に焚《た》かれた篝火の明かりに包まれた。

平蔵と庄之助が船首と船尾から下に縄を投げた。数十人の男たちが縄をつかんで船を引き寄せ岩に巻きつけて固定する。足場がつけられ、灯たちは船から岩場に降り立った。

男たちが次々と船に入っていき、荷物を運び出していく。

「さすが清水の船だ。お宝がわんさか入ってますね」庄之助が運び出される荷物を見ながら言った。

「そうだな」

蒼狼が歩きだしたので、灯たちは後に続いた。

洞窟の中にはいくつもの道があって、たしかに蟻の巣のようにいろいろなところにつながっているようだ。たくさんの人間が行き交っている。

「海賊は何人ぐらいいるんですか」

灯が訊くと、蒼狼がこちらを見て口もとを緩《ゆる》めた。

「おれたちは海賊ではなく、『鯨《くじら》』だ」

「鯨？」灯は首をひねった。

「そうだ。島の人間はそう呼んでいる。海と、この周辺の島を守る存在だと。仲間は百人ほどだ」

「そんなに……」

「おれたちにはいくつか掟《おきて》がある。ひとつはここでのことは絶対に他言してはならない」

「鬼仙島に戻っても海賊の話はするなということですか」

「だから海賊ではないと言ってるだろう」

蒼狼に睨まれ、「すみません……」と灯は頭を下げた。

「鬼仙島には人殺しや盗人を含めていろんな奴が流れ着く。一日で殺される奴もいれば、一日で本土に逃げ帰る奴もいる。鬼仙島に一定期間住み、そこで生業《なりわい》を持っている者しかこの任務には就けない。だから鬼仙島に戻ればおれも庄之助も、ただの漁師ということだ」

灯は二ヵ月前に鬼仙島に流れ着いてから、蒼狼と庄之助が乗る船で漁師の見習いをしている。灯は一昨日、蒼狼から他の仕事を手伝ってくれと声をかけられここに誘われた。

「仲間の皆さんは漁師なんですか」

漁港で平蔵の姿を見たことがなかった。

「そうとはかぎらない。百姓もいるし、飲み屋をやっている者もいる。平蔵は人力車の車夫だ」

「仮の姿ですよ。車夫になるために鬼仙島に渡ったわけじゃない。おれは海龍様に仕える戦士になるためにここに来たんです」

平蔵が言うと、蒼狼が「そうだったな」と笑った。

「だが、自分が戦士であることを他の者に言いふらすなよ。ここにいる奴らがわかっていればいい」蒼狼がなだめるように言い含める。

「掟だからしかたないけど、そこだけはちょっと不満ですよ。島の奴らのために命がけで働いてるっていうのに、花街の女からさえ敬意を持たれない」

「政府の人間は鬼仙島がごろつきの巣窟《そうくつ》だと認識しているが、海で起こっていることとは無関係だと思っているから放置している。だが、鬼仙島にいる人間が船を襲っていると知られたらそういうわけにはいかない。自分や仲間の身を守るためにこの掟は絶対だ」

「わかってますよ」平蔵が渋々といった様子で頷いた。

細い洞窟を抜けると広い空間があった。十数艘の漁船と黒衣船が泊まっている。

「平蔵、庄之助——ふたりは先に鬼仙島に戻れ」

蒼狼がふたりに告げると、平蔵が「蒼狼さんたちは？」と訊いた。

「これから灯と行くところがある」

「どこですか？」平蔵が不服そうな顔をして訊く。

「どこでもいいだろう。いいから行け」

平蔵が灯に顔を向けた。舌打ちこそしなかったがそれに近い表情をあらわにして庄之助とともに漁船に乗り込んでいく。

漁船が洞窟から出ていくと、灯は蒼狼に目を向けた。

「おれは平蔵さんから好かれてないみたいですね」

「嫉妬《しっと》してるだけだ」蒼狼が口もとを歪めた。

「嫉妬？　どうして……」

「そのうちわかる」

蒼狼が後ろに泊めてある黒衣船に向かった。灯も後をついていき、蒼狼とともに船に乗り込む。船上にいた髪の長い男と目が合った。灯や蒼狼と同じように蒼い目をしている。

「紹介する。蟻巣島を統括している隊長の南城《なんじょう》だ。こっちは今日から入った灯だ」

「よろしくお願いします」

灯は南城と呼ばれた男に頭を下げて、蒼狼の隣に座った。

「出してくれ」

蒼狼が告げると、南城が長櫂《ちょうかい》を操って船を動かした。洞窟の穴を抜け、ふたたび漆黒の闇に包まれる。

「どこに行くんですか」灯は訊いた。

「おまえの迷いを断ち切ってやる」

「迷い……」呟《つぶや》きながら、不安がこみ上げてくる。

「次の罪人船に乗って鬼仙島から出ていくつもりなんだろう」

　思わず蒼狼を見た。その通りだ。

「おまえの目を見ればわかる。人が死ぬのを見て怯《ひる》んだか」蒼狼が冷ややかな口調で言った。

　怯んだのではない。ただ、心が痛いのだ。

　自分には人を殺すことなどできない。だから人を殺さなければならないのであれば、ここにはいられない。だが……

「おまえにはここ以外に居場所などないはずだ。違うか」

　そうだ。

　鬼仙島に流れ着くまで、灯にはどこにも居場所がなかった。

　幼い頃から青鬼と呼ばれ、村の大人たちやその子供たちからずっと忌み嫌われてきた。灯を拾って育てていることでそれまで村の長《おさ》だった爺までもが村八分《むらはちぶ》にされ、村人によって畑を荒らされたりした。

　子供の頃から村人たちの憎悪はすべて感じ取っていた。村人たちの嫌がらせのせいで、自分たちは満足に食べることもできない。それでも爺は人の物を盗んではいけないと灯に言い聞かせ続け、自分が食べるぶんを分け与えた。

そんな爺も灯が十三歳のときに死んだ。

泣きながら家の庭先に大きな穴を掘る灯の姿を村人はあざけるように見ていた。骨と皮だけになった爺をおぶって穴に向かうときも、爺のからだに土をかぶせるときもそうだった。

ひとりで爺を埋葬《まいそう》すると灯は村を出た。だが、どこに行っても自分に対する差別はなくならない。

いくら探しても仕事を得られず、住むところもなく、昔のように畑の作物を盗み空腹をやり過ごしながら生きていくしかなかった。野宿しているところに数人の男たちがやってきて「青鬼はここから出ていけ！」と襲われたことも一度や二度ではない。

このままでは殺されるか、罪人になるしか生きる術はないと絶望していたときに、町で知り合った自分と同じ蒼い目の老人から鬼仙島の話を聞かされた。

そこは青鬼と呼ばれる者たちが唯一平穏に暮らせる場所だという。

瀬戸内海にある島に行くことなどとてもできないと老人は諦めていたが、灯はその話を信じて向かうことにした。

「おまえはここでしか生きられない。いや、ここではおまえは特別な存在でいられる。おまえ自身も薄々気づいていただろう」

たしかに、鬼仙島に流れ着いてから灯は差別を受けたことがない。むしろ島民のほとんどから温かく迎え入れられている。

本土では忌み嫌われた蒼い目も、鬼仙島では何か特別な存在に思われているように感じた。

島で重要な役職に就いているのはすべて蒼い目をした人間だと聞いている。蒼狼も漁師の長としてまわりからの羨望《せんぼう》を集めていた。

「おれが蒼い目をしているからですか」

蒼狼は黙っている。

「どうして蒼い目の人間がここでは……」

「質問ならこれから会うお方にするがいい」

「誰と会うんですか」

「海龍様だ」

灯はびくりとした。

「海《かい》……いや、鯨の長が海龍なんですか」

「海龍様と呼べ。海龍様は鬼仙島とその周辺の海を守る神のような存在だ」

本土の人間からは食い詰めた人間や罪人が最後に行き着く場所として語られる島だが、実際に足を踏み入れるとそれまで抱いていた想像とはかなり違っていた。

もちろん噂のとおりに荒っぽい輩もたくさんいる。喧嘩《けんか》はそこらじゅうで起きているし、海に死体が浮いていることも珍しくない。だが、まともに働き、ここでまっとうに生きようと願っている人も少なくない。

日本のどの土地とも変わらないであろう人の営みが、鬼仙島にもあった。ひとつだけ他の土地と違うのは、自分たちが望んでここに来たわけではないということだ。灯のようにいわれなき差別を受け、他の土地では生きていけない者たちが集まる共同体なのだ。

だが、いくら人の営みがあるとはいえ、鬼仙島に住む人たちは貧しさの中にいる。何かの産業があるわけではない。島の一部を田畑にして米や野菜を作っているが、とても島民のすべてに行き渡るだけの食料を自給することはできない。そういう意味で島の中で唯一機能しているのは漁業だけだが、鬼仙島の漁師だと知られると獲《と》れた魚は誰も買ってくれず、島で消費するか仲介する本土の漁師にタダ同然で買い叩かれるしかない。

蒼狼たちは鬼仙島に住む人たちのために、船を襲って物資を調達しているのだろう。だが、自分たちの命を守るという名目のもとに、ふたりの命が奪われたことに変わりはない。

「そろそろだ」

蒼狼の声に、灯は正面を向いた。先ほどまでは隠れていた月明かりに照らされ、島の輪郭が浮かび上がっている。

あそこに海龍がいる――

仲間になれないと告げたら、自分は生きてあの島から出られるだろうか。

「何という島なんですか」灯は訊いた。

「我々は本殿《ほんでん》と呼んでいる」

さらに進んでいくと仄かな明かりが見えた。だんだん大きくなってくる。吸い込まれるように洞窟の中に入った。

船が泊まると岩場に降り立ち、蒼狼に続いて洞窟の中を進んだ。突き当たりに鉄製の重厚な扉があり、その両側にひとりずつ、鉄砲を脇に抱えた黒ずくめの着物姿の男が立っている。

蒼狼に気づき、男たちが敬礼した。ふたりとも蒼い目をしている。男のひとりが扉を叩くと、備え付けられていた小窓が開いた。

中から覗いた蒼い目と視線が交わり、灯は動揺した。女のようだ。その蒼い目が蒼狼に向けられ、小窓が閉じられた。すぐに重厚な扉が開き、黒い着物姿の女が出てくる。

「どうぞお入りください」

自分と同世代に思える蒼い目の女が蒼狼に会釈して、ちらっと灯を見て微笑した。

蒼狼とともに中に入った灯はすぐに足を止めた。薄闇の中、正面に人影らしきものがある。

目を凝らして見ると、鎧《よろい》を身に着けた人物が座っている。兜《かぶと》のように見えたのは逆立たせた長い髪のようだ。顔には面頬《めんぽお》をつけていて、表情はいっさいわからない。

「海龍様、灯を連れてまいりました」

蒼狼が一歩前に出て言うと、面頬から覗くふたつの目がこちらに向けられたのがわかった。

蒼い目を見つめながら、動悸《どうき》が激しくなっていく。

「今日の任務はどうだった」

女の声が聞こえ、灯は驚いた。

「ええ。無事遂行しました」蒼狼が答える。

「その男も一緒か」

「そうです」

「ご苦労だった。その男とふたりで話がしたい」

隣から蒼狼の気配がなくなり、背後で扉が閉まる音が聞こえた。

「灯と言ったな」

海龍に訊かれ、灯は「はい……」と頷いた。声が震えている。

「なかなかいい名前だ。誰がつけた」

先ほどより声が柔らかくなったように感じた。

「爺です」

「爺……父親や母親ではないのか」

「もしかしたらその人たちも名前をつけたかもしれないけど、おれは覚えていませんでした」

「どういうことだ」

「あまり覚えていないんですけど、おれは子供の頃に爺に拾われました。爺の話によるとおそらく一歳ぐらいだろうということでした。行商に出かけた町で、どこかの軒先に置いてあった木桶の中で泣いているおれを見つけて村に連れ帰ったそうです」

「おまえは今いくつだ」

「爺が言うようにそのときが一歳だとすると二十歳です」

「その爺さんはどうしている」

「七年前に亡くなりました」

「そうか。おまえを仲間として迎えよう。もう下がっていい」

海龍に言われ、灯はゆっくりと後ずさりした。このまま立ち去りたかったが、数歩下がったところで足を止めた。

「申し訳ありませんが仲間にはなれません」

意を決して灯は言ったが、海龍は何も言葉を返さない。

「ここで見聞きしたことは決して誰にも話しません。ですからどうかお許しください」灯はその場で膝《ひざ》をついて頭を下げた。

「我々の仲間でないというなら鬼仙島にいることは許されない」刺すような口調だ。

「承知しています」

「鬼仙島を出て、どこに行くという」

「わかりません。ただ、爺の言いつけに逆らって生きてはいけません」

「言いつけ？」

「子供の頃から爺はおれに言い続けました。悪いことをすると神様は心に灯ったろうそくの火を消すと。そして死んだ後には真っ暗な中でさまよい続けなければならないと。それが地獄なのだと」

「我々は悪いことはしない」

「人を殺《あや》めるのは悪いことではないというんですか」灯は顔を上げて言った。

「別に殺めたくて殺めているのではない。しかたないことなのだ。鬼仙島にいる人間なら陸に住む人間の邪悪さがわかるだろう。奴らは罪のない人間を陸から追い払い、それだけでは飽き足らず島に住む人間を困窮させ、殺そうとしている」

「しかし……」

「蒼い目を持つ人間なら思い知らされているはずだ。陸には居場所がないことを。生きていくことすら叶わないということを」

何も言い返せない。たしかにその通りだ。

「もとは奴らが仕掛けてきたことだ。我々は仲間の命を守りたいだけだ。ただそのためには多少の殺生《せっしょう》も必要になる。奴らが我々の力を思い知り、陸にある物をそれなりに差し出してくれれば、余計な殺生はしなくて済むようになる。そんな世界を実現するためにおまえたちの力が必要なのだ。蒼い目を持った者たちの力が」

「一時であっても人を殺めることに力を貸したくありません」

「ここを出ておまえは生きていくことができるのか。鬼仙島にたどり着くまで、その爺さん以外におまえに手を差し伸べてくれた人間がいたか」

海龍を見つめながら、ひとりの女性の姿が脳裏に浮かんだ。

村人のほとんどから忌み嫌われていたが、鈴《すず》という幼《おさな》馴染《なじみ》だけは灯に優しくしてくれた。

灯たちが空腹なのを知って、こっそりと家から握り飯を持って来てくれたり、爺を埋葬しているときには村人の中で唯一涙を流してくれた。

「ひとりだけいました……」鈴を思い出しながら灯は言った。

「蒼い目をした者か」

「いえ……彼女は黒い目をしていました」

鬼仙島に来るまで灯にとって黒い目は脅威でしかなかった。その目には自分への憎しみや蔑みが渦巻いている。

だが唯一、鈴の目は違った。他の者たちと同じ色をしていても、彼女と目が合うと、心が温かくなり、胸が高鳴った。

「奇特な奴だ。その女のことを想っているのか」

灯は答えなかった。彼女への想いは心の中だけにしまっておきたい。

しばらく沈黙が流れた。

「爺さんの死に顔を覚えているか」

ふいに出てきた言葉に、灯はぎょっとした。

「爺さんは幸せそうにあの世に行ったのか？　違うだろう。青鬼を引き取り育てたことで、まわりからの憎悪に焼きつくされるように、骨と皮だけになりながら逝《い》ったのではないのか」

「どうして……」まるで見てきたような言いかただ。

「今日の船に乗っていた者も、おまえの爺さんを殺した者も何ら変わらない。蒼い目をした人間は陸にいるかぎり青鬼と忌み嫌われ、野垂れ死ぬか、殺されるかしかない」

自分と顔を合わせた瞬間、青鬼と叫び命乞いをしてきた男を思い出した。

立場が逆であったなら自分はあの男に斬られていただろう。そう確信できるだけの経験を今までしてきた。

「今までそんな同志をさんざん見てきた。わたしはそんな野蛮な奴らとは違う。たとえ蒼い目をしていなくてもわたしが作った島に招き入れる」

「あなたが鬼仙島を作った？」

「作り替えたと言ったほうがいいかな。昔から鬼仙島は本土では生きられない、生きる価値がないと言われた者たちが最後に行き着く場所だった。国の監視のもと、ほとんどの人間は劣悪な環境で死ぬまで働かされていたが、わたしたちが乗り込んで島民を解放した。それ以来、我々蒼皇《そうこう》が鬼仙島とそこに住む人たちの平和を守ってきたのだ」

「蒼皇……」灯は初めて聞くその言葉を呟いた。

「そう。蒼い目を持つ高貴な血族だ。どうしておまえは今まで差別され虐げられてきたと思う」

「おれの外見が人と違うからでしょうか」

鈴はそれを個性と言った。自分の大きな耳と同じように、灯の蒼い目も個性なのだと。

「そうだ。おまえが人よりも優れているからまわりの屑《くず》どもは恐れるのだ。だから排除しようとする。我々、鯨の中でも蒼皇の血を持った者は一割もいない。つまり、おまえは生まれながらにして選ばれた人間ということだ。この世界を変えるために必要な選ばれた人間なのだ」

この世界を変えるために――選ばれた人間――

海龍の目を見つめながら、灯はその言葉の意味を考えた。

「おまえに手を差し伸べたという女がどういう人間かは知らない。ただ、仮におまえがどんなに望んだとしても、その女と一緒に生きていくことは叶わないだろう。爺さんと同じ運命をたどるだけだ」

　そんなことは言われるまでもなくわかっている。

　爺が亡くなった後、好きで村から飛び出したのではない。鈴と離れたくなかったが、どうあっても一緒に生きていくことはできないと自分なりに悟り、そばにいるのが辛くてしかたなくなったのだ。

「だが鬼仙島であればその女と一緒に生きていくことができる。そればかりか、わたしが求める世界が実現すれば、陸であっても何の遠慮もなく蒼い目の者たちが生きていけるようになるのだ」

　鈴とともに生きていくことができる。本当にそんな世界が実現するというのだろうか。

「わたしに忠誠を誓うというなら、いつかおまえにその世界を見せてやろう」

二

「撃てーッ！」

　かけ声とともに、耳をつんざくような轟音《ごうおん》が響いた。蒼色《そうしょく》の海原《うなばら》に大きな水しぶきが上がる。続けざまに砲弾が発射され、海面に立ち上る数本の水柱をじっと見つめた。

「壮観だな」

その声に、榎木《えのき》新太郎《しんたろう》は振り返った。服部《はっとり》昇《のぼる》が自分と同じように海を見つめている。

「あんな攻撃を受けたらどんな頑強な外国船でもひとたまりもないだろう」服部がどこか得意げな顔で言った。

「そうだな。だけどそれはこちらにも言えることだ。あんなものがこちらに向かって飛んできたらと考えたら……」

「それでそんな顔をしているのか」

「そんな顔？」

新太郎が訊き返すと、服部が笑みを浮かべた。

「この海と同じように真っ青だ。乗船してからずっと気になってた」

三日前から巡洋艦『白山《はくさん》』に乗っている。呉《くれ》軍港を出港し、瀬戸内海を航行しながら航海訓練や艦砲《かんぽう》射撃訓練を行っていた。

『白山』は全長約百メートル、四十口径十五・二センチ砲を四門、四十口径十二センチ砲を八門搭載した防護巡洋艦で、船員は三百人以上に及ぶ。

「怖くなったか」

服部の質問に答えず、新太郎は視線をそらした。

そうではない。海を見ていると、どうにも気持ちがざわつくのだ。昔から怖気《おじけ》とも嫌悪ともつかない妙な感覚に囚《とら》われる。

　もしかしたら子供の頃に抱いた水への恐怖が頭をかすめるからかもしれないが、付き合いの深い服部にさえその話はしたことがない。海を恐れる人間に海軍の軍人が務まるのかと、からかわれるだけだろう。

「学校にいたときも同じような訓練をさんざんやってきたが、やはり緊張感が違うな」

「それはそうだ。今すぐにでも敵と対峙《たいじ》するかもしれない立場になったんだ」

「そうなればいつ死んでもおかしくないな……」

　声音《こわね》の変化を感じて、新太郎は服部に視線を戻した。海を見つめる服部の眼差しに怯えのようなものが浮かんでいるのを感じる。先ほどの「怖くなったか」という言葉は自身に向けたものだったのかもしれない。

「軍人でなかったとしても人間はいつ死ぬかわからない。おれは恐れてなんかいないぞ。大切な人を守るためにここに来たんだから」

　新太郎が言うと、服部が頷いた。

「おれだってそうだ」

「ひさしぶりに千代《ちよ》さんに会えるな」

　その名前を出すと、服部の眼差しが和らいだ。千代は服部の許嫁《いいなずけ》だ。

　明日からこの隊には休暇が与えられているので、ひさしぶりに帰郷することができる。

「おまえも明日発《た》つのか」

新太郎は頷いた。

服部のような羨《うらや》ましい立場ではないが、自分にも少しでも長く時間を共にしなければならない人がいる。


『白山』での訓練を終えて陸に上がった新太郎は宿舎で荷造りをしていた。

扉が叩かれ、遠藤《えんどう》が部屋に入ってくる。隣室の同期だ。

「そこで山神《やまがみ》司令長官の従卒《じゅうそつ》に会っておまえを呼んでくれと言われた。官舎に来てくれと」

「長官がおれに？」

何の用だろう。

新太郎は同じように荷造りをしていた服部に目を向けた。

「港で待ってる。間に合わなかったら先に行くからな」

「そうしてくれ」

新太郎は服部に告げると部屋を出た。廊下を進もうとしたが遠藤に肩をつかまれる。

「なあ、榎木、長官とは本当はどういう関係なんだよ」

またその話か。新太郎はうんざりしながら溜め息を飲み込んだ。

「この前話したとおりだよ」

自分の恩人というだけで、山神とは血縁関係はないと話した。

「誰にも言わないからおれには本当のことを話せよ。みんなの間で噂になってる。おまえが司令長官の、その……」遠藤が言いよどんだ。

その噂も知っている。まわりの者たちから新太郎は山神の落胤《おとしだね》だと思われているようだ。

新任の軍人にとって司令長官というのは雲の上以上の存在だ。それなのに山神は新太郎に対してだけは気軽に声をかけてくるので、そんな噂が囁《ささや》かれてしまうのだろう。

それに新太郎と山神は顔が似ていると評判だそうだ。自分では似ているとは思わないが、たしかに耳が大きいのは同じだからそう感じさせるのかもしれない。

「そんな噂を立ててるといつか長官の雷が落ちるぞ」新太郎はやんわりと言い、肩に置かれていた遠藤の手を解いて歩きだした。


扉を叩く音が聞こえ、新太郎は椅子から立ち上がった。扉が開いて盆を持った従卒が部屋に入ってくる。従卒が無言で新太郎の前に茶と皿に載せた饅頭《まんじゅう》を置いた。

新太郎は軽く会釈をして椅子に座った。従卒が出ていき扉が閉まると、目の前の饅頭に目を向ける。

うまそうだ。饅頭に手を伸ばしかけ、思い直して引っ込めた。

先ほどから壁越しに異国の言葉が漏れ聞こえている。何を話しているのかはさっぱりわからないが、話しているひとりは山神だとわかった。

流暢《りゅうちょう》に話す声を聞きながら、新太郎はあらためて山神に対する羨望を募らせた。

山神は四十五歳と若かったが、階級はすでに中将だ。

今はまだ少尉候補生に過ぎないが、いつかは自分も山神のように海軍の中枢で、この国とそこに暮らす人々を守るために貢献したい。四年前まで自分が暮らすこの国の趨勢《すうせい》さえ何も知らない田舎者《いなかもの》だったが、今は日本を守るためにいつでも命を差し出す覚悟がある。

新太郎が生まれる十七年前、ペリー艦隊来航をきっかけに二百年以上続いた徳川幕府による鎖国政策は終わりを告げた。

西洋列国の著しく発達した造船技術を目の当たりにした日本政府は強い危機感を抱き、西洋型の進んだ船の建造と運用技術を導入するために海軍を作り、その拠点としての『鎮《ちん》守府《じゅふ》』を日本各地に設置した。

それまでは横須賀《よこすか》だけにあったが、昨年、呉と佐世保《させぼ》にも開庁された。まだ新太郎が配属される前のことであったが、明治天皇臨席のもと開庁式が行われたという。

首都に近い横須賀は外洋に面しているため防御に不利であったが、呉は三方を山に囲まれ、内海の奥深くにあるため攻撃を受けにくいことが、ここに鎮守府を定めた理由だったのだろう。また呉は工場用水や艦艇の乗組員の飲料などに必要な水が豊富だった。

それまで東京の築地《つきじ》にあった海軍兵学校が二年前にこの近くの江田島《えたじま》に移転されたことからも、ここが海軍にとって最重要拠点と位置づけられているのではないか。

ふと、鏡に映った自分の姿に目を留めた。自分でも見惚《みと》れてしまう軍服姿にここで働いている誇りを噛み締めていると、部屋の外から「グッバイ」という声が聞こえた。

自分にでも意味がわかる言葉に、新太郎は椅子から立ち上がった。すぐに扉が開いて山神が入ってくると、新太郎は敬礼した。

「榎木少尉候補生、参りました」

山神が軽く頷き、皿の饅頭をひとつつかんで向かいの椅子に座った。

「呼び出して悪かったな。休暇で帰る前にちょっと話がしたかった。船の時間にはまだあるだろう」山神がそう言って饅頭を頬張《ほおば》る。

新太郎が座ると、山神が「食べないのか？」と皿を指さした。

「まだ職務中でありますから」

「硬いことを言うな。ただ、他の者には内緒だぞ」山神が饅頭をつかんでこちらに差し出す。

「ありがとうございます。では、遠慮なくいただきます」

新太郎は山神から饅頭を受け取ると口に運んだ。ひさしぶりに味わう餡《あん》の甘さに舌がとろけた。こんないい思いができるなら、落胤呼ばわりされてもしかたがない。

「『白山』に乗った感想はどうだ」

新太郎は饅頭から山神に視線を向けて称賛した。

「素晴らしい船だと思います。今まで乗った船とはすべての面において桁違《けたちが》いです」

「そうだろう。英国で建造された最新鋭の巡洋艦だ」

「英国はあのような船をたくさん持っているのでしょうか」

「そういうことだろうな。どれだけの数を所有しているかはわからないが」

絶対に戦ってはいけない相手だと、この三日間の航海訓練で思い知らされている。

「近々、同型の巡洋艦が英国から運ばれてくる。山縣《やまがた》閣下直々の提案だそうだ」山神が最後のひとかけらの饅頭を口に入れ、満足そうに笑う。

山縣有朋《ありとも》。今の内閣総理大臣だ。もとは長州藩の大物で、陸軍の創設者でもある。

山神はこの男になぜか目をかけられているという。この国の軍備は陸軍に重点を置いているが、その中で海軍には呉に最新鋭の軍艦が二隻配備される。それほどまでに山縣からの信頼は厚いようだ。

「艦名は決まっているのでしょうか」新太郎は訊いた。

「『聖《ひじり》』だ。『白山』と『聖』が揃ったらしばらく慌ただしくなる。この休暇でゆっくりと骨休めをしてきたまえ」

「慌ただしくなる、というのはどういうことでしょうか」

「この周辺にいる海賊を一網打尽にする」それまで穏やかだった山神の眼差しが険しくなった。

「海賊を？」

新太郎が訊き返すと、山神が大きく頷いた。

「海軍はここ呉を最重要拠点と位置づけている。だが、海賊を瀬戸内海に跋扈《ばっこ》させたままではこれからの戦略にも大きな影を落とすことになる。よその国と互角に渡り合うためには海賊から瀬戸内海を奪い返さなければならない」

たしかに瀬戸内海には海賊が横行していて、船や積み荷が強奪される被害が後を絶たない。物を奪われるだけではなく、多くの船乗りや乗客たちが命を落とし、女子供がさらわれているのだ。

母親を奪った、あいつらのように——

「つかぬことを訊くが……」

山神の声に、新太郎は我に返って目を向けた。

「たしか妹がいると話していたな」山神が両手を組んで少し身を乗り出してくる。

「はい。鈴といいます」

「いくつだ」

「十七です」

「結婚しているのか」

「いえ」

「心に決めている人は」

「わかりません」

鈴とは四年前からほとんど話をしていない。

「実はいい縁談があるんだ。江田島の教官の平間《ひらま》を覚えているか」

「はい」

たしか松山の名家の出身で、海軍兵学校の教官の中でも特に将来を嘱望《しょくぼう》されていた人物だ。

「いずれは校長になるにちがいない人材だ。どうだ？」

「お待ちください。大変ありがたいお話ではありますが、妹はとても平間さんのようなかたとは釣り合いません」

「家柄ということか？」

「ええ……」新太郎は曖昧《あいまい》に頷いた。

高等女学校に通わせてもらったとはいえ、もとは百姓の娘だ。

「わたしは平間に目をかけてきたが、それは彼の家柄とは関係ない。わたしが信じるのは家柄や教育などではなく、その人間が元来持っている力だ。君にはそれが備わっていたから、十六まで無学であったにもかかわらず海軍の少尉候補生になった。君の妹ということはきっと同じものが備わっているにちがいない」

「わたしがそうなれたのは自分の力ではありません。長官がわたしを学校に入れてくださったからです」

「わたしにそうさせたいと思わせたのが、君が元来持っていた力なのだ。平間と一緒になれば何不自由なく暮らすことができる。それに妹さんがこちらに来ることになれば、君だって安心して職務に邁進《まいしん》できるだろう。経歴も人柄も申し分ない。それに見た目もなかなか魅力的な男だと思わないか」

たしかに自分もそう思うが、鈴が縁談を受けるとはとても思えない。

「無理強いするつもりはないが、一度妹さんと平間を引き合わせたい。横浜に戻ったら話をしてみてくれ」

「ありがとうございます……」そう答えるしかなく、慎太郎は頭を下げた。

服部とともに甲板に上がると、海面の少し先に陸が見えてきた。

近づいてくる横浜港を見つめながら、帰郷する感慨よりも憂鬱さが増してくる。

日差しを浴びながら服部が大きく伸びをした。呉港を出てから二日近く経っている。

「疲れたな」

新太郎が言うと、服部が苦笑した。

「おまえはここから近いんだからまだいいだろう。おれなんかこれからさらに汽車に揺られなきゃならない」

服部の実家は東京の麹町《こうじまち》区にある。学生のときに一度行ったことがあるが、皇居のすぐ近くにある大きな屋敷だ。

「それなら少しうちで休んでいくか」

誰かと一緒であれば再会の気まずさが少しは紛《まぎ》れるかもしれないと期待した。

「そうしたいところだが、早く千代に会いたい」

あっさりと却下され、新太郎は落胆した。

乗換船が横浜港に着き、服部とともに下船する。

「千代さんとゆっくり過ごせよ。呉に戻ったらまたしばらく会えなくなるんだから」

海賊退治に出かけなければならないことは口にしないでおいた。

「ああ。おまえも妹さんと楽しくやってくれ」服部が手を振って歩きだした。

服部の背中をしばらく見送っていたが、ひとつ息を吐くと新太郎も家に向かって歩きだした。

服部とは海軍兵学校の同期として知り合った。ともに十六歳だったが、新太郎とはまったく違う境遇だった。服部の父も兄も陸軍の要職に就いていて、叔父の服部常義《つねよし》も横須賀鎮守府の参謀長という軍人の家系だ。かたや新太郎は、その一年前まで洋装というものさえ目にしたことがないほどの田舎の村の出身だ。家柄も生い立ちもすべて違っていたが、学校の中で一番気が合った。

　服部はもともと学問が好きで学者になりたかったようだが、家柄としてその道を諦めざるを得なかったという。

　戦うことは好きじゃない――

兵学校の中では禁句と思われることも、新太郎には漏らした。

友人として心を許していたが、新太郎はあまり自分のことについて話さなかった。

両親を亡くし、十五歳から妹とふたりで生きてきたことと、山神の計らいで海軍兵学校に入ることができたというぐらいの話しかしていない。

家に着くまでに何人かの顔見知りとすれ違った。一様に驚きと羨望の眼差しで軍服姿の新太郎を見ていた。

門をくぐり玄関の引き戸を開けて声をかけた。しばらくすると、栗原《くりはら》菊代《きくよ》が顔を出した。

「新太郎さん……」

菊代が驚いたように言い、すぐに眩しそうに目を細めた。

「おかえりなさい。立派になって」

菊代の言葉に嬉しさと恥ずかしさがこみ上げてくる。幼い頃から母親のいない新太郎にとって、菊代はそれに最も近い存在だった。

　靴を脱いで居間に入ると、菊代が仏壇に目を向けた。

「あなた、見て。新太郎さんが立派になって戻ったわよ。すごく凛々《りり》しいでしょう」菊代が嬉しそうに亡き夫の正平《しょうへい》に報告する。

「二、三日お世話になります。これ、呉の土産《みやげ》です」

　新太郎は菊代に包みを渡して仏壇の前に正座した。線香を上げて手を合わせる。目を開けて振り返ると、菊代が座卓に茶の用意をしていた。

「戻れるなら報せてくれればいいのに。何の用意もしてないから買い物に行かなきゃ」

　菊代の言葉に、新太郎は首をひねった。

「鈴に手紙を出していたんですが、戻ることを聞いていませんでしたか」

「ええ……」菊代が頷いた。

「そうですか……あいつは元気でやっていますか？　手紙を出しても返信がないので」

「元気にしているけど、つい先日旅に出たわ」

「旅？」

「学校を卒業したら行きたいところがあったからと言って。学校に行っている間も卒業してからも、近くの茶屋の手伝いをしてお金を稼いでた」

「旅って、どこへ」

菊代がわからないと首を横に振った。

襖《ふすま》を開けて部屋に入ると、新太郎は畳の上に倒れ込んだ。

旅に出たというのはきっと嘘だろう。自分に会いたくなくてそんな嘘をついたにちがいない。自分が呉に戻るまでどこか知り合いの家で世話になるつもりなのだ。

この四年間で兄妹の間に溝ができたことは感じていたが、そこまで深いものだったとは。

新太郎は畳の上で仰向けになったままあたりを見回した。六畳の部屋に小さな机だけが置いてある。

ここで過ごしていた頃と何も変わらない。鈴とふたりで暮らしていた頃の記憶がよみがえってくる。

どんなに辛いことがあっても、いつも笑い合っていた兄妹だったのに。

新太郎と鈴は神奈川の山間《やまあい》の村で生まれた。そこでは五十人ほどの村人が身を寄せ合うように生活していた。父も母も百姓だった。

その頃の新太郎にとってはその村が世界のすべてだった。そして自分にとってすべてであるはずの村を激しく嫌悪していた。

幼い頃に見た光景をずっと記憶から拭えなかったからだ。

その夜、新太郎は父に叩き起こされるように布団から出されると、赤ん坊だった鈴とともに納屋《なや》に連れていかれた。

絶対にここから出るな——父はそう言うと納屋から出ていった。

しばらくすると外から怒号や悲鳴が聞こえてきた。怖くてしかたなかったが、新太郎はどうにも気になって壁の隙間から外を覗いた。

薄闇の中で数人の盗賊が刀を振り回しながらうろついていた。盗賊は村人たちに持ってこさせた食料と、嫌がる女たちを無理やり馬に乗せた。その中に母もいた。父も含めて村の男たちはその様子を遠巻きにして見ているだけだった。そして盗賊は闇の中に消えた。

母は村を出ていった——

翌日父は苦々しい表情でそう告げたが、新太郎にはそれが嘘だとわかっていた。

大切な食料を奪われても何の抵抗もできず指をくわえて見ているしかない百姓と、自分の家族さえ守れない無力な父を憎みながらも、村から出ていくことはできない。そんな自分もまた無力な存在でしかないと、自分自身をも憎み続けた。

十五歳のときに父が亡くなった。父を埋葬すると、新太郎は鈴を連れてこの村を出ていく決意をした。

仕事と住む場所を求めて横浜にたどり着いた。今まで見たことも触れたこともないものであふれていたが、だからといってそれが自分のものになるわけでもない。

仕事と住む場所を必死になって探したが、学のない田舎者の新太郎に対する反応は冷ややかだった。持ち出してきた食料も底をつき、空腹に耐えながら横浜の町をさまよい歩いた。

村にいた頃以上のみじめさを噛み締める日々だったが、鈴は自分を連れ出した新太郎を責めることはなかった。むしろどんなときも笑顔で、折れそうになる新太郎の心を支えてくれた。

一週間ほど野宿をしていたときに、栗原正平に声をかけられた。

仕事と住むところを探していると言うと、正平は自分たちの家に新太郎と鈴を連れていった。正平は妻の菊代と、鈴よりも一歳年下の大作《だいさく》という息子との三人暮らしだ。腹を空かせた新太郎たちに夕飯をもてなし、一部屋空いているのでしばらくここに住んでもいいと言ってくれた。

正平は市場で働いていて、そのつてで料亭の仕事を見つけてくれた。新太郎は料理人の見習いとして働き始めた。

何とか仕事と住む場所を得ることができたが、生活は楽ではなかった。見習いなので給金は少なく、栗原家に入れる家賃と食費でほとんどが消えた。教育を受けていないことで職場でも苦労していたことから、鈴には学校に行かせてやりたいと考えたが、現状ではとても叶わない。

横浜での生活が始まってから一年ほど経ったある夜、料理場の掃除を終えてごみを捨てに出たときに男に呼び止められた。振り返ると軍服姿の男が立っていた。

　何か粗相があっただろうかと不安に思っている新太郎に、男が名前を訊いてきた。

　新太郎が答えると、男は自らも山神竜彦《たつひこ》と名乗った。海軍の軍人だという。

「今の仕事に満足しているか」

　山神が訊いてきたが、新太郎はどう答えてよいものかと言葉に詰まった。

「海軍に入らないか」

　突然の申し出に、新太郎は呆気にとられながら山神を見つめた。

「築地に海軍の士官を養成する海軍兵学校というものがある。金は出してやるからそこに行ってみる気はないか」

　海軍の士官——

　まともな教育を受けていない田舎者の自分がそんなものになれるのか？

　新太郎はからかわれているのだと思い、笑ってしまった。

「君は何を憎んでいる」

　山神に言われ、笑いが消えた。

「君の目には憎しみが宿っている。何に対する憎しみだ。自分を冷遇する世間に対してか。それともそれに甘んじるしかない自分自身に対してか」

　大切なものを守れなかった父に、そしてその血が流れている自分に対してだ——

　心の中で訴えると、山神は新太郎の思いを見透かしたように満足げな笑みを浮かべて言った。

「海軍に入ればきっとすべての憎しみを晴らすことができるだろう」

　どうしてだかわからないが、山神と通じ合っているように感じた。この男についていきたいと思わされる強い力を感じたが、その申し出を受けることはできない。

「妹がいます。学費を出してもらったとしても、妹の生活費を稼がなければなりません」

「それも出そう。国のためにその身を捧《ささ》げるなら、妹が不自由な生活をしないよう援助する」

　その言葉で新太郎は海軍兵学校に行くことを決めた。だが、そんな新太郎の選択に鈴は猛反対した。

　海軍兵学校に行くということは寮で生活することになる。最初は自分と離れて暮らすことになる寂しさから反対しているのかと思ったが、そうではなかった。

　軍人になるということは人を殺めてしまうことになるかもしれないのよ――

　争いを好まない鈴はそう言って新太郎を引き止めようとした。

　自分だって争いは好まない。ましてや人を殺したくなどない。だけど大切な人を守るためには戦わなければならないときもある。

　父のような臆病者にはなりたくない――

だが、母がいなくなった本当の理由を知らないまま育った鈴にその思いは伝えられなかった。

新太郎は鈴の反対を押し切り、海軍兵学校に入った。それと同時に、有無を言わさず鈴も高等女学校に入学させた。もちろんその費用は山神が出してくれたものだ。二年後に海軍兵学校が移転され、新太郎は広島の江田島に行くことになった。

簡単に鈴に会うことはできなくなってしまったが、新太郎は事あるごとに手紙と仕送りを送った。だが、返信はない。

海軍兵学校に入ってから鈴と会ったのは一回だけだ。帰省したときにはいつも自分を避けるように知り合いの家に泊まりに行く。最後に会ったのは去年の夏だ。正平が病気で亡くなり、その葬儀《そうぎ》でひさしぶりに対面した。

だが、そのときも言葉を交わしていない。

父親のように慕っていた正平の死に泣き暮れている鈴に、かける言葉を見つけられなかった。

人を殺すために軍人になったわけではない。鈴や大切な人たちが住むこの国を守るために自分は生きていくのだ。

今回の帰省できちんと自分の思いを伝えたかったが、叶わないものになってしまった。

廊下を走る音が聞こえて、新太郎は起き上がった。

もしかしたら鈴が戻って来たのではないか。

襖が開き、新太郎はかすかに落胆した。

「新太郎兄ちゃん、おかえり！」大作が新太郎の胸に飛び込んできた。


銭湯から出ると、大作とともに家に向かった。

「この一年でずいぶんと背が伸びたなあ」

新太郎が声をかけると、大作がこちらを向いて嬉しそうに笑った。

「からだも鍛えてるんだぜ。この一年、同い年の奴らに相撲《すもう》で負けたことがない」大作が得意そうに言った。

たしかに先ほど一緒に風呂に入ったとき、大作の胸もとや二の腕が筋肉で盛り上がっていた。

「おれも新太郎兄ちゃんみたいに海軍に入るんだ」

「じゃあ、もっと鍛えなきゃだな。海軍兵学校に入ったらそうとうしごかれるから」

「いつまでこっちにいられるの」大作が訊いた。

「明後日には横浜を発たなきゃいけない」

「そうなんだ……せっかく新太郎兄ちゃんが戻って来るってときにどうしてわざわざ旅なんかするんだろ。何考えてんだか」

「鈴のことか？」

大作が頷いた。

「もし、日本がどっかの国と戦うことになったら、新太郎兄ちゃん……しばらく帰って来られなくなるかもしれないだろ」

「そうだな」

しばらくどころか、二度と帰って来られなくなるかもしれない。

「後悔したくないからって言ってたけど、新太郎兄ちゃんに会わないほうがもっと後悔することになるかもしれないじゃないか」大作がそう言いながらうつむいた。

「後悔したくないから？　鈴がそう言ったのか？」

大作が顔を上げて頷いた。

どういう意味だろう。鈴は本当に旅に出たのだろうか。そうだとしたらいったいどこに。

「どこに行ったか鈴から聞いてないか」

新太郎は問いかけたが、大作は黙ったままこちらを見ようとしない。

「もしかして、鈴から口止めされてるのか」

大作は何も言わない。やはりそのようだ。

「鈴には言わないから教えてくれないか。頼む」

「島に行くって」大作が呟くように言った。

「どこの島だ」

「わからない」大作がこちらを見つめながら首を横に振った。

どうやら本当に聞いていないようだ。

島と聞いてまっさきに思い浮かぶのは海軍兵学校がある江田島だが、鈴がそんなところに行くとは思えない。

鈴が何のためにどこの島に行ったのかまったく見当がつかないまま家に着いた。

靴を脱いで玄関を上がると、おいしそうな匂いが漂ってきた。居間の座卓にたくさんの料理が並べられている。

「わあ、すごいごちそう」大作がはしゃぎながら座卓の前に座った。

菊代に目を向けると、簞笥《たんす》の引き出しを開けて何かを探している。

「大作、あんたの藍色《あいいろ》の浴衣《ゆかた》どこに仕舞ったっけ。ちょっと小さいけど新太郎さんの寝巻にしてもらおうと思ってるんだけど」菊代が大作に顔を向けた。

「簞笥の中じゃないの」

「それがないのよ……」

「おれは知らないよ」

「着替えは持って来ているので大丈夫ですよ」新太郎は簞笥の引き出しを覗き込みながら首をひねっている菊代に告げた。

「ねえ、新太郎兄ちゃん」

大作に呼ばれ、新太郎は菊代からそちらに顔を向けた。

「明日その軍服でうちの学校に遊びに来てよ。友達に自慢してやるんだ」

「すまない。明日は行かなきゃいけないところがあるんだ」

新太郎が言うと、大作が「えー」と不満を口にした。

「夜には帰って来るから三人で何かおいしいものを食べに行こう」新太郎は大作の機嫌をとるために言った。


林道を抜けると、山裾《やますそ》にぽつりぽつりと民家が見えた。

新太郎は離れた場所から五年ぶりに訪れる生まれ故郷を見つめた。

誰かに会いたかったわけではない。ここにやってきても何の感慨も抱けないことは想像していた。

ずっと忌避していた場所にどうして行こうと思い立ったのか、先ほどまでは自分の思いを理解しかねた。だがここにこうして立ち、自分や家族が過ごしていた村を見つめ、ようやくその理由がわかった。

自分を鼓舞するためなのだ。

明日にでも死んでしまうかもしれない。気づかぬうちに自分の心に巣くった恐れを振り払うために、ここに来なければならないと思ったのだろう。

父のようには、ここの村人のようには、自分はならない。

大切なものを奪おうとする者とは自分の命をかけてでも戦ってやるのだ。

今一度故郷の光景を目に焼きつけると、新太郎は踵《きびす》を返した。

林道を進んでいると、ふと記憶に引き寄せられるように林の中に入った。木々をかき分けながらしばらく進んでいくと沼が見えた。子供たちの間で海老沼《えびぬま》と呼ばれていた、黒く濁った沼だ。

沼の縁《ふち》に立ち水面を見つめているうちに、ひとりの少年のことを思い出した。

その少年の名は灯といった。

灯は村人たちから爺と呼ばれた年頭《としがしら》のもとで生活していた。爺の子供なのか孫なのかはわからない。ただ、爺は自分たちと同じように黒い目をしていたが灯の目は蒼かったので、血縁関係はないのだろうと子供ながらに思った。

新太郎たちは子供の頃から灯や爺に近づくなと父に言い聞かされていた。他の子供たちも同じようなことを親から言われていたようだ。村の誰もがふたりを忌避した。

父親に言い聞かされたからそうしたわけではなかったが、新太郎も灯に近づかなかった。話をしたことさえなかったが、灯の存在を感じるだけで心がざわつき、不快な思いに囚われたのだ。おそらく他の者たちもそうだったのだろう。だが、新太郎はある出来事がきっかけで灯に借りを作ることになった。

あれはたしか自分が十二歳のときだ。鈴とふたりでここで遊んでいるときに、誤って鈴が沼に落ちてしまった。鈴は両手をばたつかせながら助けを求めたが、それまで沼の中に入ったことがなかった新太郎は飛び込むことができずにいた。落ちていた枝を拾い鈴に向けたが届かない。そのとき灯が沼に飛び込んで溺《おぼ》れていた鈴を助け上げてくれたのだ。

新太郎たちは家に戻ると、父に鈴が灯に助けられたことを話した。だがそれでも父は灯と爺に近づくなとふたりに釘《くぎ》を刺した。

どうしてそこまでふたりを拒絶するのかと訊くと、父は「青鬼と関われば不幸になる」と言った。

鈴を助けてくれた灯を避けなければならないのは心苦しかったが、そうしなければ自分たちも村人から忌避されることになる。

新太郎はそれまでのように灯に近づくことはなかったが、それでもずっと気にかけていた。

村人たちからの嫌がらせによって爺の畑は枯れていた。おそらく日々の食事にも事欠くような状況だっただろう。飯の用意を任されていた新太郎は父の目を盗んで多めに作り、鈴に爺の家へ届けさせた。

爺の体調がよくないと知ると、鈴とふたりで森の中を歩き回り滋養がつきそうな山菜を採ってふたりの家の前に置いたりした。

だが、それから一年ほどして爺が亡くなり、灯はこの村から出ていった。

そのときの灯の目が忘れられない。自分たち村人たちに向けた蒼い目は憎悪と敵意をはらんでいた。

灯は今どんな生活を送っているだろうか。

少なくともこの村にいたときのような苦しみに苛《さいな》まれていないことを願っている。

三

薄闇の中で赤ん坊の泣き声が響いている。

まわりからの視線に怯えるように女性が胸に抱いた赤ん坊を必死にあやしているが、なかなか泣き止まない。

時化《しけ》で大きく揺れる船に驚いているのかもしれない。

船内にはふたりと自分を含めて十人が乗っていた。七人の男たちはみな苛立たしそうな視線を向け、いつふたりに襲いかかっていくかわからないような殺気をみなぎらせている。

「さっきからうるせえんだよ！」

花札をしていた男のひとりが吐き捨て、立ち上がった。上半身裸で背中には一面に刺青《いれずみ》を入れている。

「すみません。すぐに泣き止ませますから」

そう言って何度も頭を下げる女性に、男が近づいていく。男は女性の顎《あご》を手でつかみ顔を上げさせた。すぐに花札をしていた男たちに顔を向ける。

「こいつ、青鬼だぞ」

刺青の男の言葉に反応したように、その場にいた男たちが一斉に立ち上がった。

「ガキも青鬼だ」

刺青の男がそう言いながら女性から赤ん坊を奪う。その拍子に女性の襟元《えりもと》が少しはだけた。「やめてください。お返しください」と女性が手を伸ばして懇願する。

「うるせえガキは叩きつけて、この女に鬼仙島まで愉《たの》しませてもらおうぜ」

「そいつはいいや」

他の男たちもその意見に賛同したようで、女性を取り囲むようににじり寄っていく。

「やめたほうがいいぜ」

できるかぎり低く抑えた声で言うと、男たちの視線が一斉にこちらに向けられた。

「坊主、おれたちに言ってるのか」刺青の男がそう言って睨みつけてくる。

「おまえにも最後に回してやるよ。やりかたを知らねえなら、おれたちのことを見て勉強しな」

まわりの男たちから下卑《げび》た笑いが漏れる。

「あんたら、これから鬼仙島に渡ろうっていうのに知らないのか。本土で青鬼と呼ばれている蒼い目の人間は、鬼仙島では大臣よりも偉い存在なんだよ。青鬼の赤ん坊を殺して、その母親に乱暴したとなれば、生きて鬼仙島からは出られないだろう」

そう言うと、男たちが怯んだように顔を見合わせた。

「楽に死なせてくれりゃいいけどな」

さらに言うと、刺青の男以外はもといた場所に戻っていった。刺青の男はひとり残され、悔しそうに顔を歪めている。

「さっさと黙らせろ」刺青の男が女性に赤ん坊を返して仲間のもとに戻った。

鈴は鞄《かばん》を持って立ち上がると、女性のもとに向かって目の前で胡坐《あぐら》をかいた。「ありがとうございます」と女性がこちらに頭を下げてふたたび赤ん坊をあやし始める。だがいっこうに泣き止む気配はない。

「この子の名前は？」

赤ん坊に目を向けて訊くと、女性が「凜《りん》です」と答えた。

鈴は鞄から紙を一枚取り出した。紙を折っていくと興味を持ったようで泣き声が止んだ。折鶴を作って目の前に差し出すと、凜がにっこりと笑った。

折鶴をつかもうと手を伸ばす。だが、凜の手は折鶴ではなく鈴の襟元から胸のほうに伸びてきた。さらしの上から胸をつかんでくる。

「あっ！」

ようやく鈴が女であることに気づいたようで、女性が慌てて凜の手をつかんで浴衣から出した。

「男の子？」

鈴が訊くと、女性が頷いた。

「先が思いやられる」

そう言うと、ふたりして微笑《ほほえ》み合った。

床から伝わる波の振動を感じながら、鈴はあたりに目を向けた。

ろうそくが数本灯る薄闇の中で、男たちがいびきをかきながら雑魚寝《ざこね》をしている。

先ほどまで酒を飲みながら騒々しく花札に興じていたが、ようやく静かになった。

鈴はすぐそばにいる凜と母親に目を向けた。母親の名前は文子《ふみこ》と言った。文子は胸もとに抱いた凜の寝顔を見つめている。

「どうして鬼仙島に？」

鈴が小声で言うと、文子がこちらに目を向けた。

こちらに据えられた蒼い目をしばらく見つめると、なぜだか心がざわつく。文子は口を閉ざしたままだ。

「向こうに知り合いでもいるんですか？」

さらに訊くと、文子が弱々しく首を横に振った。

「知り合いなんていません」

「じゃあ、どうして……」

噂でしか知らないが、若い女性と赤ん坊が行く場所ではないように思える。

この船が『罪人船』と呼ばれるように、鬼仙島はならず者や罪人など本土では生活できなくなってしまった者たちが集まる島だと言われている。

鈴も女性の格好でそんな場所に行くことをためらい、大作の浴衣を拝借して男性として振る舞うことにしたのだ。

「他に行くところがないから……」文子がそう言って鈴から視線をそらす。

鈴は文子が見つめる凜に目を向けた。自分が作った折鶴をぎゅっと握り締め、すやすやと眠っている。

「この子のお父さんは？」

鈴が訊くと、文子がこちらを見た。

「牢屋の中にいます」

その言葉にぎょっとした。

「夫もわたしと同じように蒼い目をしています。わたしは子供の頃から広島の酒蔵に奉公に出されていて、そこで働いていた夫と知り合い一緒になりました」

文子も旦那も真面目に働いていて、酒蔵の主人や同僚からの信頼を得ていたという。主人が酒蔵で働く人たちの住居として用意してくれた長屋に住み、やがて凜を身ごもり、慎ましいながらも穏やかな生活を送っていた。

だが昨年その主人が亡くなり、息子が跡を継いでから文子たちの状況は激変した。先代が生きているときはあからさまに態度にすることはなかったが、息子は昔から文子たちを毛嫌いしていて、陰では青鬼と言って蔑んでいたという。

文子の話を聞いているうちに胸が苦しくなった。

まさか、凜の父親はその息子に危害を加え、警察に捕まってしまったのだろうか。

「ある日、わたしたちが住んでいた長屋に警察の人たちがやってきました。息子さんたちが留守にしている間に屋敷に賊が押し入り、女中たちを縛り上げて金品を奪って逃げたというのです。女中たちはわたしの夫が犯人だと警察に告げたそうですが、そんなはずはありません。屋敷に賊が入ったという時間帯には夫は家にいて、わたしと凜と過ごしていました。完全に濡《ぬ》れ衣《ぎぬ》です。ただ、いくらそう訴えても警察の人たちはまったく取り合ってくれず、夫は警察に連れていかれました。長屋で生活している同僚たちも、夫の話し声を聞いていたはずなのに、夫は家にいなかったようだと証言しました」

「女中も同僚も新しい主人にそう言うよう強要されたということですか」

「おそらくそうなのでしょう。新しい主人はわたしたちを辞めさせたかった。でも、何の理由もなく辞めさせれば、後で面倒なことになると考えたのかもしれません。夫は何年も牢屋に入れられることになり、わたしと凜は住む場所を失いました」

　何ともひどい話だ。だが、似たようなことを自分も見ていた。

「わたしはそれまで、その息子だけが特別なのだと思っていました。何の理由もなくわたしたちを忌み嫌っている。だけど凜を連れて新しい仕事と住む場所を探しているうちにそうではないことに気づかされました。特別だったのは先代の主人だったのです。わたしは子供の頃から先代によくしてもらっていたのでわかりませんでしたが、世間では蒼い目をしたわたしたちを青鬼と呼んで忌避しているんです」

　蒼い目をした文子を雇ってくれるところは他になく、わずかに持っていた金も底をつき、空腹のまま何日も野宿をして途方に暮れているときに、鬼仙島の噂を耳にしたという。

「よくない噂もたくさん聞くけど、鬼仙島であればわたしのような人間でも働ける場所があるんじゃないかと……」

　むしろ歓迎されるのではないだろうか。鬼仙島では蒼い目をした人間は特別な存在として崇《あが》められるという噂があった。

　もしかしたらそこに——

「あなたは？」

その声に我に返り、鈴は文子に目を向けた。

「あなたのような若い女性がどうして鬼仙島なんかに」男たちに聞こえないように、文子が小声で訊いてきた。

「人を捜しているんです」

「その人は鬼仙島にいるの？」

「わかりません。ただ、その人はあなたと同じように蒼い目をしているんです」

鈴が言うと、文子が怪訝《けげん》そうに眉根を寄せた。

「どうしてその人を捜しているの？」

「わたしにとって特別な人だからです」

文子が首をひねる。

「わたしの命の恩人なんです」

文子の眉間《みけん》のしわがさらに深くなった。

海老沼で溺れたときの記憶は今でも鮮明に残っている。恐ろしかった。暗闇に引きずり込まれながら、このまま自分は死んでしまうのだと覚悟した。そして意識が途切れかけたとき、手を強くつかまれ、暗闇から引き上げられた。

「昔同じ村にいたんですが、七年ほど前にひとりで村を出ていってそれきりに……」

「なんていう人なの」

「灯、という名前です」

もう一度、灯に会いたい。

ずっとその思いを募らせながらも捜しようがないと諦めていたが、女学校で他の生徒たちがしていた鬼仙島の噂話を聞いて一縷《いちる》の希望を抱いた。

そこには本土で行き場をなくした蒼い目をした人たちがたくさんいるという。

それからは学校を卒業したら鬼仙島に行こうと心に決めて、時間を見つけては近くにある茶屋で働いて旅費を貯めた。

灯がそこにいるという確証もないし、ならず者や罪人が跋扈する恐ろしい島だと聞いているので怯む気持ちもある。でも、ここで自分が勇気を出して行動しなければ永遠に灯に会えないような気がした。

父や村の大人たちに灯をいじめないで彼を受け入れてほしいと訴える勇気がなかった。村を出ていこうとしたとき、灯を引き留めることもできなかった。

もう後悔したくない。

村での灯との思い出を話しているうちに、文子の眉間のしわが消えていた。だが、こちらに向けた眼差しは何故だかわからないが寂しさを感じさせる。

「こんなことを言うのは何だけど……」文子がそこまで言って口を閉ざした。

「何ですか？」

鈴は問いかけたが、女性はその後の言葉を言うべきか迷っているみたいで視線を落ち着きなくさまよわせている。しばらくして文子が鈴に視線を据えた。

「鬼仙島には降り立たないで、このまま引き返したほうがいいんじゃないかしら」

「どうしてですか？」鈴は首をひねった。

「嫌なことが起こりそうな予感がする」

「罪人たちがいる島だからですか」

「ああいう人たちが最後に流れ着く場所なのよ」

文子がちらっと寝ている男たちを見た。すぐ鈴に視線を戻す。

「さっきはあなたの機転で助けてもらったけど。だけどあなたが若い女だとわかったら、島にいる人たちにどんなことをされるかわからない」

「危険があることは承知しています」

それでも灯に会いたいのだ。

だからといって無鉄砲に行動しているわけではない。お金を貯めるだけではなく、それなりの準備もしてきた。男物の浴衣を身に着けていることもそうだし、鬼仙島に行くことに決めてから近所にある道場で護身術の手ほどきも受けた。

上から物音がして、鈴は見上げた。天井に備え付けられた扉が開いていて、船員が顔を覗かせている。

「もうすぐ鬼仙島だ」

船員の言葉を聞くと、鈴は文子に視線を戻した。文子はじっとこちらを見つめたままだ。その眼差しから鈴を心配してくれているのが伝わってくる。

「心配してくださってありがとうございます。でもわたし、やっぱり行きます。あなたも凜ちゃんもどうかお元気で」

鈴は文子に言うと立ち上がり、扉へ続く梯子《はしご》のほうに向かった。梯子を上って扉から外に出る。眩しい日差しが視界に広がり思わず目を細めた。

ずっと薄暗い荷室にとじこめられていたせいで時間の感覚が麻痺《まひ》しているが、船に乗ってから一日近く経っているようだ。

まわりに広がる海を見ながら船首のほうに進んだ。

少し先に島が見えた。真ん中あたりに高い山がそびえ、そのまわりはなだらかな丘陵地となった、杯《さかずき》を逆さまにしたような島だ。

あれが鬼仙島だろう――

あそこに灯はいるのだろうか。

早く彼に会いたいと心が躍るのと同時に、不安も芽生えてきた。

文子が言うように、これからどんなことが起こるかわからない。

不安はそれだけではない。

仮に灯を見つけられたとしても、鈴のことを受け入れてくれるかどうかわからない。

鈴にとっては命を救ってくれた特別な存在だが、灯からすれば、自分を虐げた村人のひとりに過ぎないかもしれない。そんな人間にいまさら会いたくないのではないか。

そうであったとしても自分はどうしても会いたい。

あれから七年が経ち、灯がどのように成長しているかわからないが、あのとき言えなかった「ありがとう」と「ごめんなさい」の思いを伝えたい。

そのためにここまで来たのだ。


船から港に降り立つと、鈴はあたりを見回した。

罪人たちが集まってくる島ということで殺伐とした光景を思い描いていたが、目の前に映る光景は港と聞いて自分が思い浮かべるものと変わりがなかった。

もちろん鈴が暮らしている横浜のような立派な街並みではない。だが、港には数十艘の漁船が停泊し、付近には商店らしきものも数軒立ち並んでいる。

鈴は船から荷物を運び出している船員に近づいた。

「本土に戻る船はいつ出港するんですか」

「おまえ、本土に戻るつもりでこの船に乗ったのか？」船員が意外そうな顔で鈴に訊いてくる。

「ええ」

「予定では三日後だ」

とりあえずそれまで寝泊まりする宿を探さなければならないだろう。

「この島に宿はありますか」

鈴が訊くと、船員が素っ気なく「さあな」と返した。

「栄えている町は」

「この道をまっすぐ行くと竜門町《りゅうもんちょう》という歓楽街がある。もしかしたらそこに宿があるかもしれねえが」

「ありがとうございます」

「まあ、それまで生きられるようせいぜい頑張るんだな」

船員の薄笑いを見て、背筋が粟立《あわだ》った。

鈴は船員に言われたほうに向かって歩きだしたが、気配を感じて立ち止まった。

振り返ると少し離れたところから凜を抱いた文子がこちらを見つめている。文子は会釈すると鈴とは違うほうに向かって歩いていく。

もう見ていないのはわかっていたが、鈴も文子の背中に向けて軽く会釈して歩きだした。

鈴は緊張しながらあたりに目を向けた。行き交う人たちは特に粗暴そうには思えず、至って普通のたたずまいだった。店の軒先に商品を並べて売っている老婆も穏やかそうな顔をしている。

蒼い目をした人はひとりもいない。

おいしそうな出汁《だし》の匂いが漂ってきた。そば屋の暖簾《のれん》が掛かっている。

そういえば船に乗る前に食事をとってから丸一日何も食べていない。

暖簾をくぐり店に入ると、中にいた数名の客が一斉にこちらに顔を向けた。皆一様にじっと鈴を見つめ眉をひそめている。

鈴はその視線に臆しながら空いていた席に座った。まわりの客たちから視線をそらし、壁に掲げられた献立の木板を見ていると、「何の用だ」と男のぞんざいな声が聞こえた。

顔を向けると、目の前に男が立っている。店の者のようだ。

「かけそばをください」

鈴が言うと、男が大仰に顔をしかめた。

「おまえに食わせるものはない。帰れ」

いったいどういうことだろう。一見《いちげん》の客だから無銭飲食されるのではないかと警戒されているのだろうか。

「お金ならちゃんと持ってます」

「金があろうとなかろうとおまえに食わせるものはない」

そう言った男に襟首をつかまれ、立ち上がらされた。

「さっさと出て行きやがれ。小僧」

強引に背中を押されながら店の外に追い出された。文句のひとつでも言ってやろうと振り返るのと同時に、店の引き戸が勢いよく閉ざされた。

いったい何だというのだ。腹立たしさよりも先に、意味がわからず呆気にとられた。

他の店を探そうと視線を配ったとき、向かいの店の軒先で何かを売っている柔和そうな老婆の姿が目に留まった。

近づいていくと、老婆の目の前に乾物《かんぶつ》が並んでいた。他にもおいしそうなおにぎりやお饅頭が置いてある。

「おにぎりをください」

鈴は声をかけたが、耳が遠いのか老婆は反応を示さない。

「これをください」

おにぎりを指さして言ったが、意味が通じないようで首をひねっている。

しかたなくおにぎりをつかんで訴えようとすると、老婆がそばにあった杖《つえ》を取り、鈴の手の甲をはたいた。

「痛っ」と目を向けると、先ほどまで柔和に思えていた老婆の顔が訝《いぶか》しそうに歪んでいる。

「わたしはこれを買いたいんです。お金ならちゃんと持ってます」

鈴は老婆に聞こえるよう大きな声で言いながら、財布から硬貨を数枚出して示した。

「あんたに売るものはないよ」刺々《とげとげ》しい声が聞こえた。

「どうしてですか。これは売りものじゃないんですか？」

「売りものだけど、売る人間は選ぶさ」

「どうしてわたしには売ってくれないんですか。島に来たばかりの人間だからですか？　お腹が減ってるんです。どうか売ってください」

どうしておにぎりひとつ買うのにこんなに下手に出なければならないのか納得できない思いもあるが、鈴は老婆に懇願した。

それほどまでして食べたいわけではないが、今諦めてしまえば自分がここに来た目的さえも果たせないような気がした。

罪人たちが流れ着く島ということで、ここに住む人たちは極度の警戒心を持っているのかもしれない。そういう人たちの心を開けなければ灯を捜すことは難しくなるだろう。それればかりか次の船が出るという三日後まで何も口にすることができないのだ。

「わたしの知ったことじゃないね。あんたがいると他の客が寄りつかなくなっちまう。シッシッ」

野良犬でも追い払うようなしぐさをされ、さすがに心が折れてしまった。

鈴は硬貨を財布に入れて鞄にしまうとその場を後にした。

先ほどの男が言っていた竜門町に行こう。日本国で流通しているお金を持っているかぎり、それを使える場所があるはずだ。

いきなり後ろから衝撃があり、鈴は地面に倒れ込んだ。すぐに手に持った鞄を引っ張られる感覚があった。

物取りかもしれないと思い、鞄を握った手に力を込めた。顔を上げると鞄を引っ張る男の顔が見えた。船で一緒だった背中一面に刺青をした男だ。憎々しげな表情でこちらを見下ろす男に顔を蹴《け》りつけられた。

激痛に思わず鞄を放してしまったが、鈴はすぐに起き上がった。走っていく男の背中が見える。

「泥棒！　誰か捕まえてください！」

鈴は男を追いかけながら叫んだが、あたりを行き交う人たちは男に見向きもしない。むしろ鈴に目を向け、嘲笑《あざわら》っている。

しばらく追いかけたところで男の背中を見失った。

雨に濡れながら歩いていると、小さな鳥居が目に留まった。

この島にも神社があるのか。

鈴は吸い寄せられるように鳥居をくぐり中に入った。小さなお堂が見え、駆け足で軒先に向かう。

当てもなく歩き続けたせいで足が棒のようになっている。おまけに先ほどから雨に降られ、からだが冷え切っていた。

鈴はその場に座り込み、からだを丸めて両手で全身をさすった。だが、いくらそうしても、震えはいっこうに収まらない。からだが寒いだけでなく、湧き上がる不安が胸を震わせている。

全財産を奪われてしまった。

道行く人たちにそのことを訴えて助けを求めたが、誰ひとり聞く耳を持たなかった。憲兵や警官はどこにいるのかと訊いても、そんなものいるわけないだろうと鼻で笑われただけだった。

これから食べることも宿に泊まることもできなくなる。さらに船賃がなければ家に戻ることさえできない。

これからどうすればいいのだろうか。

以前にも似たような経験をしたことがあるのを思い出した。兄の新太郎と村を出たときだ。

あのときも食べるものもなく、戻れる場所もなく、一週間ほど野宿をした。だけど不思議なことにそれほど不安は感じなかった。それはきっと新太郎がいたからだろう。でも、今は助けてくれる人も励ましてくれる人も誰もいない。

心細さにうなだれたとき、賽銭箱《さいせんばこ》が目に入った。

この中にいくらぐらい入っているだろう。船賃までにはならなくても、もしかしたら今夜の宿代ぐらいには——

そこまで思いかけ、すぐに頭を振った。

だめだ。そんなことをしてはいけない。だけど、このままでいったいどうする。

鈴は賽銭箱からあたりに目を向けた。いつの間にか雨はやんでいたが、あたりはひっそりとした闇に包まれている。

罪人やならず者であふれるこんな場所で野宿などしたら、どんな危険な目に遭うかわからない。

とりあえずの緊急措置だ。誰も見ていない。

神様は見ている——

心の中で誰かの声が聞こえた。誰が言った言葉だっただろうとしばらく考え、思い出した。

灯だ。

昔、灯は一緒に暮らしていた爺から聞かされたという話を鈴にしたことがあった。

悪いことをすると神様はその人の心に灯るろうそくの火をひとつ消すという。代わりに正しいことをすると神様はろうそくの火を灯してくれる。生きている間に明かりを持たなかった者は真っ暗な闇の中を無限にさまようことになるのだと。

誰も見ていなかったとしても神様だけはしっかりと見ている――

そうだ。たとえ誰も見ていなかったとしても、灯に会ったときに恥ずかしくない自分でいたい。

だけど、こんな寂しい場所に留まるのもよくないだろう。

やはり竜門町へ行こう。きっと自分を働かせてくれるところがあるだろう。それに灯の手がかりも得られるかもしれない。

鈴は気を取り直して立ち上がった。鳥居に向かっていると、薄闇の中で人の気配がした。ふたりの男が鳥居をくぐってこちらに向かってくる。

「よお、坊主、見かけねえ面《つら》だな」男のひとりが声をかけてきた。

ふたりの風体に警戒心を抱き、鈴は会釈だけ返して男たちとすれ違った。

「ちょっと待てって」

手をつかまれ、鈴は足を止めて男たちを見た。

「島に来たばかりか？」

「ええ……」女だと悟られないよう声を落として言った。

「いったい何をしでかしてこんなところに来ちまったんだ」

男に訊かれたが、答えようがなく黙った。

「仕事はあるのか？」

嫌な予感を抱き、鈴は頷いた。

「どこで働くつもりなんだよ。おれたちは仕事の斡旋《あっせん》をしてんだけど、うちに来りゃ給金を弾むぜ。おれはそっちの気はねえけど、華奢《きゃしゃ》でかわいい坊やだから店では引く手あまただ」男が薄笑いを浮かべながらもう一方の手で鈴の首筋のあたりを撫《な》でた。

嫌悪感を抱き、とっさにつかまれていた男の手を振りほどいた。

「急いでるんで」

鈴は男たちに背を向け歩きだしたが、今度は後ろから肩に手を回してきた。

「まあ、待てって。飲みながら話だけでも聞いてみろよ。悪いようにはさせねえって」

鈴は馴れ馴れしい男を睨みつけた。男は鈴の顔ではなく、胸に視線を据えている。

先ほど強引に男の手を振りほどいたせいで、襟元が大きくめくれ、胸に巻いたさらしが露出していた。

目が合った瞬間、男に抱え込まれ草むらに投げ飛ばされた。

「こいつ、女だ」

もうひとりの男に叫びながら鈴のからだに覆いかぶさってくる。

「やめろ！」浴衣を脱がせようとする男に抵抗しながら鈴は叫んだ。

もうひとりの男に両手をつかまれた。覆いかぶさった男が浴衣の中に手を突っ込み、まさぐってくる。

「やめろ！　誰か助けて！　助けて――！」

「愉しませてやるから抵抗するなって」

下卑た笑みを浮かべながら顔を近づけてくる男に向け、「ふざけるなッ！」と唾《つば》を吐きかけた。

それまで笑っていた男が瞬時に憤怒の表情になる。次の瞬間、こちらに向かって男の拳が飛んできて視界が真っ暗になった。

目を開けると、薄闇の中に天井が見えた。

どうやら悪い夢を見ていたようだ。

だが、天井に立ち上る煙のようなものが見えて違和感を抱き、鈴は顔を横に向けた。

目のあたりに痛みが走るのと同時に座っている人の背中が見え、びくっとして上半身を持ち上げる。

座っている人物がこちらを振り返った。煙管《キセル》のようなものを持っているのはわかったが、机に置いた灯籠《とうろう》が影を作り、その人の顔はよく見えない。

「気がついたかい」

声で女性だとわかった。

「あ……あなたは……」

女性は鈴の問いかけには答えず、煙管を口もとに持っていき、煙を吐き出した。

夢ではないと悟り、鈴は慌てて浴衣の中に手を差し入れて自分のからだに触れた。

「大丈夫だよ。あんたの貞操は守られてるからさあ」女性が笑うように言った。

女性の言うとおり、目のまわりが痛いことを除けば、からだに変わったことはなさそうだ。

「あなたが助けてくれたの？」鈴は訊いた。

「別にあんたを助けたわけじゃないよ。ただ、女を手籠《てご》めにする男は許せなくてね。そういう男を見ると一物をちょん切りたくなる」

その言葉に、鈴はぞっとしながら女性を見つめた。

「冗談だよ」女性が笑った。

目が慣れてくるにしたがって女性の顔があらわになっていく。白粉《おしろい》を塗っているので年齢はよくわからないが、かなりの美人だと思った。

「ちょっとお仕置きしてやっただけさ。もっとも次に会ったとしても気づかないほど色男になっちまったけどね」

「あなたひとりで、あの男たちを？」

女性が、それがどうしたというように肩をすくめた。

「どうして、わたしを……ここに？」

「さあ、どうしてだろうねえ。退屈だったからかな。男装の女なんてなかなか見かけないからね。あんたは女が好みなのかい？」

「そ、そういうわけじゃありません。今日の船でこの島に来たんですけど、危ないところだって聞いていたので……それで……」

「本土から来たばかりかい。どうりで見かけない面だと思ったよ」

「助けてくださってありがとうございます。島に来て早々お金を盗まれてしまったのですぐにお礼をするのは難しいですが、いつか何らかの形で必ずお礼させていただきます」鈴はそう言いながら深々と頭を下げた。

「どうしてこの島に来たんだい」

女性に訊かれ、鈴は頭を上げた。

「浴衣の生地からすると食い詰めた人間のようには思えないし、少し話しただけでも分別があるように感じるけど」

「……人を捜しに来ました」

「男？」

鈴が頷くと、女性が妖艶《ようえん》な笑みを浮かべた。

「灯という蒼い目をした人です」

こちらを見つめる女性の目つきが少し変化したように感じた。

「この島では蒼い目をした人が特別な存在として崇められているんですよね」

「そんな噂もあるね。もっともうちみたいな大衆向けの店にはやって来ないから、ほとんど見かけることはないけどさ」

「店？」

「この奥で飲み屋をやってるんだ」

「灯という人に心当たりはないでしょうか」

「そういう名前は聞いたことがないねえ」

「そうですか……」鈴は落胆の溜め息を漏らした。

「あんた、これからどうするんだい」

「わかりません。この島についてから嫌なことばかり続いて帰りたくなっています。ただ、船賃もないので……」

「さっきの男たちのことかい？」

「それだけじゃありません。港で食事をしようとしても追い払われました。ちゃんとお金を払おうとしたのに。それに鞄を奪われて助けを求めても、誰も彼もが嘲笑うようにわたしを見ているだけでした」

今までの人生であんな思いをしたのは初めてだった。何も悪いことはしていないというのに。あれが差別というものなのだろうか。

「港にいる人たちは特によそ者をよく思ってないからね」

「そうなんですか？」

「罪人船に乗ってやってきた奴らが最初に降り立つ場所だからね。無銭飲食や喧嘩沙汰を起こす輩が多いから、見かけない顔には警戒をするんだ」

　そういうことだったのか。

「どこか、働ける場所を紹介してもらえないでしょうか」鈴は頭を下げて言った。

　お金がなければどうすることもできない。

「じゃあ、うちで働くかい？」

　女性の言葉に、鈴は顔を上げた。

「ちょうど住み込みで手伝ってくれてた子が抜けたばかりでね。わたしと背格好がそれほど変わらないようだし、ここにある着物で店に出られるだろう。夕方からは働いてもらわなきゃいけないけど、それまではその彼を捜すことができる。それに、うちの客から何かしらの情報が得られるかもしれないよ」

　願ってもない話だ。

「いいんでしょうか？」

「あんた、かわいい顔してるからねえ。わたしひとりじゃ閑古鳥《かんこどり》だけど、それでちったぁ店が繁盛してくれれば。ただ、給金からここの宿代と食費としていくらか引かせてもらうけど、それでいいかい？」

「もちろんです。あの……何てお呼びすればいいですか」

「名前は鶴子《つるこ》っていうんだけど、みんなからはお鶴って呼ばれてるよ」

「お鶴さん……これからしばらくの間よろしくお願いします」

「こちらこそ。しばらくというか、長い付き合いになりそうだね。それなりの給金は出すつもりだけど、その彼を見つけられたとしても、向こうに戻るにはかなり時間がかかると思うよ」

　どういうことだろうかと、鈴は首をひねった。

「あんた、ここに来る船賃はいくらだった」

「二円でした」

　おおよそ仕事で稼いだ一ヵ月分の給金だ。

「本土に戻る船賃は数日前から二十円に上がったって客が言ってたよ」

　鈴は驚いて、「どうしてですか？」と訊いた。

「さあ……きな臭いことが起こらなきゃいいんだけどねえ」

　その言葉に不安を感じていると、お鶴が座った姿勢のままこちらに近づいてきた。鈴の頬に両手を添えてしげしげと見つめる。

「あざになってるからしばらくは白粉を塗らなきゃだね」

鈴は彼女の右頬のあたりを見つめた。

白粉をしているので先ほどまでは気づかなかったが、彼女の右頬には深い傷が走っている。

四

掃除を終えて漁船から降りようとしたときに、蒼狼に声をかけられた。

灯はそばにいた庄之助とともに蒼狼のもとに駆け寄った。

「今夜の九時にここに集まってくれ」

蒼狼に告げられ、また船を襲うのだろうかと、灯は全身を硬直させた。

「どこの船をやるんですか」隣にいた庄之助が意気揚々といった感じで訊く。

「今夜はそちらの仕事ではない。この前頂戴した弁才船で荷物を運ぶだけだ」

「荷物を？」庄之助が首をひねった。

「もっとも何を考えてるかわからん奴らだから戦にならないともかぎらないが。いずれにしてもいつもより遠出をするからゆっくり休んでくれ」

庄之助が「わかりました」と頷き、漁船を降りていった。灯も蒼狼に会釈して庄之助に続いた。

「何を考えてるかわからん奴らに荷物を運ぶって、どういうことだろうな？」

庄之助が訊いてきたが、灯にわかるはずがない。

そば屋の前で庄之助が立ち止まった。暖簾に指を向けて、「飯食っていかないか」と訊いてきた。

「いや、おれは……」灯は首を横に振った。

「何だよ、金がねえのか？」

断る理由が他に思い浮かばず頷くと、庄之助が「かわいい後輩におごってやるよ」と言って強引に店の中に連れ込んだ。

店内には他に客はいなかった。庄之助と向かい合わせに座り、灯は一番安いかけそばを注文した。

ここしばらく何も喉《のど》を通らないでいるが、そばであれば入るかもしれない。そう思ったが、そばが運ばれてきてもいっこうに箸《はし》が進まなかった。

「何だよ、せっかくのおごりなのに食べないのかよ」

声をかけられ、どんぶりから庄之助に視線を向ける。

「ごめんなさい。ちょっと食欲がなくて」

「ここのところ何だか元気がねえな。あの後、何かあったのか？」

あの後——蟻巣島で庄之助や平蔵と別れた後のことを言っているのだろう。

「いえ、別に……何もありません」

「蒼狼さんとふたりでどこに行ってたんだよ」

庄之助に訊かれたが、どう答えていいのかわからず口ごもった。

あの夜鬼仙島に戻る船で、蒼狼から海龍に会ったことや本殿のことは他言するなと釘を刺されている。

そのことを知っていいのは蒼皇だけなのだと。

蒼皇——

あの日までその言葉さえ知らなかったが、海龍は蒼い目を持つ高貴な血族だと言った。生まれながらにして選ばれた人間、この世界を変えるために選ばれた人間だと。

本当にそうなのだろうか。

人を殺す者が高貴で選ばれた人間だというのか。もし仮に高貴で選ばれた人間だったとしても、人を殺したり傷つけたりすることが許されるというのだろうか。

鈴とともに生きていくことができる世界が実現するかもしれない。

海龍からその話を聞かされたときには心が浮き立つのを覚えた。もし本当にそんな世界が実現するのであれば海龍に忠誠を誓ってもいいと。

だが、家に帰ってからはあの夜殺された者たちの無惨な姿が脳裏を離れず、激しく心がかきむしられた。

「けっきょくどこにも行きませんでした。仲間を何人か紹介してもらって蒼狼さんとそのまま鬼仙島に戻りました」

そう言うと、庄之助が笑った。

「おまえは嘘をつくのが下手だな」

「本当ですよ」

庄之助が身を乗り出して顔を近づけてくる。

「海龍様にお会いしてたんじゃないのか」

耳もとで囁かれ、灯は動揺した。

「違いますよ。何言ってるんですか」灯は手を振って否定した。

「誰にも言わないからおれにだけ教えてくれよ。どんな人なのかすごく興味があるんだ。どんなところに住んでるんだ」

「本当に違いますよ。蒼狼さんに訊けばいいじゃないですか」

「あの人は秘密主義だからさ」

「そういう人が仲間になったばかりのおれに海龍様を会わせると思いますか」

「それもそうだな。蒼狼さんは特におまえをかわいがってるように思ったから」

「庄之助さんはいつから鯨になったんですか」話題を変えたくなり、灯は小声で訊いた。

「一年ぐらいになるかな」

「どうして鬼仙島に？」

「おまえとたいして変わらないだろうよ」

　意味がわからず灯は首をひねった。

「差別され、虐げられながら生きている人間は何もおまえだけじゃない。蒼い目をしてなくても、家柄や、職業や、親がいるいないや、本当にくだらないことで差別されて虐げられることもある」

　庄之助はどんなことで差別され、虐げられてきたのだろう。

「海龍様が掲げる平等な理想の世界というのを、それが本当に実現できるのか、自分の目で確かめてみたかった」

　だが、それを実現するためには誰かが犠牲になる。この前のふたりのように。彼らや、彼らの家族は、海賊、いや海龍たちが掲げる理想の世界とやらをどんな思いで見るだろう。

「人を……人を殺すってどんな感じですか」

　灯がためらいながら訊くと、庄之助の表情がこわばった。

「それで食欲がないのか」

　すぐに笑顔になったが、無理に作ったものだとわかった。

「まあ……たしかにいい気持ちはしねえな。この前も言ったけど最初の戦のときにはびびったし、初めて人を殺めた夜はその光景が夢に出てきて一晩中うなされた。だけど……」

庄之助がそこで視線をそらした。

「だけど？」

灯が訊くと、庄之助がこちらに視線を戻す。

「それが使命だと思えば……巨大な悪を倒すためには、多少の犠牲もやむを得ないと考えるようにしてる。それがせめてもの心の拠り所だ」庄之助がこちらをじっと見つめて言った。

五

部屋に入ってきた服部がまっすぐこちらに向かってきた。

「長官がおまえのことをお呼びだそうだ」

服部に言われ、新太郎は椅子から立ち上がった。

「官舎に来てくれと？」

「いや、鎮守府庁舎のほうだ」

「わかった。ありがとう」新太郎は鞄の中から取り出した菓子折りを持って宿舎を出た。

司令長官室の前に着くと扉を叩いた。

「入れ」

中から声が聞こえて扉を開けると、椅子に座った山神がこちらに顔を向けた。

「榎木少尉候補生、入ります」新太郎は敬礼しながら言った。

「まあ、座ってくれ」

向かいの椅子を手で示され、新太郎は扉を閉めて近づいた。「失礼します」と言いながら山神の向かいに座る。

「休暇は満喫できたか」

「はい。おかげさまでいい休息になりました」

先ほど呉に戻ってきたばかりだ。

「それは？」山神が菓子折りに指を向けた。

「つまらないものですが土産です」新太郎は言いながら山神の前に菓子折りを置いた。

「長寿庵《ちょうじゅあん》の饅頭です。たしかお好きでしたよね」

「よく覚えていたな。ありがたい。後でいただこう」

「ただ、大変申し訳ないのですが妹には会えませんでした」

山神から呼び出されるとすれば鈴の見合いの話だろう。

「どうして」

「旅に出たようで家にいませんでした」

「十七歳の女子がどこに？」

「はっきりとはわからないのですが、どこかの島に行ったとか……」

「まさか江田島ではあるまいな。そうであれば手間が省けるが」

「それはないと思います」

「まあ、縁談の話は次に戻ったときにしてもらえればいい。ところで、君が最も信頼している同期は誰だ」

「服部昇少尉候補生であります」

新太郎が即答すると、山神が軽く唸った。

「他には」山神がさらに訊く。

「海軍の同期は皆等しく信頼しています」

「つまり、服部ひとりが抜きんでているわけだな」

答えに詰まっていると山神が立ち上がった。扉を開けて外にいる者に何かを告げ、新太郎の向かいに戻る。

「どうしてそのようなことをお訊きになられたのでしょう」

「服部が来てから話をしよう」

山神が言ってからしばらく待つと、扉を叩く音が聞こえた。

「入れ」

　山神が声をかけると、「服部少尉候補生、入ります」と声が聞こえた。

「榎木の隣に座ってくれ」

　服部が扉を閉め「失礼します」と新太郎の隣に座った。

「せっかくだからいただこうか」

　山神が菓子折りを開けて饅頭を手に取った。新太郎と服部にも勧める。

「職務中でありますから」服部が型通りの返答をした。

「これから少しばかり気が重くなる話をしなきゃならん。お互いに甘いものでも食べなきややってられない」

「それでは失礼します」

　新太郎が饅頭に手を伸ばして隣に目配せすると、服部も恐縮しながら饅頭を手に取った。

　饅頭を食べ終えると山神がこちらに身を乗り出してくる。

「これからする話は絶対に他言しないでほしい」

「はい」服部とともに答えた。

「親族も含めてだ」

　山神が新太郎の隣を見て言うと、「了解しております」と服部が答える。

「実はここの機密情報が外部に漏れている疑いがあってな」

新太郎は思わず服部と顔を見合わせた。すぐに山神に視線を戻す。

「榎木には先日話をしたが、近々『聖』という『白山』と同型の巡洋艦が英国から運ばれてくる。『聖』の慣熟訓練の総仕上げを兼ねて、ふたつの軍艦である作戦を決行すべく幹部たちと話を進めているのだが、どうやらその内容が外部に漏れている疑いがある」

「外部といいますと、どこかの国でしょうか」

服部の質問に、山神が首を横に振った。

「外国ではない。おそらく瀬戸内海で横行する海賊だろう」

「海賊？」服部が首をひねった。

「この周辺にいる海賊を一網打尽にするのがその作戦の趣旨だ。このまま海賊たちが横行し続ければいざというときに呉鎮守府は機能しなくなる。『白山』と『聖』を使ってその憂いを早急に取り除くことが帝国海軍にとっての目下の急務だ」

「それで我々の任務は何でしょうか」新太郎は訊いた。

「情報を漏らしている人物の当たりはつけてある。休暇前、官舎に来たときに君に茶を出した従卒を覚えているか」

新太郎は頷いた。

「伊《い》丹《たみ》三郎《さぶろう》という」

「あの人が？」

少し顔を合わせただけではわからないだろうが、実直そうに思えた。歳は自分よりも少し上だろう。

「証拠はない。わたしの勘だ。いや、嗅覚と言ったほうがいいかな。伊丹は明日から二日間休みを取っている。ふたりで伊丹のことを監視してほしい」

「監視と言いましても、わたしは伊丹さんに顔を知られています」

新太郎が言うと、山神が「そうだな」と頷いて立ち上がった。机に向かい、何かを取ってこちらに戻ってくる。

「榎木だけでなく、ここにいる者の顔はすべて知られているだろう。これで変装のための準備をしてくれ」

山神から一円紙幣の束を渡され、服部と顔を見合わせた。

「伊丹を監視して蒼い目をした人間と接触したら、直ちに取り押さえてここに連れてくるんだ」

蒼い目をした人間——という言葉に反応した。

「方法は問わないが、五体満足ではなくとも必ず生け捕りにしてほしい。そのための支度金ということだ。君たちの上官にはわたしのほうから報告しておく。話は以上だ」

新太郎は札束をしまうと服部とともに敬礼した。扉を開けようとしたときに呼び止められ、ふたり同時に振り返った。

「くれぐれも内密にな」

新太郎と服部は「わかりました」と答え、部屋を出た。無言のまま建物から出ると、隣から大きな溜め息が漏れた。

「大変な任務を仰せつかったな」

服部の呟きに、新太郎は小さく頷いた。

「それにしても最新鋭の軍艦を二隻使って海賊退治とは……」

自分が感じたのと同じように、気が重くなっているようだ。

「休暇前におれは聞いていた。黙っていてすまなかった」

「いや……むしろありがたかった。憂鬱な思いで千代と対面せずに済んだからな。それにしても海軍が海賊退治に乗り出すとは……坂本《さかもと》がいたらさぞかし喜んでいただろうが」

「そうかもしれないな」

ひさしぶりに坂本昭信《あきのぶ》のことを思い出した。

坂本は新太郎と服部が特に親しかった海軍兵学校の同期だ。兵学校を卒業後、ともに呉鎮守府に配属されたが、半年も経たずに除隊してしまった。

外国語や勉学に秀で、運動神経がよく、まわりからの人望も厚く、自分などとても太刀打ちできない人物だと思っていたが、そんな人間にも弱点があった。

新太郎も海に苦手意識を持っているが、坂本はそれに輪をかけていた。

航海訓練のときにはいつも顔を青ざめさせ、船内で吐きまくるありさまだった。だが、坂本の生い立ちを知るにつれ、新太郎と服部はその理由を察し同情した。

坂本は昔、家族で航海中に海賊の襲撃に遭ったという。坂本はまだ子供だったことからその場に取り残されたが、船員とともに抵抗した父は目の前で殺され、母と姉は他の若い女性とともに海賊に連れ去られた。船員を含めて大人のほとんどは殺されるか連れ去られ、残された子供と老人で大海を漂う船に閉じ込められていたが、一週間ほど後にようやく他の船に発見され命をつないだ。

だが大人になってからも、船の揺れを感じるとあのときの絶望をよみがえらせてしまうようだった。

坂本ほどの能力があれば船に乗らずとも海軍の中でいくらでも働き場所があっただろうが、海が苦手な人間に海軍の軍人は務まらないと、潔く除隊した。

「今頃どうしてるだろうな……」

服部も坂本との思い出を頭の中で巡らせていたようだ。

「あいつならどこでだってうまくやっているさ」新太郎は服部の肩を叩いて笑いかけ、宿舎に向かった。

六

漆黒の闇の中に小さな瞬きが見えた。

「明かりが見えました」

灯が叫ぶと、蒼狼と庄之助と平蔵がこちらに向かってきた。三人がそばに立ち、灯が指さしたほうを見つめる。

「本当だ。あれですか？」

庄之助が訊くと、「まだわからん」と蒼狼が言って口もとを引き結んだ。

次第に瞬きが大きくなっていく。弁才船の篝火だというのはわかったが、炎が不自然に揺れている。

風は強くない。こちらの甲板に掲げた篝火の炎もあれほど揺れていない。それほど距離があるように思えないが、向こうは風が強いのだろうか。

蒼狼が灯の横から離れた。振り返ると、蒼狼が篝火にしている松明《たいまつ》をつかんでこちらに戻ってくる。松明を掲げて振ると、向こうの篝火も蒼狼の動きに反応するように同じ形で揺れた。

「あれだ」

蒼狼はそう言うと松明をもとの場所に戻した。

「平蔵——あれに並走して船をつけるよう他の者に指示しろ。船をつけたら向こうの船員と協力し、動かないように縄で巻きつけろと」

「わかりました」平蔵が頷いてその場を離れた。

「庄之助、灯、こっちに来てくれ」

灯は庄之助とともに、蒼狼のもとに向かった。

「これからあの船に乗っている人物と取引を行う。ただ、さっきも言ったように何を考えてるかわからん奴らだ。おまえたちふたりを同行させる」蒼狼がそう言いながら目の前にある小箱を開けた。

中に入っているものが目に入り、灯は息を呑んだ。

拳銃が二丁入っている。

「これを懐に隠しておけ」

蒼狼が二丁の拳銃をつかみ、灯と庄之助に差し出した。

「これを使うような事態にはしたくないが、もしおれが右手で左耳に触れるしぐさをしたらすぐに取り出して相手を撃て」

庄之助が頷いて拳銃をつかんだが、灯は動けなかった。

「どうした」

それでも動けずにいると、蒼狼が灯の手をつかみ、拳銃を握らせた。

「ふたりで十二発だ。そのときがきたら、ためらわず、全員殺せ」

蒼狼が添えていた手を放した瞬間、想像以上の重みを感じた。だが、六人の命に釣り合うような重みでは決してない。

「早くしまえ」

灯は慌てて手に持っていた拳銃を懐に入れ、着物の内側から帯の隙間に挟み込む。蒼狼に見つめられながら、腰もとの冷たい感触が全身に広がっていく。

「それじゃ外から丸わかりだ」

蒼狼が灯の腰のあたりに手を伸ばし、拳銃のふくらみをごまかすように着物を直した。

「これでいい」

蒼狼は視線をそらさない。蒼い目でじっとこちらを見つめる。

「おれはまだ死ぬわけにはいかない。おまえたちも死なすわけにはいかない。だが、おまえの決断次第でここにいる全員が死ぬことになる。わかるな？」

灯は小さく頷いた。

「右手で左耳だ」蒼狼はそう言って微笑みかけるとこちらから視線をそらした。

少しだけ緊張が解け、灯は蒼狼の視線の先に目を向けた。こちらの船と並走している弁才船が見えた。篝火に照らされ、数人の人影が確認できる。

「縄を投げるぞ――」

甲板にいた平蔵や他の者たちが向こうの船に縄を投げる。向こうの甲板にいた男たちもこちらに縄を放る。その縄のひとつを庄之助がつかんだ。

「灯、手伝え」

灯は庄之助のもとに向かい縄をつかんだ。力を込めて縄を引っ張る。

双方の甲板にいる男たちが互いに縄を引き合い、並走する船が少しずつ接近していく。

「もっとだ！　もっと力を入れて引け！」

平蔵の声が聞こえ、灯は足を踏ん張って縄を引いた。互いの船の側面がぶつかったようで、甲板が大きく揺れた。足もとをふらつかせながら庄之助とともに出っ張りに向かい、縄を巻きつけ固定する。

「平蔵――おまえたちは積み荷を甲板に上げろ」

蒼狼の言葉に、平蔵と五人の男たちが船内に入っていく。

「行くぞ」

相手の船のほうに向かっていく蒼狼の背中を見て、灯は庄之助に視線を移した。緊張した面持ちの庄之助が頷きかけ、立ち上がると蒼狼の後に続いた。

覚悟を決めるしかなさそうだ。

灯は縄から手を離し立ち上がった。手のひらがじんじんとしびれている。

ふたりに続いて向こうの船に乗り移ると、すぐにあたりを見回した。

甲板には自分たちの他に八人の男がいた。ひとりだけ帽子をかぶり洋装だったが、他の七人は見たことがない変わった着物を着ている。

洋装の男が手を上げて近づいていく蒼狼を迎えたが、それ以外の男たちは威嚇するようにぎらついた視線をこちらに向けていた。

蒼狼が離れていろと後ろ手で合図したので、灯と庄之助は男たちから距離を置いたところで立ち止まった。

ちらっと周囲に視線を配ると、男たちから少し離れたところに大きな木箱が五つ置かれている。

「ソウロウ――」

その声に、灯は蒼狼たちのほうに視線を戻した。

洋装の男が握手を交わし得意そうに蒼狼に話しかけるが、異国の言葉のようで何を言っているのかわからない。

蒼狼も灯にはわからない言葉を話しながら洋装の男に促され木箱に向かっていく。

「清国《しんこく》の人間だな」

呟きが聞こえ、灯は庄之助を見た。

「清国？」

「知らないのか。海を渡ったはるか先に広がる馬鹿でっかい国だ。おれたちが住む国の何十倍も大きいそうだ」

「何十倍も？」信じられない思いで灯は訊き返した。

「ああ。奴らからすればおれたちの国は、本土の奴らから見た鬼仙島のようなものだろう」

蒼狼はそんな国の人間とどんな取引をしようというのだ。

自分たちが乗ってきた船には蟻巣島に隠し持っていた金銀財宝をたんまりと積み込んでいる。あの木箱の中にそれと釣り合うものが入っているというのか。

「油断するなよ」

庄之助の声に、灯は洋装の男と話をしている蒼狼に視線を戻した。

手のひらが汗ばむのを感じながら、ひたすら蒼狼の右手に意識を集中させる。

洋装の男がまわりの男たちに向かい、何やら言った。男のひとりがその場を離れ、何かを持ってふたりのもとに戻る。

男が手にしている斧《おの》を見て、灯はとっさに右手を動かした。

「待て」

庄之助に言われ、灯は手を止めた。

「焦るな。下手な真似をすりゃここにいるみんなお陀仏《だぶつ》だ」

灯はじりじりとした思いで、斧を手にした男と蒼狼の右手を交互に見た。

男は蒼狼たちの前に行くと、斧を持った手を大きく振って木箱に叩きつけた。何度か叩いて木箱の蓋《ふた》を取ると、蒼狼の右手が動いた。蒼狼が木箱の中から取り出した物をこちらに向けて掲げる。

鉄砲だ。

男が他の木箱にも斧を叩きつけ、次々と蓋を取っていく。

鉄砲を見つめていた蒼狼がこちらに顔を向けた。笑っている。

「こっちに来い」

蒼狼に手招きされ、灯と庄之助はそちらのほうに移動した。

木箱の中に目を向けると三十丁ほどの鉄砲と数えきれないほどの弾が入っている。他の四つの木箱の中身も同じだ。

洋装の男の話を聞いていた蒼狼が頷きかけ、木箱の中に手を伸ばして弾をつかんだ。灯たちに見せつけるようにしながら鉄砲に弾を込めると海に向かって構える。

引き金を引いた瞬間、鋭い破裂音が響き渡り、灯はびくっとして身を引いた。

立ち込める煙とともに嫌な臭いが鼻をつく。

蒼狼は満足そうな顔で鉄砲を木箱の中に戻すと、こちらを見た。

「こいつを船に運んでくれ」

蒼狼は洋装の男とふたたび握手をして自分たちの船に向かって歩きだした。

灯は庄之助と顔を見合わせ、ふたりで木箱をひとつ持ち上げた。蒼狼の後について自分たちの船に運び込む。

「平蔵——おまえたちで積み荷をすべて向こうの船に運んで、残りの木箱を持ってきてくれ」

蒼狼が言うと、平蔵たちが頷いた。甲板に出した木箱を持ち上げる。

「おれたちは運ばなくていいんですか」庄之助が訊いた。

「ああ。おまえと灯はこの船にいろ」

その言葉に反応したように、平蔵がこちらを見た。憎々しそうに顔を歪めている。自分たちばかり重労働させられることを不快に思っているのだろう。

「平蔵、そうむくれるな。このふたりには何かあったときに援護してもらわなきゃならない。最後まで油断のならない奴らだからな」

平蔵が納得したように頷き、他の者たちに荷物を運ぶよう顎をしゃくった。すぐに蒼狼がこちらに視線を向ける。

「おまえたちは相手に悟られないよう、その鉄砲のすべてに弾を込めておくんだ。やりかたはさっき見ただろう。すべての荷物を運び終えて船を離すまで、しっかりと相手のことを見張っておけ。少しでも相手が変な動きをしたら、おれたち三人で一斉に攻撃を仕掛ける」

蒼狼の言葉を聞きながら、鼓動がせわしなくなっていく。

攻撃を仕掛けると言っても、相手だって鉄砲を持っているにちがいない。

こんな至近距離で撃ち合いなどしたら、庄之助が言ったようにみんなお陀仏だ。

「早くしろ」

蒼狼に鋭く言われ、灯はためらいながら木箱の中に手を伸ばした。先ほど蒼狼がしていたのを思い出しながら鉄砲をあれこれといじり弾を込めようとする。

「暴発するかもしれないから余計なところは触るな。こうやるんだ」庄之助がそう言い、身を伏せながら弾の込めかたを灯に見せた。

身を隠しながら庄之助とともにすべての鉄砲に弾を込めると、最後の一丁を握り締めたまま荷物を運び出す平蔵たちの様子を窺った。

こちらの荷物を向こうの船に載せ、鉄砲を入れた木箱を運び込むと平蔵たちが縄を解いた。

甲板にたくさんの荷物を積んだ弁才船が離れていく。

徐々に小さくなる篝火が闇の中に消えると、灯は鉄砲から手を離して重い溜め息を漏らした。

誰も死なずに済んだ。

「みんな、今日はご苦労だった」

その声に、灯は蒼狼に目を向けた。

「今日の働きをお伝えしたら海龍様もさぞかしお喜びになるだろう。今日の作戦に参加した者には一円の寸志を支給するよう申し伝えられている」

蒼狼の言葉を聞き、まわりから歓声が沸き上がった。

数日前に弁才船を襲った帰りに蒼狼から寸志だと言って三十銭を渡された。漁師として働く日給は十五銭だ。

「鬼仙島に戻ったら島民に怪しまれない程度に愉しんでくれ」

蒼狼がひとりひとりのもとを回り、労いの言葉をかけながら金を渡していく。平蔵、庄之助に声をかけ、最後に灯のもとにやってきた。

「こんな数の鉄砲をいったいどうするつもりですか」

灯が問いかけると、金を渡そうとしていた蒼狼が手を止めた。

蒼狼は何も言わずにあたりを見回した。それにつられて灯も目を向けた。皆そのことが気になるというように蒼狼を見つめている。

「今夜は何も考えずに愉しんでもらいたかったんだが、そういうわけにはいかないようだな」

蒼狼がそう言って笑うと、「どういうことですか」と平蔵が口を開いた。

「呉鎮守府に近々配備される予定の軍艦を我々の手で奪取する」

あたりがざわついた。

「現在、呉鎮守府には『白山』という軍艦が配備されている。十二門の大砲を備え、ひとつの砲弾でこの弁才船が木端《こっぱ》微塵に吹き飛ぶほどの破壊力を持った英国製の最新鋭の軍艦だ。近々配備される『聖』も同じだけの性能を持っている」

まわりの動揺を気に留めることもなく蒼狼が話を続ける。

「そんな軍艦をどうやって奪おうというんですか」庄之助が言った。

「我々が持っているすべての黒衣船で八方から攻撃を仕掛ける」蒼狼が事もなげに返す。

「あんた、正気か！」

平蔵の隣に座っていた男が立ち上がった。名前は知らないが、右頬に大きなあざがある年嵩《としかさ》の男だ。

「その軍艦は弁才船を吹き飛ばすような大砲を持ってるんだろう。さらに小さな黒衣船なんかひとたまりもない。こっちの武器は鉄砲と弓矢と刀だけだ。太刀打ちできるわけがないじゃないか！」

「忠治《ちゅうじ》、たしかにあんたの言うとおりだ。だけどやるしかないんだ」

蒼狼が諭すように言うと、忠治と呼ばれた男が納得できないと顔をそむけた。

「その作戦によって多くの仲間が命を落とすことになるだろう。だけどやらなければならない。そのふたつの軍艦が揃ったら、海軍は我々を殲滅《せんめつ》するための作戦に打って出るつもりだ。『聖』を奪取しなければ海軍に対抗することはできない。それができなければ我々や鬼仙島の島民に生き残る術《すべ》はなくなる」

「島民のことなどおれの知ったことか。おれはあの島でちょっとばかりいい暮らしができればそれでいいんだ。それができないなら本土に戻るだけだ」

「それが海龍様の御意志でもか」蒼狼が忠治を見つめながら言った。

「いくら海龍様の申し付けだからといって、そんな心中話に乗るわけにはいかねえ」

　隣に座っていた平蔵が静かに立ち上がった。音も立てずに歩いて船内に入っていく。用でも足しに行ったのだろうか。

「おまえたちはどうなんだ。こんな無茶な話に乗るつもりか？」

　忠治がまわりに目を向けながら問いかけてくるが、何と言葉を返していいのかわからず黙っていた。

　他の者たちも同じようで、うつむきがちに唸るばかりだ。

　平蔵がこちらに向かって歩いてくる。右手に何か持っているようだが薄闇ではっきりとは見えない。

「悪いが、おれは下りさせてもらう……」

　忠治の背後で一筋の光が走った。次の瞬間、忠治が前のめりに倒れる。

忠治の背中からあふれ出る血を目にして、灯は顔を上げた。

刀を構えた平蔵が荒い息を吐きながら、ぴくりとも動かない忠治を見下ろしている。

顔を上げた平蔵と目が合った。殺気立った目で射すくめられ、背筋にひんやりとしたものが伝う。

「おまえら、それでも誇り高き海龍様のしもべか！　海龍様の御意志に背く奴はこの場でおれが叩き斬ってやる！」平蔵がまくしたてる。

「落ち着け」

庄之助が立ち上がり平蔵のそばに寄ると、刀を握った手をつかんだ。平蔵が庄之助の手を振り払って蒼狼に目を向けた。

「おれは海龍様のためならいつでもこの命を差し出す覚悟だ。蒼狼さん、あんたに対してもそうだ」平蔵が蒼狼を見つめながら訴える。

「鞘にしまえ」

冷ややかに蒼狼に言われ、平蔵が寂しげな眼差しになって刀を鞘に収めた。

「無駄に仲間を減らしやがって」蒼狼は口もとを歪めて言うと漆黒の闇に顔を向けた。

七

「酒がまだ来ねえぞ――」

　後ろの席から声が上がり、鈴は振り返った。

「はい、ただいま……すぐにお持ちします」

　鈴はあたふたと言って、つけ場にいるお鶴のもとに向かった。

「お鶴さん、すみません。あのお客さんの熱燗《あつかん》がまだ出ていないのでお願いします」

　鈴が催促すると、お鶴が客のほうを向いて顔を歪めた。

「あの客は酔っぱらうとタチが悪いから、ちょっとぐらい待たせといたほうがいいんだよ」

「でも……」

「おい泰造《たいぞう》、酒の催促をする前にちゃんとつけを払いな！」

「うるせえなあ。だいたいこの店は高すぎるんだよ。こんなしみったれたお通しで二銭も取るなんてぼったくりもいいところだ」

　泰造と呼ばれた客が小鉢を持って立ち上がり、お通しの切り干し大根を箸でつまみながら言い返した。

「あんたは世間を知らないねえ。こんないい女がふたりもいるんだ。店に入るだけでそれなりの金がかかるってもんだ」

「女がいるっていったって何もさせねえじゃねえか！」

「当たり前だろう。ここは酒を飲む場所だ。女の尻を触りたいんだったら他所《よそ》に行きな。わたしらのからだに指一本でも触れたらこいつを投げるからね」

お鶴が手に持った包丁をかざして啖呵《たんか》を切ると、泰造がすごすごと椅子に座った。

「鈴、これ後ろのお客さんに」

お鶴に言われ、鈴はつけ台に置かれた料理を運んだ。

引き戸が開く音がして顔を向けた。法被《はっぴ》を着た男が入ってくる。うつむきがちで右肘《ひじ》のあたりを反対の手で押さえている。

「いらっしゃいませ」

鈴が声をかけると、男はうつむいたまま空いている席に座った。お通しの小鉢を持って男のほうに向かう。

「何にしましょうか」男の前に小鉢を置きながら鈴は訊いた。

「酒を一合。冷やで」

卓の上に肘をついて顔を上げた男と目が合い、はっと息を呑んだ。

左右の目の色が違う。左目は自分と同じように黒いが、右目は蒼い。

「そんなに珍しい面かよ」

すごむように男に言われ、鈴は「いえ……」と視線をそらした。

男の肘のあたりが目に留まった。法被が破れ、肘から血が滲んでいる。

「お怪我をされてるんですか」

鈴が言うと、男が腕を持ち上げて自分の肘に目を向けた。

「さっき転んじまった。どうでもいいから早く酒を持ってこいよ」

鈴はお鶴のもとに行き、注文を伝えた。

「あのお客さん、肘を擦り剝いているんですけど、お薬はありませんか」

鈴が言うと、お鶴が男のほうを見た。

「一見の客だね。奥の部屋の引き出しの中に塗り薬があるよ」

お鶴に頭を下げると、鈴は奥の部屋に向かった。引き出しを開けて薬を探し、手拭いを取ると店に戻った。手拭いを水で濡らし、男のもとに向かう。

「これを使ってください」

薬と手拭いを差し出しながら声をかけると、男がこちらを向いた。

「いらねえよ。それよりも酒はまだかよ」男が睨みつけて言った。

「お酒はすぐにご用意します。そのまま放っておくと傷がさらに悪くなるかもしれませんから、手拭いで泥を拭って薬を塗ってください」

相手の目を見つめて言うと、男が面倒臭そうに法被を脱いだ。手拭いで肘についた泥と血を拭う。

先ほど開けた引き出しの中に針と糸があったのを思い出し、男が脱いだ法被を持ってふたたび奥の部屋に向かった。引き出しから針と糸を手に取り、法被の破れ目を手早く縫うと男のもとに戻った。ちょうど薬を塗り終えたところのようだ。

鈴が法被を差し出すと、男が怪訝そうに受け取って羽織った。腕を上げて右肘の縫い目を見ると、鈴に目を向ける。

「これでようやく酒にありつけるってわけか。面倒な店だな」

鈴は男に微笑みかけるとお鶴のもとに向かい、受け取った酒を男に運んだ。

「お鶴さん、いい娘が入ったなあ。どこで仕入れてきたんじゃ」

つけ台に戻ると、そばで飲んでいた老年の男性客の声が聞こえた。

「源三《げんぞう》さん、別に仕入れたんじゃないよ。一昨日の夜に天文寺《てんもんじ》で出会ってさ。鬼仙島に来たばかりで困ってるみたいだったから、うちで働かないかって誘ったんだよ」

お鶴の話を聞いて、源三と呼ばれた男が驚いたように鈴を見た。

「あんたまた、どうしてこんなところに……」

「男を捜しに来たんだってさ。灯っていう蒼皇さん。この娘と同じくらいの歳の男なんだけど、心当たりはないかな?」

蒼い目をした人間は、鬼仙島では蒼皇と呼ばれてまわりから羨望の対象になっているそうだ。

「灯ねえ……そういう名前かどうかはわからんが、仙岩町《せんがんちょう》で若い蒼皇さんを見かけたことがあったのう」

「本当ですか！」鈴は思わず身を乗り出して訊いた。

「ああ、あんたぐらいの歳の男じゃ。じゃがなあ……」そう言葉を濁してお鶴と顔を見合わせた。

どうしたのだろうと、鈴はお鶴に目を向けた。

「鬼仙島の中でも特にガラの悪い地域なのさ。わたしもあそこにだけは足を踏み入れたくない。あんたも二度とあんな目に遭いたくなかったら行くんじゃないよ」お鶴が釘を刺すように言った。

八

庄之助が徳利《とっくり》をつかみ、自分と灯の猪口《ちょこ》に酒を注いだ。

灯は「すみません」と軽く頭を下げ、猪口の酒を一気に飲んだ。

ふたりで徳利の酒を五本ほど空けているが、先ほどの記憶が薄れることはない。

忠治の背中から流れ出る血はおぞましい記憶だが、それでも弁才船を襲ったときに比べれば胸の痛みは少なかった。

弁才船でふたりの男の亡骸を目にした後はしばらく何も喉を通らなかったというのに、今はこうやって干し魚をつまみに酒を飲んでいる。

酒を飲んで忘れたいのは背中を斬られた忠治の記憶ではなく、人の死に慣れてしまっている自分の存在だろう。

灯は徳利に手を伸ばし、庄之助と自分の猪口に酒を注いだ。

「庄之助さんは、これからどうするんですか」灯は訊いた。

「どうするって、何を」

「軍艦の話ですよ」まわりに客はいなかったが、灯は小声で言った。

「どうするも何も……やるしかないだろう。他に選択の余地はない」庄之助がそう言って猪口を口もとに運んだ。

「そうでしょうか」

灯が言うと、庄之助が手を止めた。

「おれは本土では生きられない。そう思わされる経験を今までさんざんしてきました。だけど庄之助さんならここでなくても生きていくことができるんじゃないですか」

「蒼い目をしてないからか？」

「それだけじゃありません」

弁才船に乗っていた男たちの言葉を聞いて清国の人間だとわかったということは、それなりの学を積んでいるのではないか。それに蒼狼のような他者を圧倒する存在感や、平蔵のような荒々しい強さはないが、庄之助はどんな状況でも理性で行動できる意志の強さがあるように感じている。

先ほど、刀を持って猛《たけ》り狂《くる》っていた平蔵をやんわりと諌《いさ》めたように。

灯が思っていたことを話すと、庄之助は「とんだ買い被りだ」と鼻で笑って猪口の酒を飲んだ。

「人を見た目で判断しないことだ。おれの心はそうとう荒《すさ》んでる。おそらく平蔵なんかよりも禍々《まがまが》しい感情がおれの中に巣くってるんだろうよ。ここにいなきゃおれの心は癒やされない」

「ここにいれば、庄之助さんの心は癒やされるんですか」

とてもそうは思えない。

「癒やされるかどうかはまだわからない。鯨の一員としてこれ以上ないという手柄を立てて、海龍様に直接お会いすることができたら……そのときにようやくおれの心は癒やされるのかもしれない」

海龍にそんな力はあるのだろうか。鈴とともに生きていくことができると言われたときには、たしかに心が浮き立った。だがそんな世界を作るためにどれだけの人の命が犠牲になるのかと考えると、奈落の底に突き落とされたような気持ちになる。

「いや、きっとそうだろう」

自分を納得させるように庄之助が何度か頷き、徳利をつかんだ。

「もうしまいだな。ここで出るか」

少し酔いが回ってきたのを感じていたので、灯は頷いた。

「勘定をしてくれ」

庄之助が主人に呼びかけ卓の上に金を置いた。灯も金を出そうとすると、庄之助が「いい」と手を振り立ち上がった。

店から出ると、庄之助が家のほうではなく竜門町の坂を上っていく。

「帰らないんですか？」

灯が呼びかけると、庄之助が足を止めてこちらを向いた。

「もう一軒行こう」

「いや、おれはちょっと酔いが回ってきたんで……」

灯が言うと庄之助がこちらに戻ってきた。

「まだいいじゃないか。蒼狼さんの計らいで明日の漁はなくなったんだし。もう一軒だけ付き合え」

「でも……」

「酒を飲まなくてもいい場所だ。それに寝たければそこで寝ればいい」庄之助が灯の肩に手を回して歩きだした。

坂を上っていくにつれ、まわりの風景が変わっていく。このあたりも竜門町と呼ばれているようだが坂の下に密集する掘っ立て小屋とは違い、二階建ての豪奢《ごうしゃ》な建物があちこちにあった。

鬼仙島の中でも要職に就く者しか行けない店ばかりだと聞いていたので、このあたりに来るのは初めてだ。

「ここか――」

庄之助が二階建ての大きな屋敷の前で立ち止まった。あたりに目を向けたが店名などは出ていない。

何の店だかわからないが、少なくとも自分たちが立ち入れるようなところではないことは門構えを見ただけでわかる。

「何の店なんですか」

灯が訊くと、庄之助がにやりと笑い「特別な店だ」とだけ答えた。

「特別な店って……」

その存在だけは聞いたことはあるが、もちろん行ったことは一度もない。

「おまえ、女を抱いたことないだろう」

「な……」庄之助の言葉に動揺する。

「女を知らないまま死ぬことになったら可哀そうだと思って連れてきた」

「い、いや……おれはいいですよ」

灯は肩に回されていた庄之助の手を振りほどいて歩きだした。すぐに庄之助に手をつかまれ引き寄せられる。

「まあ、そんなこと言うなって。おれたちの給金じゃこんなところには二度と来られないぞ」

「いや……おれは本当にいいですから」

灯は抵抗したが、庄之助に強引に連れていかれた。

引き戸を開けた庄之助に押され中に入ると、自分の部屋の五倍はあろうかという広さの玄関があった。目の前に大きな階段があり、作りも贅沢《ぜいたく》で、高価そうな骨董品や絵画が飾られている。

裸の女子を描いた絵画が目に留まり、灯は思わず顔を伏せた。

気後れする灯にかまうことなく庄之助が「すみません」と呼びかけると、しばらくして足音が聞こえた。

「何かご用でしょうか」

男性の声が聞こえたが、声音から場違いな客が来たと思われているのだと感じた。

「蒼狼さんから聞いて来ました」

その声に、灯は顔を上げて庄之助に目を向けた。

「わたくしはこの店の主人の伊《い》藤《とう》と申します。蒼狼様とはどのような……」

「一緒に仕事をしています。蒼狼さんから慰労だと言われてここを紹介されたんですけど。これを渡せばツケになるからと」庄之助が取り出した紙を主人に渡した。

「そうでしたか。どのような女がお好みでしょうか」

あからさまに主人の態度が変わった。

「おまえは？」

庄之助に訊かれたが、灯は「何でも……」と口ごもった。

「かしこまりました。ここで甲乙つけがたい人気のふたりがおりますので、その者を……」

「ちょっと訊きたいんですけど」主人の言葉を遮るように庄之助が言った。

「何でございましょうか」

「ここにほくろのある女はいないかな」庄之助が自分の右の顎のあたりを指さしながら言った。

「いえ、あいにくそのような女は……」

「他の店でもいないかな」

「さあ、他の店のことはよくわからないのですが……顔にほくろのある女がお好みでしょうか」

「いやいや、初恋の女がそこにほくろがあったってだけで。若い頃の思い出に浸りながら愉しみたいと思ったんだけど。女はあなたにお任せします」

「さようでございますか。どうぞお上がりください」

主人に促され、灯たちは玄関を上がり廊下を進んだ。

「おひとりさまはこちらのお部屋でお願いします」

主人が襖を開いた部屋に庄之助が入っていく。

「じゃあ、愉しめよ」庄之助がそう言って襖を閉めた。

ここに入る前とは打って変わってつまらなさそうな表情に思えた。

初恋の女子と同じ場所にほくろがあったとしても、それがその人でなければ意味などないだろうに。

たとえ耳が大きな女子が目の前にいたとしても自分の胸がときめかないのと同じだ。

「どうぞ、こちらに」

主人に勧められ、灯は部屋に入った。灯籠の明かりだけのほの暗い部屋に布団が敷いてある。

「しばらくお待ちください」

主人がそう言って襖を閉めたが、どうしていいかわからず灯は布団の傍らに立ち尽くした。

ここがどういうことをする場所かは知っている。女子と肌を触れ合わせるところだ。

自分の記憶の中で女子の肌に触れたのはたった一度だけ。子供の頃、海老沼に落ちて溺れていた鈴を助け上げたときだ。

そのときには何も感じなかった。だが、それから後に自分に向けてくれる鈴の優しい笑顔に触れ、彼女への思いを募らせた。それからはあのときの肌の感触を必死によみがえらせようとして、どうしようもないほどに胸の高鳴りを覚えた。

もはや想像するしかないが、きっと柔らかく温かな感触だったと思う。

「失礼いたします」

女子の声が聞こえ、灯は襖に目を向けた。

「入ってよろしいでしょうか」

「あ、あ……」

それしか答えられずにいると襖が開いた。帯を前で結んだ女子が正座をしてこちらに頭を下げている。女子が頭を上げた。灯と目が合うと微笑み、座った姿勢のまま部屋に入って襖を閉める。

自分と同じくらいの歳に思える、きれいな女子だった。

女子が灯の足もとに目を向け、すぐにこちらを見上げた。

「立ったままですとお疲れになるでしょう。どうぞお座りください」

先ほどから膝のあたりが震えている。灯は言われたとおり女子の前に座った。

「何とお呼びすればよろしいでしょうか」

女子に訊かれ、灯は自分の名前を告げた。

「あなたは？」

「わたしに名前はございません」

灯は首をひねった。

「何と呼んでいただいてもかまいません。着物を脱がせてもらえませんか」

女子に言われたが、灯は相手の顔を直視できないまま動けずにいた。

しばらくそのまま向き合っていたが、女子が後ろを向いて灯籠の明かりを消した。真っ暗な中、女子が灯の手を握り締めてくる。柔らかく温かい感触だった。

鈴――

「そうです。鈴でございます。鈴は灯さまに抱かれとうございます」

柔らかく温かな感触に包まれ、自分の手が浮遊するのを感じる。指先に布の感触が当たった。さらに奥に進んでいく。自分の手を包み込んでいるそれよりもさらに柔らかく温かな肌に触れ、全身を貫かれるような衝撃が走った。

灯はとっさに女子の着物の中から手を出した。自分の手に添えられた女子の手を解くと、熱を帯びたような下半身の感覚に戸惑いながら立ち上がった。

「お待ちください」

襖を開けたときに後ろから呼び止められ、灯は振り返った。廊下の明かりでかろうじて女子の表情が窺えた。すがるような眼差しでこちらを見つめている。

「灯さまの願いならどんなことでもいたしますから、どうかお戻りください。わたしではご不満でしょうか」

「不満なわけではありません。ただ……ごめんなさい……」

それ以上言葉にならず、灯は襖を閉めて玄関に向かった。奥の部屋から主人が出てきてこちらにやってくる。

「どうされましたか。何か失礼がありましたか？」主人が狼狽《ろうばい》したように言った。

「そうではありません。飲みすぎて具合が悪くなってしまって……」

「そうですか。それではどうぞお部屋でお休みください。すぐに薬をお持ちいたしますので」

「いや。今日はこのまま帰ります。一緒だった者には具合が悪くなったので先に帰ったと伝えてください」

灯は早口に言うと草履《ぞうり》を履いて逃げるように屋敷を出た。坂道を駆け下りて自分が住んでいる長屋に向かう。

何なんだろう、この感覚は。からだの中で今まで感じたことのないものが膨《ふく》れ上がって、破裂しそうだ。

長屋に戻るとすぐに布団の中に入った。目を閉じて無心になれと自分に言い聞かせたが、いくら念じてもからだの中からほとばしる欲求が消えてくれない。

鈴に会いたい――

戸の隙間から朝の陽射《ひざ》しが差し込んでくると、灯は布団から起き上がった。けっきょくあれから一睡もできなかった。だが一晩中考えたおかげで、これから自分がどうするべきかという答えは見つけられた。

灯は風呂敷を手にして、これに包めるだけの荷造りをした。

畳をはがし、その下にある木板を一枚外して中に手を突っ込んだ。下に隠し置いてある小さな壺《つぼ》を取り出すと、中に入っている金を布団の上にばらまいて数えた。

全部で三円二十五銭ある。

鬼仙島から本土までの船賃は二円だからこの島を離れることはできる。だが、残りの金であの村まで行くのは無理だろう。仮にあの村に行けたとしても鈴に会えるとはかぎらない。

そんなことは今朝までに何十回と考えたことではないか。

たとえどんな苦難が待ち受けていたとしてもこの島から出ていき、鈴を捜すと決めたのだから。

ここでそれなりに金を貯めてから鈴を捜しに行くことも考えた。だが、このまま蒼狼たちと行動を共にすれば、いつ命を落とすことになるかわからない。いや、仮に生き延びてそれなりの金を持ったとしても、自分の手を他人の血で染めるようなことになればもう鈴に会うことは叶わなくなる。

人殺しの面を鈴にさらすことなど考えられない。

灯は風呂敷に包んだ荷物と金を持つと戸口に向かった。ふと、足を止めて手に持った風呂敷に目を向ける。

仲間に見られたら不審に思われてしまうかもしれない。

灯は風呂敷の中から木彫りの人形を取り出して懐にしまった。子供の頃、灯のために爺が作ってくれたものだ。

これだけ持っていければいいと風呂敷を放り、長屋から出て港に向かった。

港が近づいてくるとあたりに視線を配りながら歩いた。蒼狼の船以外はすべて漁に出ているようで、知り合いに会わないまま罪人船の前に着いた。

「すみません――」

灯が声をかけると、罪人船から男が出てきた。本土から鬼仙島に向かうときに乗っていた船員だ。

「次はいつ出ますか」男が目の前にやってくると、灯は訊いた。

「ひとりでも客がいればすぐに出すよ。こっちにいても客はいないからこれから本土に向かおうと思ってたところだ」

そいつはありがたい。

「お願いします」

灯は金を差し出したが、男は「これじゃ足りない」と首を横に振った。

「どういうことですか。船賃はたしか二円だったでしょう」

「三日前から、鬼仙島から本土に行く船賃を値上げしたんだよ。二十円に」

「二十円？」

灯が驚いて訊き返すと、男が頷いた。

「本土からここに来る船賃は二円のままなんだがな」

「どうして本土に行く船賃だけ……」

「さあな。上からのお達しだからさ。絶対に値引きするなと厳しく言われてる。破ったらおれたちの身が危うくなるんでな。悪いな」男はそう言うと船に戻っていった。

鯨の者たちが鬼仙島から逃げ出さないようにするために、海龍からの申し付けなのだろうとすぐに察した。

灯は忌々《いまいま》しい思いで罪人船を睨みつけた。

九

「どうだ」

服部の声が聞こえ、新太郎は顔を向けた。

「いや、まだ出てこない」

新太郎が答えると、地べたに座っていた服部が大きな溜め息を漏らした。

宿舎の門を見張り始めてから、かれこれ三時間は経っているだろう。

「こんなところでずっと日向ぼっこをしてたら、いいかげん近所の人たちに怪しまれるぞ」服部がそう言って痒《かゆ》そうに鼻の下をかいた。

たしかにそうだが、宿舎を出ていくかもしれない伊丹の動向を窺うには、門の斜め前に建つこの民家の物陰しかない。

「それにしても、長官の話は本当なのかな」服部がふたたび鼻の下をかきながら言った。

山神の従卒である伊丹が海賊と通じている。信じたくない話だ。

「いっそのこと、このまま現れなければいいな」

同じ思いのようで、服部が頷いた。

「昨日の工作は無駄になっちまうけどな」

伊丹に気づかれず尾行するために、山神からもらった金で変装の準備をした。町に出て通りにいた行商人から袢纏《じゅばん》と網代笠《あじろがさ》を譲ってもらい、眼鏡を買った。さらに宿舎に戻ると偽装のひげを作った。

宿舎の門から人が出てくるのが見える。和装に帽子をかぶった男だ。

新太郎は眼鏡を外してそちらのほうを注視した。伊丹のようだ。

「残念だが、お出かけのようだ」

隣に視線を戻すと、服部が顔を歪め、網代笠をかぶって立ち上がった。

新太郎は眼鏡をかけ、服部とともに民家の物陰を後にする。ゆっくりとした足取りで伊丹の後をついていく。

一町ほど距離を置きながら畦道《あぜみち》を進んだ。伊丹は後ろを気にする様子もなく歩いていく。

「港に向かっているようだな」

服部の言うように、そのままついていくと港に着いた。

数艘の弁才船が泊まっているが、伊丹は広島行きの船に乗った。気づかれないかと緊張しながら新太郎たちも同じ船に乗り込む。

船内には十数人の男女がいる。伊丹はそれらの人たちから離れた場所に座った。さりげなくあたりの人たちに目を向けたが、蒼い目の人間はいない。

新太郎たちは伊丹や他の乗客がいない場所を探し、腰を下ろした。船が動き出すと、網代笠の隙間からちらっと伊丹のほうを窺う。

伊丹は両腕を組み、目を閉じたまま胡坐をかいていて、新太郎たちに気づいている様子はない。荷物を持っていないので日帰りで戻るつもりなのだろう。

「蒼い目の人間っていうのは西洋人のことかな」

服部の呟きが聞こえ、新太郎は顔を向けた。

「あのかたは海賊の関係者だと言っていた。西洋人がこの国の海賊に加担しているとは考えられないだろう」新太郎は言葉を選び、小声で返した。

「そうだな。それに西洋人を無理やり取り押さえたとなったら大変なことになっちまう」

たしかにそんなことをすれば国際問題に発展してしまうかもしれない。

「やはり青鬼のことか……」

服部の呟きに、心が重くなった。

「おまえ、会ったことはあるか？」新太郎は訊いた。

蒼い目をした人間の話はそこらじゅうで聞くが、実際に会ったという人の話を聞いたことがない。

「会ったというか……一度だけ見かけたことがある。ガキの頃にな……」服部がそう言って顔を伏せた。

網代笠で服部の目もとは見えなかったが、頬のあたりが小刻みに震えている。

思い出したくないことのようだ。

「今のおれと同じぐらいの歳の男だった。荷馬に乗せられたその男に向かって、まわりの大人たちが汚い言葉で罵《ののし》りながら石を投げつけていたのを覚えてる。顔中血だらけになって刑場につれていかれた男は首を斬られ、町の一角にさらされた。まわりの人たちは男の生首に向かって罵声を浴びせながら唾を吐きかけていた。おれは兄貴と一緒に遠くからその様子を見てたんだけど、男の蒼い目がじっとおれに据えられているような気がしてさ。恨めしそうにこちらを見る蒼い目が今でも忘れられない……」

「市中引き回しとさらし首というやつか」

服部が力なく頷いた。

「だけど、今の時代にそんなことが……」

昔そういう刑罰があったことは知っているが、維新前の話だと思っていた。村にいたときにはその存在すら知らなかった。

「おれがガキの頃にはたまにそういうことがあったよ。十年ぐらい前に廃止されたけどな」

「その男はいったい何をしたっていうんだ？」新太郎は訊いた。

「盗みを働いたそうだ。おそらく青鬼ということで働き口がなく、食い詰めてしかたなくやったんだろう」

「たったそれだけで、市中引き回しの末にさらし首にされたっていうのか？」信じられない思いで訊いた。

「青鬼でなけりゃ、そこまでされなかっただろう」

ひどい。

そのすぐ後、激しい胸の痛みに襲われた。

自分も似たような光景を見ている。そこまではしなかったとしても、父や村の人たちは蒼い目の灯を侮蔑し、一緒に暮らしていた爺とともに迫害していたのだ。

でも、自分はそんなひどい人間ではないと言い訳はできない。いじめには加わらなかったが、灯を助けることなく黙って見ているだけだった。

「おれたちが生きてる世界はまともじゃないって、子供ながらに思ったよ」

服部の言葉に、新太郎は我に返った。

「同じ人間なのにどうして人は人を傷つけるんだろうって。苦しめ、傷つけるんじゃなく、おれは人を救う人間になりたかった」

「それで学者を志したのか」

新太郎が言うと、服部が苦笑を漏らした。

「けっきょく運命には抗えなかったんだけどな。それでも、できれば手荒なことはしたくない」服部がそう言って自分の背中のほうを向いた。

互いの背中に巻きつけた風呂敷の中には木刀を短く切った棍棒《こんぼう》と手錠を入れている。五体満足でなくても必ず生け捕りにするよう山神に命じられ、用意したのだ。

「相手が抵抗するならそういうわけにはいくまい」

服部は気が乗らないようだが、海賊に海軍の大切な情報を渡すわけにはいかない。いざとなれば、人を傷つけることも厭《いと》わない覚悟が必要だ。

「そうだな……おまえは青鬼に会ったことはあるのか？」服部が訊いてきた。

先ほどから灯の姿が脳裏に浮かんでいる。だが、灯のことをどのように語っていいか今の自分にはわからない。

「いや。少し休んでおこう」新太郎はそうはぐらかすと壁にもたれた。

十

「鈴、ちょっと来てちょうだい――」

お鶴の声が聞こえ、鈴は奥の部屋に向かった。部屋に入るとお鶴が縫い物をしていた手を止めてこちらに顔を向けた。

「準備は終わったかい？」

お鶴に訊かれ、鈴は「はい」と頷いた。

「そうかい。じゃあ、お店が始まるまで休んでいいよ」

「ありがとうございます」

仕込みと掃除を終えてから店を開けるまでの間は灯を捜すことを許されている。

お鶴が立ち上がり、簞笥の引き出しを開けた。中から取り出した金を鈴に差し出す。

「帰るときでいいから卵を十個とお米を一升ほど買ってきてちょうだい」

「わかりました」

鈴は受け取った金を巾着袋《きんちゃくぶくろ》にしまい、代わりに一枚の紙を取り出した。その場で広げてこれからの予定を考える。

「ずいぶん回ったのね」

紙を覗き込んでいたお鶴に言われ、鈴は頷いた。

出会った翌日にお鶴が手書きしてくれた鬼仙島の地図だ。自分が回ったところには鉛筆で×印をつけている。

お鶴も店に来る客に灯のことを訊いてくれているが、昨晩年配の客が話してくれたこと以外に今までめぼしい情報は得られていない。

仙岩町で見かけたという蒼い目の男――

「昨日も言ったけど、仙岩町には行かないほうがいいからね」鈴が考えていることを見透かすようにお鶴が言った。

「ええ、もちろん。今日は安蔵町《やすくらちょう》のほうに行ってみようと思ってます」

「そんな人は見かけたことがないねえ」

店先に立っている老婆に素っ気なく言われ、鈴は「そうですか……」と落胆の溜め息を漏らしそうになった。

「だいたい蒼皇さんがたがこんなところにおるわけないだろうに」老婆が苦笑交じりに言って首を巡らせる。

鈴も老婆につられてあたりを見回した。今にも崩れ落ちそうな古びた小屋ばかりが目に留まる。

安蔵町は鬼仙島の中でもとりわけ貧困者が多く住む町だと聞いていた。実際に足を運んでみて、自分が訪ねたどの町よりも高齢者が極端に多いところだと感じる。

たしかに島で羨望の対象になっている蒼皇が住むような場所には思えない。

「ありがとうございました。これ、もしよかったら食べてください」鈴は手に持っていた袋からみかんを取り出して老婆に渡した。

安蔵町に来る前に買ったものだ。お鶴の店で働き始めて日当をもらえるようになってから、灯のことを訊ねるときには手土産を用意するようにしていた。

日当を貯めて帰りの船賃を用意しなければならないし、お鶴の店で働いていると告げればだいたいの人は快く話をしてくれるから必要ないかもしれないが、せめてもの気持ちを示したかった。

「まあ、どうもありがとう」老婆が顔をほころばせてみかんを受け取った。

頭を下げて立ち去ろうとした鈴を老婆が呼び止めた。

「蒼皇さんがたを捜してるんなら、港か竜門町か蒼元町《そうげんちょう》か仙岩町に行ってみなさい」老婆が言った。

竜門町は今住んでいるところだ。蒼元町は竜門町からさらに坂を上ったところの高台にある島の要職に就く者たちが住む町だと言われていて、それ以外の者は簡単に立ち入ることができないそうだ。

港には——島に着いた日から行っていない。

港周辺の人たちに激しく拒絶された記憶がそこに行くことをためらわせている。

「仙岩町には蒼皇さんたちがたくさんいるんですか」鈴は訊いた。

「どれぐらいいるのかはわからないけど、若い蒼皇さんがたがよく集まるところだっていう話は聞くね」

「ありがとうございます」

鈴は老婆にもう一度礼を言って歩きだした。しばらく行ったところで立ち止まり、手に持っていた地図を広げる。

まだ時間はある。これからどうしよう。

地図を見つめながら決意を固めると、鈴はふたたび歩きだした。


しばらく町を歩いたが、なかなか人に出くわさない。そればかりか商店や食べ物屋の看板を掲げている建物はそこかしこにあるのに、どこも戸を閉めている。

若い蒼皇が集まる町だと先ほどの老婆が言っていたから、夜になれば賑わうのだろうか。

それにしても、これだけ建物が連なっているというのにまったく人の気配を感じない。

やはり引き返したほうがいいかもしれないと不安に思い、鈴は踵を返した。来た道を急いで戻っていく。

すると少し先に人の姿を見つけた。進んでいくと自分と同世代らしい女性だとわかった。女性が「こんにちは」と笑みを浮かべたのを見て、ほっと息をついた。

鈴は女性に挨拶《あいさつ》を返した。女性は自分と同じ黒い目をしている。

「今日はいいお天気ね。お散歩？」

「ええ。初めて仙岩町に来たんです。静かな町なんですね」

「ここは夜の町だから。ほとんどの人はこの時間は寝てるの。でももうちょっと行くと開いてるお店もあるわよ。鬼仙島で一番おいしいと評判の団子屋さんとか」女性が少し先を指さして言った。

「そうなんですか。でもそろそろ仕事に戻らなきゃいけないので、また今度来てみます」

「そう、残念ね。どこに住んでるの？」

「竜門町です」

「わたしも前は竜門町に住んでた。ここは治安がよくないって言われてるけど竜門町よりも安全だからまた遊びに来てね」

「そうします」と女性と手を振り合って鈴は歩きだした。だが、すぐに足を止めて振り返った。

「少しお伺いしたいんですけど」女性に近づきながら言った。

「何かしら？」

「この町には若い蒼皇さんたちがたくさん集まるって聞いたんですけど」

鈴が言うと、女性がおかしそうに笑った。

何か変なことを言っただろうかと気になった。

「それでここにやってきたの？　たしかに他の町よりも若い蒼皇がたくさん住んでるけど。なに、誰か紹介してほしいの？」

どうやら島内で羨望される蒼皇との出会いを求めてやってきたのかと勘違いされたみたいだ。

「いえ、そうではないんです。灯という人をご存じないでしょうか。わたしたちと同じくらいの歳……正確には二十歳なんですけど」

「灯なら知ってるわよ」

「本当ですか！」鈴は思わず女性の肩をつかんで揺すった。

「あなた、灯とどういう関係？」

「幼馴染なんです。灯さんに会うために鬼仙島に来ました」

「彼に会うために本土から？　本当に？」女性が信じられないというような顔で訊いてくる。

「本当です！　灯さんはこの近くにいるんですか？」

　女性が頷いた。

「会わせてください。お願いします」

　深々と頭を下げると、「わかった、ついてきて」と女性に肩を叩かれた。顔を上げると、女性は先ほどまで鈴がいたほうに向かって歩きだした。

　はやる気持ちを抑えきれないまま女性の後をついていく。

　もうすぐ灯に会える。勇気を振り絞ってここにやってきてよかった。

女性が細い路地に入っていく。路地をいくつか曲がり、二階建ての建物の前で立ち止まった。

「ここに灯さんが住んでいるんですか？」

「ええ。呼んであげる」

女性はそう言うと鈴の背後に回り、肩に手を回してきた。どうしてそんなことをするのかと思ったとき、耳もとで指笛が鳴った。

目の前の引き戸が開き、ぞろぞろと若い男が出てきた。鋭い目つきでこちらを見ている。三人の男がいたが皆、黒い目だ。

どういうことだろうと女性を振り返ろうとしたが、強い力で押さえつけられていて首を回すことができない。

もうひとり男が出てきた。ぼさぼさの髪に無《ぶ》精《しょう》ひげを生やしている。こちらを見つめる目が蒼い。

灯なのか――

近づいてくる男を食い入るように見つめたが、自分の記憶にある灯とはどうにも結びつかない。

それ以前に今まで感じたことのないような不快感に立ちくらみしそうになった。

目の前まで来て立ち止まると、男が鈴の耳のあたりの髪をかき上げた。その瞬間、全身に蟲《むし》が這い回ったような悪寒に襲われた。

　耳のあたりに視線を向けていた男がこちらに視線を合わせ、薄笑いを浮かべた。

「さっきから気分が悪いと思ってたが二日酔いじゃなかったんだな」

　どういう意味なのだろう。

「おい、でかしたな。まさかこの島で犬を捕まえてくるとは」

「犬？　本当に？」

　後ろから驚いたような女性の声が聞こえた。

「わたしは犬じゃありません。あなたが灯さんじゃないように」

　鈴が睨みつけて言うと、男が「灯？」とこちらから視線をそらした。後ろの女性を見たようだ。

「その男に会うために本土からやってきたそうよ」

　女性の言葉を聞いて、目の前の男が大声で笑った。

「何とも奇特というか、気が触れているというか……」

「どういうことですか」必死に声を絞り出したが震えているのが自分でもわかった。

「犬と蒼皇は死んでも結びつかない」

「わたしは犬じゃありません！」

「おまえらが本土でおれたちのことを青鬼と呼ぶように、ここではおまえたちは犬と呼ばれるんだ！　わかったかッ！　もっとも一ヵ月後には犬のほうが幸せだったと思うかもしれねえがな」

男がそう言って後ろに控えた者たちに顔を向けた。

「宿に連れていって、こいつに死ぬほど客を取らせて稼がせろ。だけど本当に死なせるな。ぼろ雑巾《ぞうきん》になるまで使い切ったら愛刀家の蒼皇に高値で売り飛ばす。まかり間違っても蒼皇の客には出すな。そんなことをしたら逆におまえらの首が飛ぶぞ」

男が言っていることのすべては理解できなかったが、半分はわかった。鈴を売春宿に売り飛ばそうというのだろう。

何とかしてこの場から逃げ出さなければならない。どうすればいいだろう。

女性に気づかれないよう後ろ手に持った袋にもう片方の手を入れた。袋の底にあった鉛筆を握り締める。

三人の男たちがこちらににじり寄ってくる。

突然、耳をつんざくような破裂音が響き渡り、驚いたように男たちがその場にしゃがみ込んだ。押さえつけられていた背後の力が緩む。

鈴は肩に回されていた女性の手を振り払って後ろに駆けだした。すぐに手首に圧力を感じ、強い力で引き寄せられる。鈴は振り向きざま、手に握った鉛筆を蒼い目の男の手首に向けて突き刺した。

ギャーッという悲鳴とともに、手首をつかんでいた男の手が離れた。

後ろから聞こえてくる怒声を何とか振り切ろうと懸命に走った。何度も路地を曲がるが、先ほど入ってきた道になかなか出られない。

男たちがすぐそばを走っている気配を感じ、鈴は建物と建物の間にある狭い隙間に潜り込んだ。相手から見えづらいようその場にしゃがみ込み、息をひそめながら両手を握り締め、相手の気配がなくなるのを祈った。

「まだこの近くにいるはずだ。絶対に逃がすな！」

「見つけたか――」

「堺屋《さかいや》のあたりにはいません――」

「大谷屋《おおたにや》のあたりはどうだ……」

男たちの声がだんだん遠ざかっていく。

ほっと息をつこうとしたときに、足音が聞こえた。どんどん近づいてくる。すぐ目の前で足音が止まった。

鈴は恐々《こわごわ》と顔を上げた。

目の前に立っている男が見えた。昨日店にやってきた左右の目の色が違う男だ。

どうしてこの人がここにいるのだろう。

男は無言のまま手に持っていた麻袋をこちらに放り投げた。開けろと顎をしゃくる。

鈴は紐《ひも》を解いて麻袋を開けた。男物の着物と帽子が入っている。

「早く着替えろ」男はそう言うとこちらに背を向けた。


お鶴の店が見えてくると、胸を縛りつけていた緊張が少しずつ解けていった。

鈴は隣を歩く男に目を向けた。麻袋を投げて寄越してからずっと男は黙ったままだ。もっとも今の今まで逃げることに必死だったので自分も男に礼すら言っていない。

「あの音はあなたが起こしたんですか」

鈴が話しかけると、男がこちらに顔を向けた。

「あのあたりは鴉《からす》が多くてな。鴉を追い払う爆竹があまってたから」男がぼそっとした口調で答える。

「仙岩町に住んでるんですか？」

「ああ。部屋からあの町をうろつくあんたの姿が見えた」

それで助けてくれたのか。

「あの……助けてくださって本当にありがとうございました」

鈴が頭を下げると「別に助けたわけじゃない」と声が聞こえ、鈴はすぐに男に目を向けた。

「ただ単にあいつらの邪魔をしてやろうと思っただけだ」

「どうして……」

「蒼皇のすべてが高貴な血を持っているわけじゃない。中にはさっきの奴のようなどうしようもない輩もいる。あいつらは仙岩町には独身の蒼皇がたくさんいると噂を流して、やってきた女を無理やりかっさらって売春宿で働かせてる。蒼皇の面汚しだ。そういう奴を見てるとむかついてくる」

「それでも……ありがとうございます。お名前は何とおっしゃるんですか」

「平蔵」

「わたしは榎木鈴です」

「あんたは変わりもんだな。というか馬鹿だ。昨日おかみさんが言ってただろう。仙岩町には足を踏み入れるなと」

たしかに大馬鹿だ。今日も神社で襲われたときも運がよかっただけで、お鶴や平蔵に助けてもらわなければ自分は今頃死ぬよりも苦しい思いをしていただろう。

「そうまでして灯に会いたいのか」

灯という蒼皇さんを捜している。昨晩店でしたお鶴の話を聞いていたのだろう。

「ええ……この島にいるかどうかはわからないけど。いつか、必ず会いたいです」

そこまで言ったときに先ほどの蒼皇の言葉がよみがえった。

犬と蒼皇は死んでも結びつかない——

あれはいったいどういう意味だろう。あの男は鈴のことを犬と呼んだ。自分と蒼皇——灯は死んでも結びつかないということなのか。

「どうしてそんなに会いたいんだ」

平蔵に訊かれたが、うまく言葉にできない。

「わかりません。でも、会わなければ死ぬまで後悔しそうだったんで」

お鶴の店の前で鈴は足を止めた。買い物を頼まれていたが逃げるときに金を落としてしまったので、自分の給金を取りに戻ってから買いに行こう。

「本当に今日はありがとうございました。またお店にも飲みに来てください。今度いらっしゃったときには今日のお礼も……」

「灯は港にいる」

平蔵が言ったが、鈴は一瞬意味がわからず小首をかしげた。

「おまえが捜している男とはかぎらないが、灯という名の蒼皇が港で働いてる」

「本当ですか……」

「蒼狼丸《そうろうまる》という船に乗ってる」平蔵はそう言うと歩きだした。

簡単に信じていいのだろうか。だが、自分を救ってくれた人の言葉だ。

港に着くと、鈴は停泊している漁船を見て回った。

『蒼狼丸』という幟《のぼり》が目に留まり、ひとりの漁師が船の上で何やら作業をしている。鈴は足を止めた。

「あの、すみません——」

鈴が呼びかけると、漁師が顔を向けた。蒼い目ではない。

「お伺いしたいことがあるんですが」

漁師が船を降りてこちらに向かってくる。近づいてくる漁師の顔を見て妙な感覚に囚われた。どこかで会ったことがあるように思えたが、気のせいだろう。

漁師は鈴の目の前に立つと眉をひそめて「何だ」と訊いた。

「この船の漁師に灯という人はいますか」

鈴が訊くと、漁師の眉間の皺《しわ》がさらに深くなった。

「あんた、いったい誰だ」

「榎木鈴といいます」

漁師は何も言わないまま怪訝そうな表情でじっと見つめてくる。

「庄之助さん、お待たせしました」

背後から男の声が聞こえ、漁師の視線が鈴からそれた。

鈴は漁師の視線の先を追って振り返った。若い男がこちらに近づいてくる。目が合った瞬間、男の蒼い両目が大きく揺れたように感じた。

きっと自分もそうであるにちがいない。

灯さん――

ゆっくりと近づいてくる優しげな眼差しは、あの頃とまったく変わっていない。

十一

目が合った瞬間、心臓が跳ね上がりそうになった。

こちらを見つめる優しげな眼差しが自分の遠い記憶と重なった。すぐに心の中で否定する。そんなことあるはずがない。

女性であることは間違いなさそうだが、鈴がこんなところにいるはずがない。

灯は動揺を抑えつけながらふたりに向かって歩いた。鼓動が速くなり、息苦しさが増していく。

こちらをじっと見つめている女性が片手で髪をかき上げた。彼女の大きな耳が目に留まり、からだじゅうが熱くなった。

特徴的な大きな耳――

目の前にいるのはやはり鈴ではないか。

ふたりの前で立ち止まると、灯は女性を見つめた。

「鈴か……？」

灯が問いかけると、目の前の女性が頷いた。

「どうして……どうしてこんなところに……」その言葉しか出てこない。

「三日前にこの島に来て、ずっと灯さんを捜してた。やっと……やっと会えた……」鈴が目を潤ませて言った。

自分を捜すために鬼仙島にやってきたと聞いて嬉しさがこみ上げてくるのと同時に、不安に駆られた。

「三日前にこの島に来たって、どこに寝泊まりしてるんだ」

観光でやってくる者などいるはずもないから、とうぜんこの島に宿屋はない。

「竜門町にある鶴屋《つるや》という飲み屋に住み込みで働かせてもらってる」

「飲み屋に？」

「女将《おかみ》をしているお鶴さんという人に危ないところを助けてもらって。この島に来てすぐに持っていた荷物を盗まれて、帰りの船賃もないと言ったら、そこでしばらく寝泊まりしながら働いて稼げばいいって」

「そうか」とりあえず安心した。

再会の喜びを噛み締めながら見つめ合っていたが、鈴が急にびくりと肩を震わせてこちらから視線をそらした。

鈴の視線の先を目で追うと、蒼狼がこちらにやってくるのが見えた。

「荷下ろしは終わったのか」

蒼狼の言葉に、庄之助が「まだです」と答えた。灯たちの前で立ち止まると、蒼狼が睥《へい》睨《げい》するように鈴を見て「こいつは何者だ」と言った。鈴は怯えたように蒼狼と目を合わさないようにしている。

「おれの知り合いです」

灯が言うと、蒼狼が鈴からこちらに視線を向け、「知り合い？」と怪訝そうに首をひねった。

「ええ。おれを訪ねて三日前に島に来たそうです」

「知り合いだか何だか知らないが、油を売ってる暇はないだろう」

珍しく冷たく言い放つと、蒼狼は灯たちに背を向けて船に向かった。蒼狼が視界から消えると、鈴が緊張を解いたように小さな溜め息を漏らした。

「まだ仕事が残ってるんだ。今夜、その鶴屋に行くよ」

灯が微笑みかけながら言うと、鈴が頷いた。

「わかった。待ってる」鈴はそう言うと庄之助に会釈をして歩きだした。

しばらく鈴の背中を見つめていたが、「行くぞ」という庄之助の声に我に返った。ふたりで船に向かう。

「いったいどういう知り合いなんだ」庄之助が興味を持ったように訊いてきた。

「子供の頃、同じ村にいた幼馴染です。もっともおれは七年前にその村を出ましたけど」

「へえ……じゃあ、あの女に会うのは七年ぶりというわけか」

「そうです」

そのとき十歳だった鈴は驚くほど大人っぽくなっていた。だが、自分を見つめる優しげな眼差しはあの頃と変わっていない。

「鶴屋という店を知ってますか？」灯は訊いた。

「ああ。一度しか行ったことはないが、さっき女が言っていたお鶴という女将はこの島ではなかなかの有名人らしい」

「有名人……」

「鶴姫みたいな女傑ということでな」

「仕事が終わったら一緒に行きませんか。この前ごちそうになった礼をしますよ」

ひとりで飲みに行くのは慣れていない。それに誰かと一緒のほうが緊張しないで済むかもしれない。現に今も、ふわふわと浮き足立っている。

「今日は遠慮しとく」庄之助が素っ気なく言った。

「そうですか……」

十二

船から降りると、距離を保ちながら伊丹の後に続いた。

呉に比べて町並みは賑わい、行き交う人も多い。広島に来るのは半年ぶりだが、以前来たときの高揚感は露ほどもなく、胃のあたりがきりきりと痛む。馬車の陰に隠れるようにして歩いていると、伊丹が和菓子屋に入っていくのが見えた。

「どうする？」服部が訊く。

「あまり近づきすぎないほうがいい。様子を見よう」

ここから見るかぎり伊丹以外に客はいない。店員の顔までは見えなかったが、蒼い目の人間を雇っているとは思えない。

しばらくすると風呂敷包みを持った伊丹が店から出てきた。そのまま通りを歩き、数本の幟が目の前に立つ建物に入っていく。寄席《よせ》だ。

新太郎は服部に目配せして寄席に足を向けた。

木戸銭《きどせん》を払い服部とともに中に入っていくと、笑い声に包まれた。落語をやっている。あたりを見回し、帽子をかぶった伊丹の背中を見つけた。混み合った前のほうの席にいる。

伊丹の目につかないよう、新太郎たちは一番後ろの席に座った。

そうとう腕のある噺家のようで、絶え間なく客から笑いが巻き起こっているが、自分はくすりともできない。

高座に目を向けることなく、どんな演目をやっているのかも理解できないまま、伊丹の挙動に意識を集中させる。

伊丹の隣に座っていた長髪の男が立ち上がった。出口に向かっていく男の顔を確認しようとしたが、長い髪に邪魔されて目のあたりが見えない。

新太郎は隣に座る服部の肘を突《つっ》いた。こちらに顔を向けた服部に「どうだ？」と目で訴えかける。

服部も男の目を確認することができなかったようで首を振り、すぐに立ち上がった。男の後を追って出ていく。

それまでの演目が終わり次の噺家が登場しても、服部は戻ってこない。

大丈夫だろうかと不安に思いながら待っていると、ようやく現れた。

新太郎の隣に座ると、「青鬼じゃなかった」と服部が呟いた。

その後も演目が続き、四つ目が終わったときに伊丹が立ち上がった。腰を浮かそうとした服部を手で制し、目だけ動かして伊丹の様子を窺う。伊丹はこちらを一瞥し、出ていった。

気づかれたのではないだろうかと不安になった。だが、ここでじっとしていては見失ってしまうかもしれない。

「行こう」新太郎は服部に告げて立ち上がった。

寄席から出ると、あたりは夕闇に包まれていた。焦燥感に駆られながらあたりに目を向けると、少し先に伊丹の背中を見つけた。橋のほうに向かっていくようだ。

どうやら自分たちの存在は気づかれていないようだと、伊丹の緩やかな足取りを見て感じた。

新太郎たちは伊丹に近づこうと、少し早足で追いかける。伊丹の五間ほど後ろまで迫りながら、橋を渡った。橋の真ん中あたりで伊丹が立ち止まると、新太郎たちは足を緩めた。伊丹は欄干の上に風呂敷包みを置き、袖口から取り出した燐寸《マッチ》で煙管に火をつけると、それを口にくわえて顔をそらした。欄干に肘をついて漆黒の川を見つめる。

ここで立ち止まるわけにはいかない。橋を渡って向こう側から伊丹の様子を窺ったほうがいいだろう。

「このまま素通りしよう」

新太郎は小声で服部に告げ、伊丹の横をすり抜けた。伊丹の様子が気になるが、振り向くわけにはいかない。

いきなり胸の底から妙な不快感がこみ上げ、視界が揺れた。

いったいどうしてしまったんだ。

嘔吐《おうと》したい衝動に駆られたが、ここで目立つことをすれば伊丹に自分たちのことを悟られてしまう。

吐き気を堪えながら足を進めると、向こうのほうからひとりの女性が歩いてくる。

顔を伏せて歩いているのでどんな女性なのかわからないはずなのに、なぜだか彼女が自分に抱いている感情が手に取るようにわかった。

自分に対する憎悪の感情。彼女が発する思いをひしひしと感じながら女性とすれ違い、二歩、三歩と足を進め、新太郎は立ち止まった。

「どうした？」服部が立ち止まり、訊く。

顔を伏せていたので服部は気づいていないようだが、自分にははっきりとわかった。

この感覚。何とも言いようのない不快な感情。

灯がそばにいたときによく感じたもの。蒼い目の人間だ——

振り返ると、こちらを見ていた伊丹と目が合った。欄干の上にあった風呂敷包みがない。先ほどの女性がそれを手にして向こう岸に向かって歩いていくのが見えた。

「あいつか」状況を呑み込んだようで服部が言った。

「逃げろ！」

伊丹が叫ぶのと同時に、新太郎はそちらに向かって駆けだした。伊丹を捕まえようと右手を伸ばしたが、眼前に鈍い光を感じてとっさに身を引く。伊丹の右手に握られた刃物が目に入った。

　服部に目を向けると、怯んだような表情で伊丹を見ている。

「ここはおれが何とかする。あの女を追ってくれ」

　服部に言った次の瞬間、伊丹が叫びながらこちらに突っ込んでくる。

　迫ってくる切っ先を新太郎は寸前でかわし、伊丹の右手首をつかんだ。だが、伊丹の足払いを食らい、倒されてしまう。上になった伊丹が新太郎の首もとを左手で押さえつけ、右手に持った刃物を顔に近づけてくる。伊丹の手首をつかんだ手に力を込め、必死に押し返そうとした。

　だが、切っ先がだんだんと眼前に近づいてくる。切っ先から顔をそらすと、服部の姿が目に入った。棍棒を取り出そうとしているようだが、焦っているのかなかなか風呂敷を解けないでいる。

　新太郎は草履の先で伊丹の向《むこ》う脛《ずね》を思いっきり蹴りつけた。「痛ッ」と声が聞こえ、首もとにこめられていた力が抜ける。新太郎はからだを横に揺すり、伊丹の右手首をつかんでいた手を緩めた。切っ先が頰をかすめ、地面に当たる。新太郎は伊丹のからだを払いのけ、立ち上がった。伊丹もすぐにからだを起こし、刃先をこちらに向ける。

「早く行け！」

　新太郎が叫ぶと、服部は少しの逡巡《しゅんじゅん》を感じさせた後、女性が走っていったほうに向かって駆けていく。

あたりが騒然とする中、新太郎は間合いをはかりながら伊丹と睨み合った。伊丹は刃物を前後に動かし、こちらを威嚇する。

風呂敷から武器を取り出したいが、その隙はなさそうだ。

「どうして海軍を裏切るんですか。海賊から金で雇われたんですか」

相手を見据えながら新太郎は言ったが、伊丹は荒い息を吐くだけで何も答えない。

「この国に住む人々を守る使命を持った海軍の人間として、恥ずかしくないんですか！」

「おまえは何もわかってない」伊丹が笑うように言った。

「どういうことですか」

「海軍はおれたちのことを守りなどしない。むしろ壊すんだ。海賊だってそうだ。蒼い目の奴らもおまえらも、互いを殺し合えばいいんだ。それがこの国のためだ！」

伊丹がこちらに向かって突進してくる。新太郎は身をひるがえし、伊丹の顔面に向けて肘打ちを食らわした。怯んだ隙に右手首をつかみ、伊丹の顔に向けて頭突きをする。手に持っていた刃物を落とし、伊丹が仰向けに倒れた。

新太郎は刃物を素早く拾い、伊丹に目を向けた。鼻から血を流した伊丹が憎々しそうにこちらを睨みつけている。

「勝負ありです」

新太郎は手錠を取り出そうと風呂敷の結び目に目を向けた。

すぐに気配を感じて視線を戻すと、伊丹は起き上がりふたたび突進してくる。錐《きり》のようなものを両手で握っている。とっさにからだをひねり、伊丹の首もとに手刀を打とうと右手が勝手に動いた。

しまった——

右手に持っていた刃物が伊丹の首もとに突き刺さる。目の前で赤いしぶきが飛び散り、伊丹が倒れた。

「伊丹さん！　しっかりしてください！」

新太郎はその場にしゃがみ込み、伊丹に呼びかけた。伊丹はこちらをじっと見つめ、唇を戦慄《わなな》かせている。

刃物を抜けばさらに血があふれ出してしまうだろう。

どうしていいかわからない。とりあえず血を止めようと風呂敷の結び目に手をやった。だが、手が震えていてなかなか解けない。ようやく結び目を解くと、中に入れていたものを放り、伊丹の首もとに添えた。すぐに風呂敷が赤黒く染まっていく。

「しっかりしてください！」

伊丹の目を見つめながら訴えることしかできない。何度も呼びかけたが、伊丹は反応を示さない。やがてこちらに据えていた目から光が失せた。

死んだ――

新太郎は伊丹の目もとに手を添えて目を閉じさせるとふらふらと立ち上がり、自分の両手を見つめた。

赤く染まった自分の手を見つめながら、人を殺してしまった現実に打ちひしがれている。

「どうしたんだ」

遠くから声が聞こえたような気がして、新太郎は顔を向けた。

すぐ目の前に服部が立っている。左手に風呂敷包みを持ち、もう片方の手は隣にいる着物の女性の背後に伸ばしている。女性を捕まえ、後ろ手に手錠をかけたようだ。

「いったい……」

「殺してしまった」

遮るように言うと、服部の表情が陰った。すぐに「そうか」とこちらに一歩近づき、慰めるように新太郎の肩を叩く。

次の瞬間、服部が「うっ」と呻《うめ》いてこちらに倒れかかってきた。服部の背後に目を向けると、女性が走り去っていく。隙をついて服部の下半身を蹴り上げたようだ。

新太郎は服部を座らせると、女性を追うために走った。後ろ手にされた手錠をつかもうと手を伸ばしたとき、女性が欄干を飛び越えて川に身を投げた。

すぐに水しぶきが上がる音が聞こえたが、あたりは真っ暗で女性の姿は見えない。

新太郎は欄干に片足を乗せて川に飛び込もうとしたが、「やめろ！」と後ろから羽交い締めにされた。

「こんな暗い中、川に飛び込んだらおまえも死んじまう」

服部の声を聞きながら、新太郎は漆黒の闇を見つめるしかなかった。

十三

坂道を進んでいくと、それらしい建物が見えてきた。

灯は息を弾ませながらさらに歩を進め、店の前で立ち止まった。日が暮れる前の時間なのでやっていないのではないかと思ったが、『鶴屋』という暖簾が店前に掛けられ、引き戸越しに喧騒が漏れ響いている。

大きく深呼吸してから引き戸を開けると、「いらっしゃいませ」と女性の声が聞こえた。

店内を見回すと、奥の席の客に酒を出していた鈴と目が合った。鈴はこちらに微笑みかけ、「空いてる席にどうぞ」と言うと、手を挙げて催促している他の客のもとに向かった。なかなか繁盛していて忙しそうだ。

灯はとりあえずつけ台の前の席に座った。味噌田楽や焼き魚などの料理を運び、慌ただしく立ち働く鈴の姿を見つめる。

落ち着いて鈴と話すのはしばらく難しそうだ。

「いらっしゃい。あんたが噂の蒼皇さんだね」

女性の声が聞こえ、灯は目を向けた。

向かいのつけ場からきれいな女性がお通しらしい小鉢を差し出してくる。白粉で目立ちにくくなっているが、頬に深い傷が走っているのがわかる。

「うちの店に蒼皇さんが来るようになるなんてねえ。一杯目はあたしがごちそうするよ。冷やでいいかい」

「いや、お金は持ってますから」

「いいじゃないかい。めでたい日なんだから」

女性はそう言うと灯の目の前に猪口を置いて徳利の酒を注いだ。灯は礼を言い、猪口に口をつける。

「あなたがお鶴さんですか」灯は訊いた。

「そうだよ」

「鈴が危ないところを助けてもらったそうで……ありがとうございます」

「あんな若い女がひとりで鬼仙島に来るなんて、無鉄砲もいいところだよ。もっともそのおかげで店はひさしぶりに繁盛しているけどね」

その無鉄砲さのおかげで自分も鈴に会うことができた。もう二度と会うことは叶わないと思っていた彼女と。

「だけど家族だって心配するだろうし、ずっとここにいるわけにはいかないだろうね」

お鶴の言葉に、鈴の家族のことを思い出した。

父親と兄の新太郎は鈴と違って灯を激しく忌避していた。家族のもとに戻れば、灯と一緒にいることすら認められなくなるだろう。

この島にいれば鈴と一緒にいられる。だが、鈴にとってそれはいいことなのだろうか。

「本土に戻る船賃が二十円に上がったと聞きました。ここで働いてそれだけのお金を稼ぐにはどれぐらい時間がかかりますか」

「一年近くかかるだろうね」

「そんなに……」

鈴を早く本土に帰すとしたら、自分が何とかするしかないだろう。

「いったいどうして本土行きの船賃だけ、そんなに高騰《こうとう》したのかしらね」

「さあ……」

その理由の察しはついていたが、口にすることはできない。

「ところで……ここに来る客に訊いても誰もあんたのことを知らなかったけど、何をしてる人なんだい」

「漁師をしてます。蒼狼さんの船に乗ってるんです」

その名前を聞いて、お鶴の表情が変わった。

「へえ……あの人の船にねえ……」

「蒼狼さんをご存じですか」

「昔ちょっと世話になったことがあってね。元気でやっているかい」

灯が頷いたとき、引き戸が開く音が聞こえた。そちらに顔を向けると、入ってきた男と目が合った。平蔵だ。

「おまえもひとりで飲むことがあるんだな。隣、いいか？」

気乗りはしないが断るわけにはいかない。

灯が頷くと、平蔵が隣に座った。

「平蔵さん、いらっしゃいませ」

その声に振り返ると、鈴が笑顔を向けながらこちらに近づいてくる。平蔵はこの店の常連のようだ。

「お鶴さん、お願いがあるんですけど。こちらのお客さんにおいしいお酒とお料理をたくさん振る舞ってください。お代はわたしの給金からお支払いします」

「どういうことだい？」鈴を見ながらお鶴が首をひねった。

「こちらの平蔵さんに危ないところを助けていただいたんで、そのお礼がしたいんです」

「危ないところを助けていただいたって……」

「実は今日……仙岩町に行ったんです。蒼皇さんがたくさん住んでる町だと聞いて。そしたら怖そうな蒼皇さんたちに捕まってしまって、売春宿に連れていかれそうになったところを……」

「こちらのお客さんに助けてもらったってわけかい」

鈴が頷くと、お鶴が呆れたように大きな溜め息を漏らした。

「あれだけ忠告したのに、まったくあんたって娘は……」

「それに灯さんが港で働いているのを教えてくれたのも平蔵さんです。おかげで灯さんとこうやって会うことができました。あらためまして本当にありがとうございます」

鈴の話を聞きながら意外な思いを抱いた。自分の知っている平蔵は人助けをするような柄ではない。むしろ嬉々として人を傷つける男だと軽蔑している。

だが、鈴を危険から救い、自分と引き合わせてくれたのであれば感謝しないわけにはいかない。

「平蔵さん、おれからも礼を言わせてください。本当にありがとうございました」

灯が言うと、平蔵が鼻で笑い返した。

「さっきもこちらのお嬢ちゃんには言ったが、別に助けたわけじゃない。ただ、蒼皇としての自覚がない奴が憎いだけだ」

灯にも向けられた言葉だと察した。

「平蔵さんと灯さんはお友達なんですか？」

鈴が訊くと、平蔵がこちらに顔を向け「お友達ねえ……」と薄笑いを浮かべた。すぐに鈴に向き直る。

「まあ、灯はお友達にはなりたくない種類の人間だな。言ってみりゃ腐れ縁ってやつだ」

「腐れ縁……？」鈴が小首をかしげた。

蒼狼から口止めされているとはいえ、まさか鯨の話をするつもりではないかと、灯は冷や冷やしながら平蔵を見つめた。

「そうさ。おれたちは……」

「鈴、ちょっといいかい？」

その声に、鈴が平蔵からお鶴に視線を移した。

「酒がもう少しでなくなっちまうから買ってきておくれ。いつものやつだけじゃなく、こちらのお客さんに出す上等なのもね。それまでにおいしい料理を振る舞っておくから」

「わかりました」

鈴の返事を聞くと、お鶴がこちらに顔を向けた。

「蒼皇さんにこんなことを頼むのは憚《はばか》られるけど、この娘についていってやってくれないかい。けっこう重いから」

願ってもない申し出だ。

灯が頷いて立ち上がると、お鶴から空の柄樽《えだる》をふたつ手渡された。同じように両手に柄樽を抱えた鈴に続いて店を出ていくと、目の前に広がる光景に思わず目を細めた。

坂の向こう側に広がる海や空一面が橙色《だいだいいろ》に染められている。もうすぐ水平線に日が沈もうとする頃だ。

「きれいね……こんな光景を初めて見た」鈴が感嘆したように言った。

「ああ。おれも初めて見る」

おそらくそんなことはないだろう。今までに何度となく見てきた光景にちがいないが、それが深く心に染み入ることがなかっただけなのかもしれない。

たとえ同じ光景を目にしたとしても、鈴と一緒でなければこれほど心を震わされはしなかっただろう。

「この夕日をわたしたちに見せようというお鶴さんの計らいだったのかもしれないわね」

鈴がこちらに微笑みかけて歩きだした。

果たしてそうだろうかと、鈴と並んで坂道を下りながら考えた。

もしかしたら平蔵に鯨の話をさせたくなかったから、お鶴は自分たちを外に出したのではないか。

蒼狼の名前を出したときのお鶴の表情を見て、かなり深い縁があるのではないかと感じた。

鯨の存在も、蒼狼がその中で重要な役割を担っていることも、お鶴は知っているのかもしれない。

「それにしても……無茶なことをするよな」

灯が言うと、鈴が首をかしげる。

「お鶴さんも言ってたけど、女ひとりでこの島に来るなんて。ここがどういうところか知らなかったのか？」

「噂はいろいろと聞いてたよ。罪人が集まる怖い島だって」

「それならば……」

「もちろん灯さんに会いたいのが一番の理由だった。でも、それ以外にも自分の目で直接見てみたかった」

「鬼仙島を？」

鈴が頷く。

「自分の知らない世界を。たしかにこの島に来て怖い思いもしたけど、優しい人たちにもたくさん出会った。それはここに来なければわからなかったこと。船に乗っている間も、不安よりも胸の高鳴りのほうが大きかった」

灯はここに来るときに胸の高鳴りなど少しも感じなかった。ただ、自分を取り巻く現状から逃げ出したい一心だった。

「でも初めて船に乗って気づいたけど、わたしは海が苦手みたい。この海が大地だったらいいのに」

「この海が大地？」どういう意味だろう。

「そう。そしたらもっとたくさんの人たちと仲良くなれるかもしれないのにって……」

鈴はわかっていない。海が本土から遮ってくれているから、灯たち蒼い目の人間はここで安心して生きていけるのだ。

「灯さんは鬼仙島にやってきてどれぐらいになるの」鈴が訊いた。

「二ヵ月ぐらいだ」

「それまでどこにいたの」

「いろいろ……」

そうとしか言いようがない。あの村を出てからの七年間、平穏に暮らせる場所を求めてひたすら放浪を続けた。だが、たどり着いたどの土地の人たちも、決して灯を受け入れてはくれなかった。

「村の人たちは元気でやっているのか」

特に訊きたいことではないが、しばらくぶりの再会で他に話題が見つからない。

「村の人たちがどうしているのかはわからない。灯さんがいなくなった二年後に、わたしも兄さんとふたりで村を出たから」

「そうなのか？　でも、新太郎とふたりでというのは……」

　父親はどうしたのか。

「お父さんはあの村で亡くなった。それをきっかけに兄さんから出ていこうって言われて、ついていくことにしたの。あの村が好きではなかったから」

「どうして？」

「村の人は誰もが灯さんや爺に冷たくしてたから。お父さんも……」鈴がそう言って顔を伏せる。

　たしかに鈴の存在だけがあの頃の自分にとって、心の拠り所だった。

「ずっと灯さんに会いたかった。会って……謝りたかった……」

「謝るって何を？」

　灯が訊くと、鈴が顔を上げてこちらを見つめた。

「海老沼に落ちて溺れてるわたしを助けてくれたのに、わたしは灯さんを助けることができなかった。苦しい思いをさせたまま村から出ていかせてしまった」

「おれは鈴にたくさん助けられたと思ってる。爺が病気になったときもこっそりと食料を届けてくれただろう。あの村でそんなことをしてくれたのは鈴だけだった。爺が死んだときには、あの村全部を焼き払ってやりたいっていうぐらいの憎しみを覚えたけど、そうしなかったのは鈴を悲しませたくなかったからだ。おれにとっては鈴のお父さんも新太郎も憎むべき村人にちがいなかったけど、鈴にとっては大切な家族だっただろうから……」

「お父さんはともかく、どうして兄さんを憎むの？」

「他の村人のようにあからさまな嫌がらせはしなかったけど、それでも奴らと同じようにおれを差別して忌避していたから」

「それは違う！」

鈴の叫び声に驚き、灯は思わず身を引いた。

「兄さんは灯さんを差別も忌避もしていない。むしろ助けたいと思ってた」

「そんなこと……」

あるはずがない――

「爺の家に届けていた食料は兄さんがお父さんの目を盗んで用意したものだったの。兄さんが行くと目立つから、子供だったわたしを使いに行かせていただけ」

灯は息を呑んだ。

「それに爺の家の前に山菜を置いたのも兄さんの考えだった。爺の体調がよくなさそうだと心配して、ふたりで森に出かけて栄養がありそうな山菜を探したの。幼かったわたしがひとりでそんなことはできなかった」

「そんな……」

今まで心の奥底に抱え込んでいた新太郎への憎しみはまったく筋違いなものだったとい

うのか。

「たしかに灯さんが兄さんを憎む気持ちはわかる。他の村人のように嫌がらせをしなかったといっても、止めることができなかった。ひとりで寂しそうにしている灯さんに話しかけることもなかった。だけど、それはわたしも同じ。兄さんはずっとわたしを助けてくれた灯さんに感謝の思いを伝えたがっていたけど、そうできないことを苦しんでいたと思う。もし自分が灯さんと親しくしたら、お父さんやわたしも村の人たちから嫌がらせを受けてしまうんじゃないかって。わたしも子供ながらにそう思ってしまった。だから、わたしも同罪なの……兄さんを憎むなら同じようにわたしも憎んでほしい」

「新太郎もあの村が好きではなかったってことか」

灯が問いかけると、鈴が頷いた。

「村を出てからどうしてたんだ」

灯が村を出た二年後ということは、新太郎は十五歳だ。ひとりで生きていくことさえ灯は大変だったから、幼い妹を連れていた新太郎は、さぞかし苦労しただろう。

「いろいろ大変な思いもしたけど、横浜で知り合ったかたのお世話になって……わたしは今でもそこで暮らしてる」

「新太郎は？」

灯が訊くと、鈴が表情を曇らせた。

「四年前まで料理店で働いていたけど、今は海軍の軍人になって呉にいる」

「呉に？」灯は愕然《がくぜん》として訊き返した。

自分たちの敵として新太郎がこの瀬戸内海にいる——

その奇縁をどう受け止めていいかわからず、灯はうつむきがちに足を進めた。

今、自分の隣には鈴がいる。もう二度と会うことは叶わないと思っていた人だ。

このまま鈴とともに生きたい。

たとえ海龍の野望が果たされなかったとしても、鈴もそれを求めてくれるのであれば一緒に生きることができるのではないか。

灯はその思いを伝えようと、鈴の前に回り込んで立ち止まり「鈴——」と呼びかける。

驚いたように鈴が持っていた柄樽を落とし、大きな音がした。地面に目を向けると柄樽の底の部分が壊れている。

「す、すまない……」

「どうしたの？」

鈴に訊かれたが、「いや……」と灯は言葉を濁した。

柄樽を落とした音で現実に引き戻されたように、それまでの高揚感が急速にしぼんでいく。

無理に決まっているではないか。たとえ鈴がそれを望んでくれたとしても、自分は彼女を幸せにはできない。

「驚かせて悪かった。何でもないんだ。店に柄樽を取りに戻ろうか」

「店にある柄樽はこれだけだからとりあえず三つに入れてもらいましょう」

灯は鈴の言葉に頷き、ふたたび歩き出した。

「どうして……人は争うんだろう」

ふいに鈴の呟きが聞こえ、灯は目を向けた。

「急にどうしたんだよ」寂しそうな鈴の横顔を見つめながら灯は問いかける。

「世の中に争いなんかなければいい。そうであれば軍隊なんか必要ないし……」

新太郎が海軍に入ったことをよく思っていないようだ。

「新太郎はどうして海軍に入ったんだ」灯は訊いた。

「大切なものを守るためだって言ってたけど、とても納得なんかできない。どうして兄さんが人を殺すかもしれない仕事に就かなきゃいけないのって。人なんか殺せるはずがない優しい人なのに……」

自分の知っている新太郎も好戦的な人間ではない。むしろおとなしい性格で、村にいたときも誰かと争っているのを見たことがない。

そんな新太郎がどうして海軍に入ったのか……思い当たることがひとつだけある。

たしか灯と新太郎が四歳ぐらいだった頃、盗賊に村が襲撃されたことがあった。盗賊は村人たちの食料を奪い、若い女たちを無理やり馬に乗せて去っていったが、それから新太郎と鈴の母親を見かけなくなった。

　鈴はまだ赤ん坊だったからそのときの記憶はないだろう。父親や新太郎からその話を聞かされたかどうかもわからない。

「どうして人は争うんだろう……どうしたら争いはなくなるんだろう……」

「残念だけど、なくなることはないと思う」

　灯が言うと、鈴が立ち止まってこちらを向いた。悲しそうな眼差しで灯を見つめる。

　鈴のそんな目を見たくない。争いなんかいつかこの世からなくなる、と言ってやれば笑顔に戻ってくれるだろうか。だけどそんなことは嘘っぱちだと鈴もすぐにわかるはずだ。

「人の心がそれぞれ違うかぎり、争いはやまない」

「違う人間同士でも争わない人だっている」

　たしかにそうだ。自分と鈴のように違う人間でも尊重し合うことはできる。

「だけど、人は自分と違う人間を畏れる生き物でもある。そして畏れた存在を排除しようとするんだ。おれのような青鬼を畏れ、阻害して村から追いだした人たちのように」

　そして排除された人間は、排除した者たちへの憎しみを募らせ、新たな争いを引き起こすのだ。

　爺が無念を抱えて死んだときに、灯が村を焼き尽くしてやりたいという衝動に駆られたように。

「仮に青鬼がこの世からいなくなっても、この国に生きる人たちの争いはなくならない。きっと今度は違う言葉をしゃべる人間を畏れ、排除しようと争いを始める。そしてそのうちこの世界を焼き尽くすような爆弾で何もかもなくなっても、そこに人間がふたりいるかぎり、争いは続くんだろう……」

なぜ自分はこんなことを話しているのだろう。

「そのふたりがわたしたちだったら？」鈴がそう言ってこちらを見つめてくる。

鈴とふたりきりであれば争うことなく生きていけるのだろうか。

あたりに視線をさまよわせながら考えたがわからなかった。

代わりに道端に生えている雑草に自分の願望を見つけ、そちらに近づいた。灯がその場にしゃがみ込むと、鈴が「何？」と近づいてきて隣で腰をかがめる。

寄り添うようにして草に引っ付いている二匹のカタツムリを見つめた。

「もし、鈴とふたりきりで生きられるなら……人間じゃなくてこいつらのほうがいい」

灯が言うと、隣で鈴が頷いたのがわかった。

十四

見つめていた紙切れを片手で握りつぶし、山神が木箱を持ってこちらにやってきた。机に木箱を置き、新太郎たちの向かいに座る。

新太郎は山神から木箱に視線を移した。饅頭がいくつか入っている。伊丹が持っていた風呂敷包みに入っていたものだ。

山神が饅頭を手に取った。匂いを嗅いでから口に入れる。

「君たちもどうだ？　毒は入ってない。わたしの嗅覚が保証する」

新太郎は隣に座る服部と顔を見合わせた。自分と同じように食欲などないだろう。すぐに山神に視線を戻し、「いえ、今日はけっこうです」と答えた。

山神は饅頭をひとつ食べ終えると、もう片方の手に握っていたものを机の上に放った。先ほど握りつぶした紙切れだ。

「この箱の中に入っていたものだ。海軍の機密事項が書かれている」

新太郎はくしゃくしゃに丸められた紙に目を向けた。文字が書かれているのはわかったが、読み取ることはできない。

「これが海賊の手に渡っていたら大変なことになっていただろう。君たちのおかげで海軍も、この国も救われた。自分たちを誇るがいい」

山神から労いの言葉をかけられても、今は素直に喜べない。

「そんなに落ち込むことはない。その女から話が聞けなかったのは残念だが、しかたがない。君たちはできるかぎりのことをやった。広島の警察に頼んで死体の捜索をしてもらうことにしよう。女の所持品から何かわかるかもしれない」

「やはり亡くなっているでしょうか」服部の暗い声音が聞こえた。

隙を見せたことが原因で女性を死なせることになったと、自分を責めているのかもしれない。

「後ろ手に手錠をされたまま川に飛び込んだということだからな。いくら青鬼といえども……」

蒼い目の奴らもおまえらも、互いを殺し合えばいいんだ——

ふいに伊丹の言葉が脳裏によみがえった。

「どうした？」

その声に我に返り、新太郎は山神に視線を戻した。

「伊丹さんが言っていた言葉を思い出してしまって……」

「奴が何を言ったんだ」

「蒼い目の奴らもおまえらも、互いを殺し合えばいいんだと」

「おまえら、というのはおれたち海軍のことか？」

服部に訊かれ、新太郎は曖昧に頷いた。

「海軍はおれたちのことを守りなどしない。むしろ壊すんだ。海賊だってそうだ、と。だから互いを殺し合うのがこの国のためだ……と」

「おもしろいことを言う男だ」山神が笑った。

「海賊は青鬼なんでしょうか」

服部の言葉に山神が頷いた。

「仕切っているのは青鬼だという。海軍がこの国を壊すというのはとんだ言いがかりだが、海賊がこの国を滅ぼそうとするというのはまさしくその通りだろう」

あのとき伊丹が言った「おまえら」というのは海軍のことを指しているのだろうか。伊丹自身、海軍の人間だったのに。

「いずれにしても今日の件で君たちの出世は間違いないだろう。優秀な部下に恵まれてわたしも鼻が高いよ」山神がそう言って笑いながらふたたび饅頭に手を伸ばした。

十五

ふらふらした足取りで長屋にたどり着くと、灯は引き戸に手をかけた。

今夜はずいぶんと飲んでしまった。こんなに酒で酔ったのは生まれて初めてかもしれない。

酒屋から鶴屋に戻ると、平蔵はいなくなっていた。お鶴の話では急な用事を思い出したとかで帰ったらしい。店にいた客の半分ほどもいなくなっていたので、それからは鈴といろんな話をすることができた。

引き戸を開けて中に入ると、暗闇の中で人の気配を感じた。

家を間違えてしまったかと外に出ようとしたときに、「ずいぶんと遅かったな」と声が聞こえた。

蒼狼だ。

「いったいどうしたっていうんですか……」

灯が戸惑いながら訊くと、燐寸を擦る音とともに小さな明かりが灯り、蒼狼の姿が浮かび上がった。

蒼狼は燐寸の火を灯籠に移すと、こちらに顔を向けた。穏やかな表情をしている。

「これから蟻巣島に渡る。支度しろ」

「これから蟻巣島って……いったい……」そこまで言ったところで嫌な予感に囚われ、灯は口を閉ざした。

まさか——

「そうだ。これから『聖』を奪取しにいく」

一気に酔いが醒《さ》めた。代わりに背筋に寒気を感じ、手足が小刻みに震えだした。

「行きたくありません」

灯は覚悟を決めて言ったが、蒼狼は顔色ひとつ変えない。ただ、不気味なほど静かな眼差しをじっとこちらに据えている。

「死ぬのが怖いか」

そういうことではない。

「安心しろ。おまえは大切な蒼皇だ。最前線に立たせるようなことはしない」

「死ぬのはもちろん嫌だけど、人を殺したり人が死ぬのを見るのはもっと嫌です」

誰であろうと殺したくないし、その人の死を見たくない。ましてや知っている者であったり、大切な人の家族であればなおさらだ。

その海軍の軍艦には、もしかしたら新太郎が乗っているかもしれない。

「おまえにこの大切な任務を断る術はない」蒼狼が言い放った。

「それでも断ると言ったら？」

この場で斬られることも覚悟している。

「おまえはすべてを失うことになる。かといっておまえを殺すことはしない。蒼皇の裏切り者として生きながら地獄を味わうことになるんだ」

生きながら地獄を味わうことになるとはどういうことだ。

蒼狼を睨みつけながら考えているうちに、気づいた。

まさか鈴を――


漆黒の闇の中に小さな瞬きが浮かんでいる。

灯は静寂の中でその瞬きをじっと見つめた。どんどん大きくなっていく。

正しい行いをした者には死んだ後に無限の闇をさまよわないよう神様が心のろうそくを灯してくれるのだと、いつか爺は言っていた。だが、今目の前に映るあの明かりは神様がつけた道標《みちしるべ》などではなく、地獄への入り口そのものなんだろう。

船が洞窟へ入ると喧騒に包まれた。三方の岩場は黒い着物を羽織った者たちで埋め尽くされている。百人は下らない。

船から岩場に降り立つと、先に来ていた庄之助と平蔵が近づいてくる。

「蒼狼さんと一緒じゃないのか」

庄之助に訊かれ、灯は頷いた。

灯を連れて鬼仙島を出た蒼狼は蟻巣島ではなく本殿に向かった。そこで灯は違う船に乗せられここにやってきた。

まわりのざわめきが大きくなり、灯は目を向けた。洞窟に一隻の船が入ってくる。船首に立っている蒼狼に向け、まわりから歓声が沸き起こった。

「静かにしてくれ――みんなを激励するために海龍様がお越しくださった」

蒼狼の言葉に、ざわめきが小さくなった。

あたりを見回すと、ほとんどの者たちが半信半疑のようで互いの顔を見合っている。隣にいた平蔵は興奮を抑えきれないようにからだを震わせ、庄之助は興味深そうな眼差しで船をじっと見つめている。

鎧を全身にまとい面頬をつけた海龍が船上に姿を現すと、洞窟内のあちらこちらから「海龍様――」と雄《お》叫《たけ》びが上がった。

海龍は手を上げて男たちの声援に応えている。

「ここに集まってくれた諸君に心から感謝の気持ちを捧げる」

海龍が声を発すると、水を打ったようにあたりが静まり返った。

灯がそうであったように、海龍が女であったことに驚いているようだ。

「これから決行する作戦は、我々にとっても大きな犠牲を伴うものになるかもしれない。生きて帰れない者も中にはいるだろう。この場から諸君を送り出さなければならないわたしとしても断腸の思いである。だが、やらなければならない」

海龍の隣に立つ蒼狼が仲間たちを煽《あお》るように「そうだ！」と拳を突き上げる。

「海軍は最新鋭の軍艦を二隻揃え、我々を殲滅しようとしている。これからこの瀬戸内海にやってくる軍艦『聖』を奪取しなければ、我々がその脅威に立ち向かうことは叶わない。ここにいる諸君はおろか、それぞれの家族も、鬼仙島で暮らす友人たちも、みんな根絶やしにされることだろう。だから、命に代えてもこの作戦を成功させなければならないのだ」

「そうだ――！」

隣から一際大きな雄叫びが聞こえ、灯は目を向けた。

平蔵が「海龍様のおっしゃる通りだ！」と叫びながら何度も拳を突き上げている。

「わたしはここにいる諸君に約束する。わたしの命に代えても諸君が大切にする人たちを必ず守ると。そして差別や迫害や苦しみのない、理想の世界を築いていくと。そのために、わたしに力を貸してほしい」

海龍が高らかに拳を掲げると、地響きのような歓声が巻き起こった。

「さあ、行くぞ――」

海龍の隣にいた蒼狼が叫ぶと、黒ずくめの男たちが次々と黒衣船に乗り込んでいく。

「行くぞ」と庄之助に肩を叩かれ、灯は自分たちの黒衣船に向かった。海龍が乗っていた船から降りた蒼狼と、庄之助と平蔵とともに黒衣船に乗り込む。

「ぞくぞくしてくるぜ」

平蔵の声を聞きながら、灯たちは地獄への門を抜けて無限の闇に落ちた。

十六

海面上を一羽の鳥が飛び回っている。はぐれた仲間を探しているのかわからないが、かれこれ一時間近くあのあたりをうろうろしていた。

「まだ船は見つからないか。見つけたらただちに報告するように――」

先ほどから同じ言葉が耳に入ってくるが、船影らしきものはいっこうに見当たらない。

新太郎たちは早朝に軍艦『白山』に乗り込み、呉を出港した。航海訓練を兼ねて、英国からやってくる『聖』とこの海域で合流し、呉まで護送するためだ。だが、予定を六時間以上過ぎた今も『聖』の船影をとらえることができないでいる。

「交代――」

その声に、新太郎は双眼鏡を顔から離した。後ろに控えていた船員に双眼鏡を渡し、目頭を指で揉みながら扉に向かう。

少し先の甲板にいる服部の姿が目に留まった。後ろに交代要員が控えているのに双眼鏡を覗き込んでいる。新太郎は服部がいるほうに向かった。

「交代の声が聞こえなかったか」

新太郎は言ったが、服部は「ああ……」と呟いたまま双眼鏡を離そうとしない。

「どうした」

「気のせいかもしれないが……海面で何かがはためいているような……」

「はためいてる？　おれたちが捜してるのは軍艦だろう。軍艦旗がはためいてるってことか」

「軍艦旗だったらそうだとわかる。海面でひらひらしてるように見えるんだ。気になってさあ……」

「貸してみろよ」

「一度焦点を外したら見失ってしまう」

「いいから。おまえよりもおれのほうが目がいいんだ」新太郎はそう言って服部から双眼鏡を奪うと覗き込んだ。

「あっちのほうだ」

服部が指さした先に双眼鏡を向ける。たしかに、ここからかなり先の海面で何かがはためいているように見える。

船の帆だろうか。だが、帆はだいたい白色だからもっとはっきりとわかるのではないか。

新太郎は双眼鏡を離し、服部に目を向けた。

「たしかにちょっと気になるな。一応、上官に報告しよう」

「おれが報告してくる。おまえは場所がわかるようにそこから手で示してくれ」

「わかった」

新太郎は頷くと、ふたたび双眼鏡を覗いた。軍艦が進路を変え、海面のはためきのほうに向かっていく。

耳もとにざわめきが漏れ聞こえてきた。いったい何があったのかと他の隊員が集まってきたのだろう。

「見えるか？」

服部の声が聞こえたが、それが何であるのかまだはっきりとはしない。

さらに近づき、ようやくそれが黒色の帆だとわかった。

黒色の帆――

嫌な予感を抱きながら海面の様子を見つめる。木板がゆらゆらと漂っている。一枚や二枚ではない。おびただしい数の木片があたりを漂流している。そのほとんどが焼けたように焦げていた。

他の者たちにもその様子が目視できたようで、「いったい何なんだ……」と動揺したような声が聞こえる。

大きめの木板の上に大量の鳥が集まり、何かをついばんでいる。

近づいていく船に驚いたように鳥たちが一斉に飛び立った瞬間、新太郎は思わず双眼鏡から目を離した。

「どうした？」心配したように服部が訊いてくる。

「人だ……」

新太郎が言うと、まわりにいた者たちが驚いたように顔を見合わせた。

木板の上でうつ伏せに倒れた人間の背中を鳥がついばんでいたのだ。

それから双眼鏡を覗き込む勇気が持てず、他の者たちと一緒に目視で海面を確認した。

「何だ、これは……」

おびただしい数の木屑や黒色の帆、そして手や足がもがれた男たちの死骸がそこかしこに漂っている。

「海賊だ……」服部が海面からこちらに目を向けて言った。

それはわかるが、どうしてこのような状況になったのかが理解できない。

新太郎は服部から海面に視線を戻した。あたりを見回すと、少し先に艦載艇《かんさいてい》が浮かんでいるのが見えた。

すぐに近くにいた者たちと手分けして『白山』の艦載艇を海面に下ろした。自分と服部を含めて六人で乗り込むと、つないでいたロープを離す。

波に揺られる不快感と、あたりを覆いつくすおぞましい光景に吐き気を催しながら櫂を漕《こ》いでいく。

「中に人がいる」ひとり立って艦載艇の様子を見ていた大久保《おおくぼ》が叫んだ。

さらに櫂を漕ぎ、浮かんでいる艦載艇に横付けした。艦載艇の縁を手でつかみ中の様子を窺う。黄色い髪の男が仰向けに倒れている。男のまわりに血だまりのようなものが見えた。

「おい！　大丈夫か！」

大久保が大声で呼びかけたが、反応がない。

「だめだ。死んでる」

大久保が首を振ったのを見て、新太郎は立ち上がって艦載艇に乗り移る。その場に中腰になり首筋に指を当てた。かすかだが脈はある。

「まだ脈があります。とりあえず『白山』に運びましょう」

新太郎が言うと、服部と大久保がこちらの艦載艇に乗り移った。三人で櫂を漕ぎだして『白山』に向かう。

男の顔に目を向けながら櫂を漕いでいると、うっすらと瞼《まぶた》が開いた。

「おい！　しっかりしろ！　すぐに治療するから」

新太郎が叫ぶと、男がもごもごと口を動かした。何か話をしているようだが聞き取れない。

「服部！　頼む！」新太郎は先頭で櫂を漕いでいる服部に向けて叫んだ。

自分に英語はわからない。

服部が櫂を置いて男のもとに寄った。「何だ？」と言いながら男の口もとに耳を近づける。

「ant……蟻、か？」

服部の声が聞こえ、新太郎は男を見つめながら首をひねった。

男は最後の力を振り絞るように口を動かしている。

「何て言ってるんだ」

焦燥に駆られながら新太郎が訊くと、服部がこちらに目を向けた。男の言葉を聞きながら口を開く。

「蟻のような……黒い奴らが……闇に紛れてうじゃうじゃとやってきた……応戦したが……乗っ取られた……仲間を……仲間を……」

服部の言葉を聞きながら男を見つめていた新太郎は深い溜め息を漏らした。

「それで……その英国海軍の兵士は死んだというわけか」

山神の言葉に、新太郎は頷いた。

「仲間を……という言葉を最後に。おそらく『聖』に乗っていた乗組員を助けてくれと訴えたかったのでしょう」

新太郎の隣に座った服部が言い添えた。

「彼の手にこれが握られていました」新太郎はそう言って山神の前に紙を置いた。

　山神はそこに書かれた文面を読むと、忌々しそうな表情で紙を握りつぶした。

『聖』の乗組員の命と引き換えに、三百貫の石炭と『聖』の大砲に装塡《そうてん》する砲弾五十発を弁才船に積んで、五日後の午後十一時に瀬戸内海にある空月島《くうげつじま》の近海まで運べというものだ。

「この手紙の存在を知っているのは？」山神が訊いた。

「英国の艦載艇に乗り込んだわたしと服部と大久保の三人だけです。まず長官にお伝えするべきかと思いまして」

「賢明な判断だ」

「『聖』に乗っていたのは何人ぐらいでしょう」新太郎は訊いた。

「英国から佐世保までは百人近く乗船していたが、そこで三十人ほどを残してあとは下船したそうだ」山神はそう言うと両腕を組んで顔を伏せた。

　どのように対処するべきか考えているのだろう。

　三十人近くの英国人がこの国の海賊に殺されたとなれば国際的な大問題になってしまう。下手をすれば英国との戦争になりかねない。

　ようやく山神が顔を上げた。すぐに服部を見つめる。

「これから極秘の作戦を発動する。ついては服部に作戦の指揮を執ってもらいたい」

「わたしがですか？」服部が驚いたように言った。

「そうだ。この数日の働きを見て、君が適任だと判断した。極秘の任務だから、作戦に関わる隊員以外には何も話してはならない。わかるかね」

服部が戸惑いを隠せないまま頷いた。

「君が信頼できる同期を五人集めてくれ」

山神に言われてすぐに服部がこちらに目を向けた。

「彼はだめだ。この作戦には不向きだから」

どういうことだろうと、新太郎は山神を見た。

「榎木以外の五人を明日中に集めて、ここに連れてきてくれ。以上だ――」

十七

柄樽を両手に抱え、鈴は酒屋に入った。店内には誰もいない。

「ごめんください」

店の奥に声をかけてしばらく待ったが、誰も出てこない。

「ごめんください。お酒がほしいんですが」

何度か声をかけると、ようやく奥のほうから人が出てきた。店主の平吉《へいきち》ではなく、妻の弥生《やよい》だ。暗い表情で「いらっしゃいませ……」と呟く。

「二升ください」

鈴が柄樽を手渡すと、弥生が酒樽《さかだる》に向かった。床に置いた柄樽に、緩慢な動作で柄杓《ひしゃく》にすくった酒を注ぐ。

いつもは笑顔で世間話などをしてくるが、この数日は口数も少なく元気がない。

そういえば、この数日平吉の姿を見ていない。病気で寝込んだりしているのではないだろうかと心配になった。

柄樽を両手に持って、弥生が戻ってきた。鈴の前に柄樽を置き、「十二銭です」とだるそうに言う。

「平吉さん、どうかなさったんですか？」

巾着袋から金を取り出しながら鈴が訊くと、弥生が力なく顔を上げた。

「亡くなったの」

弥生の呟きを聞いて、鈴は呆然とした。

「亡くなったって……いつですか？」

「四日前」

「どうして……」

その前日に店で会ったときにはいたって元気そうだった。

「海で……」弥生がそう呟き、言いよどむように口を閉ざした。

「海で亡くなったんですか？」

鈴がさらに訊くと、弥生が曖昧に頷いた。

「友達と釣りに出かけて……海に落ちたって……」

「そんな……」

平吉たちには綾《あや》と宗次《そうじ》というふたりの幼い子供がいて、鈴もたまに道端で一緒に遊んだりしている。ふたりのことを思うと胸が苦しくなった。

「綾ちゃんと宗次くんにはそのことは？」

鈴が言うと、弥生が力なく首を横に振った。

「ふたりとも主人のことが好きで尊敬しているのでどう話していいかわからなくて……とりあえず買い付けで本土に行っていることにしています。それに遺体も見つかってないからわたしも現実感がわかなくて……そのうちひょっこり戻ってくるんじゃないかと。だから、あの子らにはまだこのことは……」

「わかっています。何も言いません」

鈴が言うと、弥生が「ありがとう」と頭を下げた。

「だけど……いつかは言わなくちゃいけないんでしょうね。ここの商売だって主人がいなければやっていくのは難しいし、これからどうすればいいのか……」

悲嘆にくれる弥生を見つめながら、かける言葉が見つからない。

重苦しい気持ちで勘定をして店を出ると、鈴は坂を上った。歩き慣れた道だが、今は少し足を進めるだけで息が切れる。

ふと、道端に生える雑草に目を留め、鈴は近づいた。柄樽を持ったままその場にしゃがみ込む。

草に引っ付いている一匹のカタツムリを見つけた。あたりに目を向けたが他のカタツムリはいない。

自分と一緒でひとりぼっちか。

もし、鈴とふたりきりで生きられるなら……人間じゃなくてこいつらのほうがいい——

寄り添うように草に引っ付く二匹のカタツムリを見た夜から、灯と会っていない。

あれから四日が経つ。

あんなに楽しく語り合っていたというのに、どうしてその後会いに来てくれないのかと不安を抱いた。

どこに住んでいるのかを聞き忘れたので、灯の家を訪ねることができない。漁港に行ってみようかとも考えたが、蒼狼と呼ばれていた男のことを思い出してためらった。

あの男に見つめられたとき、得体の知れない恐怖に苛まれ、心臓を締めつけられた。二度と会いたくない。

だけど――

忙しくてなかなか店に来られないだけだろうと自分に言い聞かせていたが、弥生の話を聞いて不安がこみ上げてくる。

灯は海で働く漁師だ。

鈴は持っていた柄樽を地面に置き、カタツムリに手を伸ばした。

カタツムリの殻を指先で優しく撫でながら、灯の身に災いが起こっていないことを切に願った。


「最近、暇だねえ……」

溜め息交じりのお鶴の声が聞こえ、鈴は店内を見回しながら頷いた。

客はつけ台の前にいる源三と、奥の席で将棋《しょうぎ》を指しながら酒を飲んでいるふたりの男だけだ。いつもはこの時間になると客でごった返すのに、数日前からこんな状況が続いている。

「近くに新しい飲み屋でもできたんじゃないのかい」源三がそう言って猪口を口に運んだ。

「そんな話は聞かないけどねえ。鈴、平吉さんからそんな話を聞いたことあるかい？」

お鶴から酒屋の平吉の話を振られ、鈴は答えに窮した。

どこでどう話が漏れ伝わるかわからないので、鈴からは海で亡くなったということは言わないほうがいいだろう。

「いえ……平吉さんとはこの数日お会いしてないんですが、弥生さんはそんな話はしていませんでした」

「平吉は店にいないのかい？」お鶴が意外そうに訊き返した。

「ええ……」

「いったいどうしたんだろうねえ。風邪でもこじらせてしまったのかね」

「さあ、何も聞いてないので……」鈴は言葉を濁した。

子供相手であれば本土に行ったという嘘も通用するかもしれないが、船賃が高騰したことを知っているお鶴に言えば不審に思われてしまうだろう。

「そういえば近頃……外を出歩く男が妙に減ったように感じるのお」

その言葉に、お鶴がこちらから源三に目を向けた。鈴も源三を見る。

「特に若い奴らの……風邪ならまだしも、変な病気が流行ってなけりゃええが」源三がそう言って眉根を寄せた。

言われてみるとたしかに鈴もそう感じた。この店に客が来ないだけではなく、町や通りで普段よく見かける人たちの姿が少なくなったような気がする。

「老いぼれの役立たずだから病気にかからず、こうやって元気に酒が飲めるってのも何とも皮肉な話じゃ。のう」

源三が奥の席を振り返って言うと、将棋を指している初老のふたりが「まったくだ」と笑った。

　意味がよくわからない。

「どういうことですか？」

　鈴が問いかけると、源三がにやにやしながら見つめ返してくる。

「お嬢ちゃん、それはのう……」

「鈴はまだ知らなくていいことだよ！」お鶴が遮るように言い、源三を睨んだ。

「もう十七じゃろう。うちのかかあは十五のときに経験しとるよ」

「そんなことを鈴に聞かせて、どんな反応を期待してるんだい。まったく男って奴は、役に立たなくなっても助べえ心は変わらないんだね」

　お鶴にきつく言われて、源三がしゅんとした。

　そこまで聞いてようやくそれまでの会話の意味がわかった。女郎宿で遊んだ若い男が性病にかかって家から出られなくなったのではないかと源三は言いたかったのだろう。

　鈴はまだ経験はないが、その行為そのものは知っている。

　男と女がからだを重ね、その結果、女は自分のからだに子供を宿す。

　それまで鈴は男女の愛を深める神聖な行為だと思っていたが、必ずしもそうではないことをこの島に来て思い知った。

物音がして、鈴は扉に目を向けた。男が店に入ってくる。顔を伏せていたが、見覚えのある法被を見て平蔵だとわかった。平蔵はこちらと目を合わせないまま奥の席に座った。

「いらっしゃいませ――」

鈴はお通しの小鉢を持って平蔵のもとに向かった。平蔵はからだを丸め、うつむいている。

「平蔵さんが来てくださるのを待っていたんですよ。何になさいますか？」鈴は微笑みかけながら平蔵の前に小鉢を置いた。

灯のことを訊ねたかったが、平蔵もあの夜から店に来ていない。

「何でもいいから酒をくれ」顔を伏せたまま荒い口調で平蔵が言った。

何か嫌なことでもあったのだろうかと思いながら、鈴はつけ場に戻り酒の用意をした。徳利と猪口を持って平蔵の席に向かう。猪口を平蔵の前に置き、酒を注いだ。

「平蔵さんにお訊きしたいことがあるんですけど」

鈴が言うと、平蔵が顔を上げた。その顔にぎょっとして徳利を落としそうになり、慌てて両手でつかみ直した。

平蔵の顔一面に無数の傷がある。

「どうしたんですか、その顔……」

鈴が問いかけるとすぐに平蔵が顔をそらした。「何でもねえよ。転んだだけだ」とぶっきらぼうに返し、猪口の酒を一気に飲む。

どう見ても、転んでできたような傷ではない。何かで斬られたような傷と、火傷《やけど》のような痕がある。それにこちらに向けた眼差しが尋常ではなく血走っているように思えた。

いったい何があったのかと、不安がこみ上げてくる。

次の言葉を発せられないまま鈴が徳利を卓に置くと、平蔵がすぐに引っつかんだ。手にも無数の傷がある。

平蔵は猪口に酒を注ごうとした手を止め、徳利に口をつけた。ぐびぐびと酒をあおり、叩きつけるように徳利を置くと、ふたたびこちらに目を向けた。

「何だよ、訊きたいことって」

殺気立った目で見据えられ、鈴は思わず視線をそらした。

「灯さんのことなんですけど……」鈴はためらいながら切り出した。

「あいつがどうしたっていうんだ」

「この前会ったときから店に来なくなったので……何かあったんじゃないかと心配で……」

鼻を鳴らす音が聞こえ、鈴は平蔵と目を合わせた。冷ややかな目でこちらを見つめる。

「灯さんがどこに住んでいるか知りませんか?」

「知らねえな」平蔵が素っ気なく言った。

「あの夜から灯さんと会いましたか」

「ああ」

「どこで会ったんですか」

「海の上だよ。あんたらが再会したすぐ後に」

　人力車の車夫をしている平蔵がどうして海の上で灯と一緒にいたというのだろう。しかもあの後すぐにということは夜中だ。

「どうして灯さんと一緒に海に？」

　鈴が問いかけると、平蔵がふたたび鼻を鳴らした。

「この島の連中と仲良く夜釣りを楽しんでた、としか言いようがねえなあ」

　含みを持たせた言いかたに不安がこみ上げてくる。

　この島の連中と仲良く夜釣りに出かけた――

　そういえば、あの日、灯と一緒に酒屋から戻ってくると、平蔵を含めた若い男客のほとんどがいなくなっていた。

　平吉が釣りに出かけて亡くなったというのもその日だ。それに灯が店に来なくなったのと同時に若い男たちの姿が島から減った。

　平蔵の言葉通りに、島の者たちで釣りをしていたとは受け取れないでいる。

「それで……灯さんと一緒に島に戻ってきたんですか」不安に胸を締めつけられながら鈴

は訊いた。

「あいつは違う船だったからな。釣りをしているうちにみんな散り散りになっちまって、あいつがその後どうなっちまったのかはおれも知らねえ」

平蔵はそう言いながら卓の上に金を無造作に放り、立ち上がった。こちらを見て薄笑いを浮かべる。

「へっぴり腰の蒼皇様だから魚に食われちまったかもな」

「それはどういう……」

鈴の言葉を無視するように、平蔵は何も言わないまま店を出ていった。

十八

灯は鍋の蓋を取ると、蒸《ふ》かした芋《いも》をかごに入れていった。そばにいる南城は甕《かめ》に溜めた水をやかんに移している。

人数分の芋を入れると灯はかごを抱えた。やかんを持った南城とともに洞窟の奥に進んでいく。

しばらく行くと、牢屋の前にいたふたりの見張りが足音に気づき、こちらを向いた。

「ご苦労様です」と鉄砲を脇に抱えたまま、敬礼する。

灯は鉄格子の前で立ち止まり、中の様子を窺った。

牢屋の中には十八人の男たちがいる。皆、蒼い目に金色の髪をしてからだも大きい。そのうちの五人は傷が深く、仲間の膝の上に頭を乗せたまま苦しそうに呻いている。

立っていた数人の男が必死の形相でこちらに何かを訴えてくる。異国の言葉で意味はわからないが、重傷を負った仲間を助けてくれと懇願しているのだと察した。

見張りのふたりが牢屋に向けて鉄砲を構えた。だが、男たちの声はやまず、さらにこちらににじり寄ってくる。鉄格子に顔をくっつけ、動かない仲間に指を向けて「ヘルプ、ヘルプ、プリーズ……」と弱々しい声を上げる。

自分と同じ蒼い目で訴えかけられ、胸が苦しくなる。

いきなり耳もとに破裂音が響き、灯はびくっとして身を引いた。こちらに近づいていた男たちも驚いたように鉄格子から離れる。

天井に向けて鉄砲を撃った見張りを思わず睨みつける。見張りは一瞬たじろいだようだが、すぐに弾を込めて鉄砲を牢屋のほうに向ける。

威嚇の効果があったようで、男たちは奥の壁のほうに後退し、からだを寄せ合ってこちらを睨みつける。

灯はかごを地面に置くと、鍵《かぎ》を取り出して錠を開けた。南城が鉄格子の扉を開き、中にある空になったやかんとかごを回収する。代わりに持っていたやかんと芋が入ったかごを中に置き、素早く扉を閉める。

昨日までは我先にと芋ややかんに手を伸ばしたが、男たちの動きは緩慢だった。目の前の食料に関心がわかないほど心身とも衰弱しているのか。それとも灯たちへの抗議の表れなのか。瀕死《ひんし》の人間を放置する人非人の施しは受けないという。

灯は男たちから目を伏せ、かごとやかんを手に取るとその場を離れた。いったいいつまでこんなことをさせるのかと苛立ちがこみ上げてくる。

早く鬼仙島に戻りたい。鈴に会いたい。

向こうのほうから蒼狼がやってくるのが見えて、灯は立ち止まった。

「捕虜《ほりょ》の様子はどうだ」蒼狼が訊いてくる。

「重傷を負っていた五人の状態がさらにひどくなっています。このまま放っておいたらいずれ死んでしまうでしょう」

「そうか」蒼狼が素っ気なく返した。

「それにあの食料だけじゃとても足りません。せめて水だけでももう少し与えないと」

「一日にやかんひとつじゃ不十分か？」

「それを十八人で分け合っているんです」

「体力のある何人かはそれで生き残れるだろう」

「それ以外の者は死んでもいいというんですか」

「そうだ。あいつらは海軍の動きを封じるためのただの手枷《てかせ》だ。切り札として数人残しておけばそれでいい」

　灯はその言葉に反発するように蒼狼を見据えた。

「あいつらはおれたちの仲間を四十三人殺したんだ。そのことを忘れたのか？」蒼狼が鋭い眼差しでこちらを見つめ返しながら言う。

　忘れられるわけがない。灯の目の前で大勢の仲間が死んだ。軍艦の砲撃で黒衣船もろとも吹き飛ばされ、機銃でからだを蜂の巣にされた。

　手足や頭をもがれ海に漂う仲間たちの死骸が脳裏から離れてくれない。

「おれは……いつになったら鬼仙島に戻れるんですか」灯は訊いた。

「この戦いが終わるまで戻ることはない。蒼皇は蟻巣島か、ここ本殿に避難させるというのが海龍様からのお達しだ」

「避難？」灯は首をひねった。

「海軍の内情を探らせていた仲間のひとりが戻っていない。どんな拷問《ごうもん》を受けたとしても蒼皇が仲間を売るとは思えんが……最悪、鬼仙島に軍艦を奪った者たちがいると知られていることも考えなきゃならん」

「鬼仙島が海軍に攻撃されるかもしれないということですか？」

「ないとは言えないだろう。奴らにとって鬼仙島にいる人間などどうでもいい存在なのだ。

本土で生きられない、いや、生きる価値のないごくつぶしどもが集まっていると思っているんだろうからな。島に上陸して我々ひとりひとりを退治しようなどとは考えず、近海から無差別に砲撃して皆殺しにすることだってありえよう」

蒼狼の言葉を聞きながら灯の背中に悪寒が駆け巡った。

そんなことになれば鈴はどうなる——

「鬼仙島に残る者たちの思いもおれたちは胸に秘めて、この戦いに備えなければならないことを忘れるな」そう言いながら強く灯の胸を拳で叩き、蒼狼がその場を離れた。

蒼狼の姿が消えると、灯は焦燥感に駆られながら海龍の部屋に向かった。

鉄製の扉の前に立っていた護衛のふたりが近づいてくる灯を見てかすかに首をひねった。

「どうしたんだ」護衛のひとりが言った。

「海龍様にお会いしたいんです」

灯が言うと、ふたりが顔を見合わせた。

「厳戒態勢だ。蒼狼様以外は誰も通すなと言われてる」

「お願いします。お訊きするだけでもしていただけないでしょうか。灯がどうしても海龍様とお話がしたいと訴えていると。それが叶わないなら、たとえ鬼仙島までたどり着けなかったとしてもここから海に身を投げるつもりだと」冗談ではないと目で訴えかける。

ふたりの護衛の表情が険しくなり、ひとりがしかたなさそうに扉を叩いた。

しばらくすると扉に備え付けられた小窓が開いた。中から蒼い目が覗く。

海龍のお付きの寧々《ねね》だ。ここに留まらされて知ることになったが、蒼皇の女の中で海龍が最も信頼しているのが彼女だという。

「灯が海龍様とどうしてもお話がしたいと……それが叶わぬならここから海に身を投げると言われ、しかたなく……」

護衛が戸惑いながら言うと、寧々がちらっとこちらを見てすぐに小窓が閉じた。しばらく待っていると重厚な扉が開き、寧々が出迎える。

「ずいぶんと物騒な話ですね。いつもでしたらお通ししませんが、わたしの伴侶《はんりょ》に死なれでもしたら困るので海龍様にお伝えしました」

「伴侶？」

灯が驚いて訊き返すと、寧々が不思議そうに首をひねった。

「海龍様からお聞きになっていませんか？」

「聞いてません」

「寧々――」

奥のほうから声が聞こえ、寧々が振り返った。

「あまり早まった話をするな」

正面に座る海龍にとがめられ、寧々が「大変失礼いたしました」と頭を下げた。

「しばらくの間、灯とふたりにしてくれ」

「わかりました」と寧々が深く腰を折り、部屋から出ていった。

扉が閉まると、灯は海龍に近づいた。

「おれがあの人の伴侶になるとはいったいどういうことですか」灯は不満を口にした。

「そのままの意味だ。寧々はわたしが今までに会った蒼皇の女の中で一番聡明な娘だ。きっとおまえを導いてくれるだろう」

「勝手におれの将来を決めないでください。それに誰に導かれなくとも、おれは自分が正しいと思った道を進みます」

「ここから海に身を投げるという道か？　何とも愚かしい道だ」

「愚かであろうと何であろうと、そうしなければならないときにはします。おれを鬼仙島に戻してください」

「鈴という女に会うためか？」

灯は頷いた。

「あの女と関わることは許さん」

「蒼皇ではないからですか」

海龍は何も答えない。ただ、面頬の隙間からじっとこちらを見据えているのはわかる。

「おれはおれが必要とする人と一緒にいます。誰の指図も受けません。そうしなければならないと言うのなら、いっそ死を選びます」

　たった数時間の再会だったが、自分にはどうしても鈴が必要なのだとあらためてその思いを強くした。

「初めてここに来たとき、爺以外にもおまえに手を差し伸べてくれた女がいると言ったな。それが鈴という女なのか？」

「そうです」

「おまえは鈴と一緒にいて何も感じないのか？」

　海龍を見つめながら、灯は首をひねった。

「彼女と一緒にいて多くのことを感じます。胸が高鳴ったり、幸せだと思ったり……」

「そういうことではない。あの女と一緒にいて負の感情を抱かないのか」

「負の感情？」

「そうだ。得体の知れない不快な感情や、怒りや憎しみの感情だ」

「そんな感情を抱いたことは一度もありません」

「おまえたちは少し特殊なようだな。だが、いつかお互いの存在さえ認められなくなるほど憎み合うことになるだろう」

「どうしてそんなことを……」

「あの女が犬だからだ」灯の言葉を遮るように海龍が言った。

「犬？」

意味がわからず灯が訊き返すと、「そうだ」と海龍が頷く。

「太古の昔から我々蒼皇と反目してきた種族だ。耳が大きいのが特徴だから我々は犬と呼んでいる。もっとも本物の犬はかわいげがあるが、あいつらは下等な生き物だ。蒼皇の高貴な血と違い、冷徹で邪悪な血を宿している」

「そんな……そんな馬鹿馬鹿しい話を信じろというんですか？」

「おまえの人生の中で訳もなく誰かに対する負の感情に支配されそうになったことはないか。近くにいると思うだけで、心が暴れるような不快感に苛まれ、怒りや憎しみの感情をたぎらせることはなかったか」

あった。新太郎とその父親だ。

特に新太郎からは、他の村人と違って直接灯や爺に嫌がらせをされることはなかったが、なぜだかそれらの人たち以上の憎しみや怒りの感情を覚えた。

どうしてだろうと子供ながらに不思議に思った。

「あるようだな」

海龍の声に、灯は我に返った。

「それが犬だ」

「たしかに鈴の兄や父親にそんな感情を抱いたことはあります。だけど、彼女にそんな思いを抱いたことは一度もありません」

「たまたまだ。わたしにも若い頃にそういう経験がある」

そう言って海龍が立ち上がった。こちらに近づいてくる。

「犬の男と惹かれ合ったことがな。その男が自分のすべてに思え、その男のためなら自分の命さえも投げ出せると本気で思ったこともあった。相手もわたしに対してそんな感情を抱いてくれていただろう。少なくともそのときのわたしはそう思っていた。そう思えるほど、その男はわたしのために尽くしてくれた」

灯の目の前まで来て海龍が立ち止まった。

「その結果がこれだ」海龍が面頬に手を添えて外した。

灯は息を呑んだ。

海龍の顔の半分以上が無残に爛《ただ》れている。ひどい火傷だ。

「わたしをこんなふうにしたのはその男だ」顔中の傷痕を引きつらせながら海龍が言った。

「どうして……」

どうして、愛していた人にそんなことができるというのだ――

「ただ宿命という他ないだろう。蒼皇と犬は憎しみ合う宿命なのだ。それは我々人間というものが誕生した遠い過去から、未来永劫続くものだろう。個人の感情でその宿命に抗うことなどできない」

激しい動悸がして息が苦しい。

「おまえたちもいつかは互いを殺したいと思うほど憎み合うようになるだろう。蒼皇と犬が相容れることは決してない」

鈴を殺したいと思うほど憎むことなどありえない。絶対にそれはないと言える。

だが、ふたりは決して相容れることはないという海龍の言葉には納得せざるを得ない。

たとえ鈴と一緒にいられたとしても、もう心を通わせるのは難しいのではないか。

自分は人の死を見すぎてしまった。そして人の醜さを、いや、自分という存在の醜さを知りすぎてしまった。

灯は海龍の顔から自分の両手に視線を向けた。

この手で人を殺してしまった——

前線にいた仲間たちによって『聖』を制圧したと思った蒼狼は、灯たち蒼皇を引き連れて乗り移った。灯は一番後ろから他の者たちについていったが、目の前でいきなり扉が開き、ひとりの兵士が飛び出してきた。こちらに銃口を向けられ、灯は思わず手に持っていた刀でその兵士の胸を突き刺してしまった。兵士はその場に崩れ、口から血を吐きながら絶命した。

その瞬間から、灯は鈴の知らない人間に変わってしまったのだ。いや、人間ではなく、まさしく鬼になってしまったのだろう。

「わたしが言ったことを納得できたみたいだな」

その声に、灯は自分の両手から海龍の顔に視線を戻した。海龍がじっとこちらを見つめている。

「ええ……」

灯が頷くと、海龍が満足したように口もとの皮膚を引きつらせ、面頬をつけた。

「今夜は海軍との重要な取引がある。それまでゆっくりからだを休めろ」

「重要な取引とは？」

「捕虜の命と引き換えに『聖』の大砲に装填する砲弾と石炭を用意させた。できればおまえを危険な場所には赴かせたくないが、同志の数が少なくなってしまったからな」海龍がそう言ってこちらに背を向けた。

「海龍様――」

灯が呼びかけると、海龍がこちらを向いた。

「海龍様のおっしゃるように、もう鈴とは関わりません。ただ、ひとつだけ頼みを聞いてもらえないでしょうか」

「何だ」

「鈴を鬼仙島から本土に帰したいんです。おれから直接話を聞かなければ鈴は島から出ていくことはしないでしょう。それに本土に戻る船賃がない以上、島から出ることはできません」

「あの女を生かしたいか」海龍が鼻で笑った。

「その願いを叶えてくださるのなら、あなたに忠誠を誓います」

「わかった。承知してやろう」

十九

朝になると、鈴は港に出かけた。

もはや蒼狼に会うのが怖いなどとは言っていられない。

灯のことが心配でたまらない。一目だけでも灯の姿を見られればそれでいい。

港にたどり着くとあたりを見回しながら船を探した。『蒼狼丸』という幟を見つけ、近づいていく。

船の上で作業する男に目を留めた。灯が庄之助と呼んでいた男だ。船にはその男しかいない。

蒼狼がいないと安堵するよりも、灯の姿がないことに心がかき乱された。

「すみません――」

鈴が声をかけると、庄之助がこちらに顔を向けた。

「灯さんのことを捜しているんですけど」鈴はさらに近づいて言った。

「ここにはいない」

庄之助がこちらを見つめながら首をひねった。わからないようだ。

「今どこにいるかわかりますか」

「灯さんの住まいはどこですか」鈴はさらに訊いた。

「道元町《どうげんちょう》にある長屋だ」

ここからすぐ近くの町だ。港に近く、魚の市場などがあると聞いたことがあるので、漁師の多くがそのあたりに住んでいるのかもしれない。

「ありがとうございます」

礼を言って踵を返そうとすると、庄之助に呼び止められた。

「行っても無駄だ。灯はこの島から出ていった」

「いつですか」

「五日前だ」

「島の人たちが夜釣りに出かけたという日ですね」鈴は鎌《かま》をかけて言った。

「夜釣り？」

意味がわからないというように庄之助が首をひねったが、すぐに何か思いついたのか、鈴に頷きかけてきた。

「そうだ。夜釣りを終えると灯を乗せた船は鬼仙島ではなく違う場所に行った」

「夜釣りをしているときに、灯さんの身に何かあったりとかは……」

「何もない」

「そうですか……」

とりあえず灯が無事であることがわかり、膝が抜けそうになった。

「灯さんはいつ島に戻ってくるんですか」

「もう戻らないだろう」

その言葉に衝撃を受けた。

「どういうことですか？」鈴は勢い込んで訊いた。

「さあな。ただ、蒼皇はもうこの島に戻ることはないだろうというのは想像できる」

「灯さんはどこに行ったんですか？」鈴はすがるように訊いた。

「おれも知らない場所だ」


「鈴、そろそろ暖簾をしまっておくれ――」

お鶴に言われ、鈴は重い足を引きずりながら店を出た。暖簾を外して店に戻る。つけ台に暖簾を置き、掃除を始めた。

「いったいどうしちまったんだい。今日は何だか調子が悪そうだけど」つけ場で洗い物をしているお鶴が心配そうに声をかけてくる。

「いえ……何でもありません」

「きっと忙しいか、飲み代がなくて来られないだけじゃないかい」

灯が店に来ないことを寂しがっていると思っているのだろう。

庄之助から聞いた話を、お鶴にはしていない。

せっかく再会できたというのに、鈴に何も言わないまま灯が島を出ていってもう戻ってくることはないなんて、今でも信じられないでいる。

お鶴に話をすることで、それが事実であるように受け入れたくない。

きっと庄之助の思い違いだ。この島では蒼い目の人間の多くが要職に就いているというから、灯も何か責任のある仕事を任され、どこかで忙しい日々を送っているだけだろう。

時間ができれば、鈴に会いに島に戻ってくるにちがいない。いや、絶対にそうだ。

扉が開く音が聞こえ、鈴は目を向けた。店に入ってきた男を見て、眉をひそめる。

庄之助だ。

「すまないけど、もう店じまいなんだよ」お鶴の声が聞こえた。

「酒を飲みに来たんじゃない。その娘とふたりで少し話がしたいんだが」

庄之助に言われ、鈴は思わずお鶴を見た。お鶴は怪訝そうな顔で庄之助を見つめている。

「別にやましいことはない。店の外でちょっと話をするだけだ」

眉間の皺をさらに深くさせたお鶴に、鈴は「大丈夫です」と頷きかけ、庄之助に近づいた。ふたりで店を出ていく。庄之助は扉を閉めて、店の横手の物陰に向かった。

「お話というのは何でしょうか」

鈴が訊くと、庄之助があたりに視線を配った。まわりに誰もいないことを確認して、懐から取り出した袋を鈴の手に握らせる。

「何ですか？」鈴は訝しい思いで訊いた。

「中に二十円入ってる」

その言葉に驚き、手に持った袋に目を向けた。

「明日の船でこの島から離れろ」庄之助が声をひそめて言った。

「どうして……？」

赤の他人の庄之助から、なぜそんなことを言われなければならないのか。

「さっきも言ったように、灯はこの島には戻ってこないだろう。だから、あんたがこの島にいる意味は何もない。早く家に帰るんだ」

「どうしてあなたにそんなことを言われなきゃいけないんですか？　だいたい、どうして灯さんがこの島に戻ってこないなんて言い切れるんですか」

鈴が声を張り上げると、庄之助が大声を出すなというように口もとに人差し指を立てた。

「やっと会えたんです。それなのにどうして……」

ずっと会いたいと思っていた人にようやく再会することができた。自分だけではなく、灯も心の底から喜んでくれているはずだ。

「奴が海龍にとって、とても貴重な人間だからだ」

「海龍？」鈴は訊き返した。

「この島にいてそんなことも知らないのか。海龍はこのあたりの海賊たちを束ねる青鬼の首領だ」

「海賊？」

それが灯とどう関係あるというのだ。

「灯は海賊だ」

頭の中が真っ白になった。

「しかもおれのような下っ端じゃない。海賊の中でも青鬼は重要な地位に就く。海龍の次に偉いのはあんたも知ってる蒼狼だ。灯はその蒼狼から特に目をかけられている。つまり灯は他の海賊や青鬼よりもはるかに海龍からの寵愛《ちょうあい》を受ける立場だってことだ」

「嘘……」

鬼仙島がある瀬戸内海には、海賊がよく出没するという話は聞いたことがある。その海賊たちは船荷を奪うために男たちを皆殺しにし、さらに女子供をさらっていく恐ろしい存在だと。

灯が人殺しや略奪をするなんて考えられない。

「あんたが言っていた夜釣りは海賊の作戦のことだ。海軍の軍艦を奪うために多くの海賊と相手の兵士が死んだ。多大な犠牲を払って海龍たちは軍艦を奪うことに成功し、残っていた兵士を人質に取った。鬼仙島に海賊たちが潜伏していることを海軍が知れば、この島に攻撃を仕掛けてくるかもしれない。そうなればここは火の海になる。だから早く……」

「嘘ッ！　灯さんがそんなことをするわけがない！」鈴は叫びながら庄之助に袋を投げつけ、その場を駆けだした。

「待ってくれ！　おれは……」

後ろから庄之助の声が聞こえたが、振り返らずに店に入った。その場に膝をつき、何度も深呼吸をする。

「どうしたんだい」

切迫した声で訊かれたが、鈴は何も言えないままお鶴を見つめることしかできない。

「何か変なことをされたのかい」お鶴がそう言ってそばにあった包丁を手に取り、つけ場から出る。

「違うんです！」

鈴が叫ぶと、店の外に出ようとしていたお鶴が足を止めた。

「灯さんが、海賊だって……そんな嘘を鵜呑《うの》みにしてしまって……気が動転してしまっただけです。馬鹿馬鹿しい話ですよね……」鈴はお鶴を見つめながら言葉を待った。

「彼が海賊だとそんなに嫌かい？」先ほどまでとは打って変わり、お鶴が穏やかな眼差しで見つめてくる。

どういうつもりでそんな言葉を投げかけてきたのかわからない。

「この島では海賊は崇められる存在だよ」

「海賊が崇められる存在？」

信じられない思いで鈴が訊くと、お鶴が頷いた。

「もっとも島の者たちは海賊ではなく、鯨様と呼んでいるけどね」

「鯨様？」

「鬼仙島とこの周辺の海を守る人たちの集まりだよ」

「でもその人たちは、人の命を奪い、人のものを奪うんですよね。どうしてそんな人たちが崇められるんですか」

「奪う……ね。立場が変われば考えも変わるんだね。あの人たちは奪っているんじゃなくて、奪われたものを取り返しているだけだよ」

「どういうことですか？」

お鶴が目の前まで来てしゃがんだ。鈴の肩に手を添えて立ち上がらせると、「まあ、座りな」とつけ台の前の椅子に座らせる。お鶴も隣に座った。

「この島はね、ひと昔前まで罪人が流されてくる島だったんだよ。つまり国が治めてた島さ」

　罪人が流されてくる島というのは噂で聞いたことがある。

「どうして罪人がこの島に流されてきたのか……この島には銅という貴重な資源が豊富にあったんだ。お上は銅を掘らせるために本土で罪を犯した者を次々にこの島に送り込み、ここで生活させた。もちろんお上が寄越した監視付きでね。罪人は両手両足に鉄の錠をされて、食べるものもろくに与えられないまま働かされ続けた……」

　この島で銅が豊富に取れることは国にとっての重要な機密だったという。刑を終えて戻ってきた者たちの口から資源のことが外部に漏れてはいけないので、島に流されるのは終身刑を言い渡される重罪人だけだった。だが、過酷な生活で罪人たちがひとり、またひとりと亡くなっていき、人手が足りなくなると罪人以外であっても奴隷《どれい》を求めた。本土で行き場をなくした蒼い目をした人たちだ。

「いい仕事があるという口車に乗せられてやってきた蒼い目の男たちは、島に着くなり無理やり錠をかけられ、それからぼろ雑巾のように死ぬまでこき使われた」

「家族とこの島に来た人たちもいるんじゃないですか」罪人でないのならその可能性もあると思い、気になって訊いた。

「そうだね。女子供は夫や父親とは違う場所で働かされた。主に畑仕事をね」

だが女子供といえども、どのような劣悪な環境で働かされていたのかは想像ができる。

「この島に奴隷が増えるにつれ、監視する人間も増やさなければならない。その人間たちを食わしたり愉しませたりしなければならないから、やがて罪人でも蒼い目の人間でもない人たちも受け入れるようになった。いずれも本土では最下層の生活を強いられていた人たちさ。新天地を求めてやってきた人たちは、まともな食事を与えられないまま過酷な農作業をさせられるか、監視役の慰み相手にさせられるかのどちらかだった。わたしのようにね」

「お鶴さん？」

「わたしは幼い頃に口減らしのために丁稚《でっち》奉公に出されてね、十五歳のときまで広島の菓子屋で働いていたのさ。そこの主人は博打《ばくち》好きでね、その負けの代わりにわたしを女衒《ぜげん》に売り渡したんだよ。そしてこの島に連れてこられた。船の中で女衒は笑いながらわたしにこう言った。『おまえみたいな別嬪《べっぴん》なら客が途切れないだろう。安い買い物だったぜ』ってね。それを聞いてわたしは自分がこれからどんな目に遭わされるのかを悟って目の前が真っ暗になった。逃げることなんてもうできない。わたしはその場で持っていた手鏡を割って、その破片でね……」お鶴が自分の手を頰のあたりに持っていき、引いた。

鈴は痛ましさに手で口を覆った。

「女衒は慌てふためいていたけど、飢えた男たちにとっては傷ものであっても関係ないんだね。島に着いたその日から男たちの相手をさせられたよ」

涙で視界が滲み、すぐ目の前にいるお鶴の顔が見えなくなった。

「ちょっと昔話が過ぎたようだね。わたしが言いたいのは、その当時この島にいた人間の多くが国によって自分の人生を奪われてたってことさ。その人生を取り戻してくれたのが蒼い目をした海賊たちだった」

「海龍……」

手で涙を拭いながら呟くと、お鶴が頷いたのがわかった。

「わたしは……いや、島の者たちは誰も会ったことはないだろうけどね。海龍様の配下である蒼い目をした七人が島に来て、監視役の人間たちを片っ端から成敗していった。そのうちのひとりは、銃を持って女郎宿に立て籠もった数人を相手に刀一本で挑み、傷だらけになりながらわたしらを解放してくれた」

「もしかして蒼狼さんですか？」

以前店で灯が蒼狼の話をしたときのお鶴の表情を思い出した。その名前を聞いただけで幸せだというように頰を赤らめていた。

「ああ。わたしの人生でただひとり好きになった男だよ。お上からすれば、海賊たちは自分たちから島とそこで働かせている奴隷を奪ったってことになる。だけどわたしたちにとっては、海賊……いや、鯨様の戦士が自分たちの人生を取り戻してくれたんだ」

「でも……」鈴はそこで言葉を濁した。

お鶴を含めてこの島で暮らす人たちの壮絶な過去を聞かされた今、その疑問を容易《たやす》く口にはできない。

「彼らは人の命を奪ったって言いたいんだろう」

鈴はそうだと、ためらいながら頷いた。

「もし、灯が鈴や、鈴にとって大切な人を守るために人を殺めたとしたら、あんたは責めるかい？　人でなしと灯をなじるかい？」

鈴は答えることができず、お鶴を見つめるしかなかった。

二十

鬼仙島の港に着くと、灯は蒼狼とともに船を降りた。そのまま鶴屋に向かおうとする灯を、蒼狼が呼び止めた。

蒼狼が懐から袋を手に取り、「中に二十円入ってる」とこちらに差し出す。

「蒼狼さんは一緒に行かないんですか？」灯は訊いた。

「ああ、他に行くところがある」

海龍の承諾を得た後、蒼狼が鬼仙島までの船を出すことになったので、てっきり見張りとして灯についてくるものだと思っていた。

「どこに行くんですか」

「今回の作戦で亡くなった者たちの家族のところだ。本土まで渡り、それからしばらく生きていけるだけの金塊を渡す。二時間後にここに集合だ」

「わかりました」

「袋の中に二十円の他に金塊を入れてある。それを鶴屋の女将に渡してくれ」

お鶴のことだ。

「何か伝えますか」

「達者で暮らせ、とだけ」

灯は頷くと蒼狼に背を向けて歩き出した。

店に続く坂道を上りながら、鈴にかける言葉を考える。

どのように話せばいいだろう。いくら考えてもわからない。

ふと、道端に生える草が目に留まり、灯は足を止めた。近づいていき、草の前でしゃがみ込む。あのときと同じように、二匹のカタツムリが寄り添うように草に引っ付いていた。

もし、鈴とふたりきりで生きられるなら……人間じゃなくてこいつらのほうがいい――

灯がそう言うと、隣にいた鈴は黙って頷いた。

来世では絶対に鈴のもとから離れない。

灯は心の中で決意して立ち上がると歩きだした。店の前にたどり着くと、ひとつ深い息を吐いて戸を叩く。しばらくすると戸が開き、お鶴が顔を出した。

「あら、元気だったかい」

そう言って微笑みかけてきたお鶴に、灯は小さく頷いた。

「鈴はいますか？」

「出かけてるよ」

「そうですか……」

どこか安堵している自分に気づいた。

「会う前に言っておくけど、あんたが鯨様……いや、海賊の一員だということが鈴に知られちまったよ」

胸の奥がずきんと痛んだ。

「鈴は……何と？」

「わからないねえ。初めは信じられないと嘆いていたけど、海賊には海賊なりの道義があることをわたしなりに伝えたら、それからはずっと黙ったきりでね」

海賊に道義などあるのだろうか。どんな理由をつけたとしても人殺しの略奪者でしかないのではないか。

「これ、蒼狼さんとおれからです」灯はそう言って袋をお鶴に渡した。

袋の中を確認したお鶴が驚いたようにこちらに顔を向ける。

「達者で暮らしてくださいと、蒼狼さんが」

「そうかい……」お鶴が寂しそうに呟き、胸もとで袋をぎゅっと握り締める。

「それで本土まで鈴を連れて行ってもらえないでしょうか。できるだけ早く」

灯が言うと、お鶴の表情が険しくなった。

「この島で何かあるのかい？」

「もしかしたら海軍に攻め込まれることになるかもしれません」

「わかった。鈴のことは任せておきな」

「鈴に……鈴に伝えてください。今までありがとう、と」

「会わないまま行っちまう気かい」お鶴が責めるような目で見つめる。

「会うつもりでここまで来ました。でも、やっぱり会えません。おれは鈴に近づいちゃいけない人間になってしまったんです」

「それならば、ありがとうなんて言葉を残すんじゃないよ。引きずるだけだろう」

「そうですね……鈴にこう伝えてください。ずっと大嫌いだったと」

こちらを見つめていたお鶴が溜め息を漏らした。

灯は涙がこぼれる前にお鶴に頭を下げ、背を向けると坂道を駆け下りた。

二十一

訓練を終えて部屋に戻ると、ベッドの横に服部の姿があった。荷物の整理をしている。

「戻っていたのか」

新太郎が声をかけると、服部がびくっとしたようにこちらを向いた。目は虚ろで顔は青ざめている。

「ああ……」服部は呟くとすぐに視線をそらした。黙々と服をたたむ。

「体調がよくなさそうだな」

「別にそんなことはない」

素っ気なく返されたが、服部の表情を見て尋常ではないものを感じている。

今までいったいどんな訓練を行ってきたのか。

山神から作戦の指揮を命じられた翌日から、服部を含む六人の同期は特別休暇という名目で鎮守府からいなくなった。

他の者たちは羨ましそうにしていたが、新太郎はとてもそんなふうには思えなかった。

海賊が取引に指定してきたのは今夜の十一時。それまでに空月島の近海まで船を向かわせるとなればもうすぐ出港しなければならないだろう。

山神はそこで服部たちに何をさせようというのだろう。自分には不向きな作戦とはいったいどんなものなのか。服部たちがいなくなってからの四日間、ずっと気になっていた。

新太郎は部屋の扉を閉じた。その音に服部が振り返る。

「いったいどんな作戦なんだ」新太郎は服部の目を見つめて訊いた。

「長官の話を聞いていただろう。極秘の任務だ。いくらおまえといえども話すわけにはいかない」

「おれに不向きな作戦とはどういうことなんだ。気になってしかたがない」

新太郎が言うと、服部が苦笑した。

「誰に不向きという類の作戦なんかじゃない。海軍兵士としての訓練を受けている者であれば誰であってもできそうなものだ」

「容易い任務だというのか？」服部の様子を見ていてとてもそうは思えない。

「神様が味方してくれればな」

服部はそう言うと立ち上がり、上着の衣嚢《いのう》から出した封筒をこちらに差し出す。

「おれにもしものことがあったら千代に渡してくれ」服部がこちらを見つめながら言った。

瞳孔が激しく揺れている。怯えていた。

「縁起でもないことを言うなよ」

「念のためだ」

服部は封筒を握らせると、「じゃあ、行ってくる」と新太郎の肩を叩いて部屋を出ていった。

扉が閉まる音を背後に聞きながら、手に持った封筒に目を向ける。

念のために書いた許嫁への遺書――

いや、海軍兵学校に入ったときからずっと服部のそばにいる自分にはわかる。あれは死を覚悟した目だ。

軍隊に入ったからには、すべての兵隊が国のために命をなげうつ覚悟を持つべきだと自分は思っている。だがそうであるからにはすべての兵隊が等しくその任を帯びなければならないはずだ。

極秘任務ということで、一部の人間だけに犠牲を強いていいのだろうか。親友が死ぬ覚悟で任務に向かうのを、ただ安穏と送り出していいのか。

新太郎は封筒を上着の衣嚢にしまい、部屋を出て司令長官室に向かった。扉を叩くと、中から「誰だ――」と声が聞こえた。

「榎木少尉候補生です。長官にお話ししたいことがありまして参りました」

「入れ」

その声に、新太郎は扉を開けた。「失礼します」と部屋に入り、扉を閉める。正面の机からこちらを見つめる山神に近づいていく。

「話というのはいったい何だ」山神が訊いた。

「先ほど服部少尉候補生が作戦に向かいました」

「そうか……」

「わたしも作戦に加えていただけないでしょうか」

新太郎が言うと、山神が怪訝そうに眉根を寄せた。じっとこちらを見つめる。

「親友への同情心か？」

「そういうわけではありません。ただ、納得できない面があり……」

司令長官に対してこんなことを言うべきではないのはわかっていたが、口に出した。

「どう納得できないというんだ」

「どうしてわたしには不向きなのでしょう。服部少尉候補生や、彼が選抜した者たちより自分が劣っているとは思えません。語学に関しては服部少尉候補生にはとてもかないませんが、戦闘に関して言えばわたしのほうが……」

「たしかに君のほうが勝っているだろうな。自分の能力を過小評価されたと、すねているのか」

「いえ」

「君には後々もっと大きな仕事を担ってもらわなければならないから、ああいう言いかたをしたまでだ」

「どういう意味でしょうか」

「早死にさせたくないということだ」

その言葉を聞いて暗澹《あんたん》となった。

「どのような作戦なのでしょうか」

新太郎が訊くと、山神が少し身を乗り出して机の上で両手を組んだ。

「至って簡単な作戦だ。服部たち六人が弁才船の船底に設けた空洞に隠れ、海賊たちを待ち構える」

「そんな無謀な……」

思わず口走ると、山神の視線が鋭くなった。

「すみません。言葉が過ぎました。ただ……あの六人だけで海賊たちと一戦交えるのは……」

どれだけの数の海賊がやってくるかわからないのだ。

「もともとその六人で海賊たちを撃退しようなどとは、わたしも考えてはいない」

「では……」

「青鬼をひとりでも捕らえられればいいのだ」

どういうことだろうと、新太郎は山神の目を凝視した。

「君は知らないかもしれないが、奴らは結束が固い。ひとりでも仲間を捕らえられ殺されそうになれば、奴らは手出しができなくなる。海賊たちが弁才船に乗り込んだら、服部たちが奴らの隙をついて青鬼を捕らえ、手錠をかける。そして捕らえた青鬼を殺すと脅しをかけ、他の奴らを船から引き上げさせ戻ってくる、という寸法だ。この四日間、呉港に停泊している弁才船を使って訓練させた」

「ひとりの青鬼を捕らえたとしても、何十人もの相手に囲まれてしまったら、そんな脅しは通用しないのではないでしょうか」

新太郎が言うと、山神が笑った。傍らに置いていたものに手を伸ばし、机の上に置く。

黒い胴着だ。

「これが何だかわかるか」

「胴着でしょうか」

だが、普通の胴着の何倍も厚みがあり、右胸のあたりから紐が伸びている。

「そうだ。特注で作らせたものだ。この中にはダイナマイトという爆薬が入っている」

新太郎はぎょっとして身を引いた。

「この紐に火をつければ十秒ほどで爆発する。おそらくこの部屋が吹っ飛んでしまうぐらいの破壊力だ」

「まさか、これを……」

「そうだ。六人に着せる」

嬉々とした表情で答える山神を信じられない思いで見つめる。

爆薬を仕込んだ胴着を兵士に着せて戦わせるなど、正気の沙汰ではない。

「こんなものを着せるために君を海軍に誘ったわけじゃない。君に向かない任務だと言った意味がわかっただろう」

「海賊たちが要求している砲弾や石炭は渡さないということですか？」

「そうだ。弁才船にはそれらしい荷を積んでいるが、中身はただの砂利だ」

「しかし、そんなことをすれば捕らえられている英国兵士の命が……」

「さっきも言ったように奴らは結束が固い。たったひとりの青鬼であったとしても、向こうに捕らえられたすべての兵士との交換を呑むかもしれない。もしそうでなければ、捕らえた青鬼を拷問して奴らの根城を吐かせて、総攻撃を仕掛けてやる」

本気で言っているのだろうか。いくら青鬼の結束が固いと言っても、あまりにも危険性の高い作戦だ。

もし捕らえられている英国兵士が殺されることにでもなれば、海賊たちとの戦いどころの話ではなくなる。国と国との戦争に発展してしまうかもしれないのだ。

「この作戦は帝国海軍の総意なのでしょうか」

新太郎が問いかけると、山神が怪訝そうに首を傾げた。

「そうだ。この呉鎮守府はわたしに任されている。つまりわたしの考えが帝国海軍の総意ということだ」

違う。こんな作戦が認められるわけがない。もし帝国海軍の上層部がこんなことを認めるようであれば、この国は滅びるだろう。

「話は終わった。下がれ」有無を言わさぬ口調で山神が言った。

新太郎が山神に対して不信を抱いているのを察しているのだろう。

「失礼します」新太郎は会釈をして部屋を出た。

何とかしなければならない。今の山神は何かの狂気にとりつかれているようだ。このまま山神の勝手にさせればとんでもないことになってしまう。

どうすればいい。上官に報告したところで、どうにもならないだろう。この呉鎮守府は事実上、司令長官である山神が支配しているようなものだ。

焦燥感に駆られ、廊下を進む歩調が速くなる。だが、問題を解決する糸口はいっこうに見つからない。

呉以外の鎮守府の司令長官に手紙を書くか。だが、少尉候補生に過ぎない自分の言葉にどれだけ耳を傾けてくれるかは、甚《はなは》だ疑問だ。

服部――

彼の叔父は横須賀鎮守府の参謀長だ。

新太郎はそのまま建物から飛び出した。港に向かって駆ける。

何としても服部には生きて戻ってもらわなければならない。

たとえ自分の命に代えたとしても。

新太郎は港を歩きながらあたりを見回した。『白山』をはじめとする海軍の軍艦に並んで、一隻の弁才船が停泊している。その横の岸壁に無数の大きな木箱が積み上げられていた。男たちが二人一組になって木箱を次々と船に運び込んでいる。

弁才船の上部に視線を向けると、四人の男たちの姿が見えた。出航の準備をしているようだ。

甲板にいる男たちも荷を運び入れている男たちも海軍の兵士ではない。極秘の任務ということで、一般の船乗りを使って荷を運ばせるつもりのようだ。海賊の襲撃に遭ったときに海軍の犠牲を最小限に抑えようという山神の考えなのかもしれない。

弁才船に近づき、「おい」と声をかけると、木箱を持ち上げようとしていた男が顔を向けた。

「これは空月島まで行く船か」

新太郎が訊くと、男が曖昧に首をひねった。

「あっしらは船に荷を積み込めと言われただけなんで、行先はちょっと……」

「そうか」と新太郎は頷き、弁才船に乗り込んだ。船首のほうに向かうと、舳車立にいた年配の男が気配に気づいたように振り返った。

「空月島まで行く船か」

新太郎が声をかけると、年配の男が恐縮したように「そうです」と答えた。

「上官から積荷の確認をしろと言われた。中に入るぞ」

新太郎は船内に入った。無数の木箱が積み上げられている中を進んでいくと、奥のほうから薄明かりが漏れていて人影が浮かんだ。灯籠を真ん中に置いて、胴着を着た男たちが車座になっている。

服部、遠藤、大久保、平内《ひらうち》、鈴木《すずき》、佐瀬《させ》の六人で皆、新太郎の同期だ。

「おい――」

声をかけると、服部たちが驚いたように揃って顔を向けた。だが新太郎とは気づかないようで、薄明かりに照らされた六人が不安げな眼差しでこちらを見つめている。

さらに近づいていくと新太郎だと気づいたようで、「どうしておまえがここにいるんだ」と服部の声が聞こえた。

「話があって来た」

「話？」

新太郎は頷き、まわりの者たちに視線を配りながら服部の隣に座った。

「今すぐこの船を降りろ」新太郎は服部に告げた。

「どういうことだ。長官の指令……」

「違う。おれの考えだ」

　遮るように新太郎が言うと、服部が首をひねり、まわりの同期たちを見た。新太郎も同期に視線を向ける。皆、怪訝そうな表情を返す。

「おまえの考えって……いったいどういうことだ。長官の命令に背けというのか？」

「そうだ」

　即答すると、服部が息を呑んだ。意味を測りかねたようにじっとこちらを見つめる。

「長官から今回の作戦の内容を聞いた。おまえたちにこんなものを着せて青鬼を捕らえようだなんてどうかしてる。何とも無謀で危険な作戦だ」新太郎は服部の胴着をつかんで言った。

「無謀で危険なのは、おれたちだって百も承知だ。だけど英国の兵士を救うためには他に方法はないと長官はお考えになったから……」

「長官にとって英国兵士の命など二の次だ。もちろんおまえたちの命も、弁才船を動かす船乗りたちの命もな」

　服部の表情が険しくなった。まわりからも、山神に対して非礼なことを言う自分への厳しい視線を感じる。だけどここで口を閉ざすわけにはいかない。

「青鬼を捕らえて交換条件にすれば、海賊は英国の兵士を解放するにちがいないと長官はおまえたちに説明したんだろう」

「だから何だ」服部が尖った声で言った。

「だがもし、取引の場に青鬼が現れなければどうなる？」新太郎は服部を見つめて言った。

　その言葉の意味がわからないようで、服部は新太郎を見つめ返すだけだ。

「この船には海賊が要求した砲弾や石炭は積んでいない」

　服部が驚いたようにあたりを見回した。他の者たちも呆気にとられたように木箱を見ている。

「箱の中身は石炭に見せかけたただの砂利だ。もし取引の場に青鬼が現れず、捕らえることができなければ、海賊は見せしめとして英国兵士を殺してしまうかもしれない」

「そんなことになったら日本はどうなっちまうんだ！」遠藤が切迫した顔で言う。

「英国との間で戦争になってしまうかもしれない」

　新太郎の言葉に、まわりの者たちが焦ったように顔を見合わせた。

「仮に青鬼を捕らえることができたとしても、海賊が必ずしも英国兵士を解放するとはかぎらない。長官はおれにこう言った。もし海賊が交換条件を呑まなければ、捕らえた青鬼を拷問して奴らの根城を吐かせて、総攻撃を仕掛けてやる、と」

「総攻撃を仕掛ける……」服部が呆然としたように呟いた。

「その根城に英国兵士が捕らえられているかもしれないということも長官は考えていない。

英国兵士の命など二の次だと言ったのはそういう理由だ。長官にとっては英国兵士の命よりも、部下の命よりも、海賊を殲滅することがすべてなんだ。とてもまともな考えだとは思えない。狂気にとりつかれているとおれは思ってる」

「榎木……言葉を慎め」服部がたしなめる。

「おれの話を聞いて、おまえたちもそう思わないか？　この作戦が帝国海軍の、政府の総意だと思うか？」

　服部は何も答えず、顔を伏せた。他の者たちも表情を歪めながら押し黙っている。

「おれたちにはどうにもできないだろう……」服部が顔を上げて呟く。「たとえ長官の考えがそうであったとして、おれたちにはどうにもできない」

「そうだ」と、大久保が声を発した。「おれたちが船を降りたところで何の解決にもならない。船を出さなくてもそうだ。取引の場所に船が現れなければ、海賊は英国兵士を殺すにちがいない」

　たしかにそうだろう。

「青鬼がやってくることに一縷の望みを託すしかないってことだ。たとえおれたちの誰かが、いや全員が犬死にしたとしてもな。そのうえで日本が英国と戦争をすることになったら、それはそれでしかたない……」平内がそう言って同意を求めるようにまわりの者を見る。

　平内と目を合わせた服部が頷き、新太郎を見た。

「榎木……おまえの助言はありがたいと思ってる。だけど、おれたちは行くしかないんだ。逃げるわけにはいかない」服部がこちらを見つめながら言った。

「誰も逃げろとは言ってない」

「じゃあ、どうしろっていうんだ」

「ひとつだけ考えがある」

「考え？」

「ああ。うまくいくかわからないが、これしかない。英国兵士を海賊たちに殺させず、戦争を回避できるかもしれない方法だ」

「どんな……」

「おまえはこのまま船を降りて横須賀に行ってくれ」

「横須賀？」服部が首をひねった。

「ああ。おまえの叔父上にこのことを伝えてもらいたい」

「どういうことだ……」

「長官は今回の海賊との取引を海軍の上層部に伝えていないんじゃないかとおれは思ってる。もし伝えていれば、英国兵士を危険にさらすような今回の作戦を認めるとはとても考えられない。もしかしたら『聖』が海賊に奪われたことも伝えられていないかもしれない」

「叔父に伝えるといっても……横須賀に行くまで何日かかると思ってるんだ。しかも軍の連絡船は使えないから商船に乗るしかない。叔父に話をしてここに戻ってくるまで三、四日はかかるだろう。すべて終わった後だ」

「そんなことはわかってる。だけど他に方法はないんだ。おれはおまえに代わってこの船で取引の場に行く。もし、青鬼を捕らえることができれば、呉に戻ることはせずにそのまま海賊と交渉する」

「英国兵士を解放しろと？」

「そうだ」

「相手が交渉に応じなかったら？　青鬼ひとり捕まえて、多くの人質に釣り合うと考えてくれるとは思えない」

「その場になってみなきゃわからない。だけど説得するしかない。英国兵士を殺されてしまえばどうなるか。英国と戦争になってしまえば海賊たちだって自分の生活を奪われることになるんだと」

「もし青鬼が現れなければ？」

「再度取引してくれるよう海賊に頼む」

　驚いたように服部が目を見開いた。

「おまえが？」

　新太郎は頷いた。

「砲弾も石炭も積んでいないことや、呉鎮守府の長官は海賊との取引に応じるつもりがないことも伝える。そして帝国海軍の上層部に交渉に応じるよう話をつけているところだから、絶対に人質を殺すなと海賊に伝える」

「海賊の前に出ていってそんな交渉をすれば、おまえも人質にされてしまうぞ」

「そんなことは覚悟の上だ。とにかく人質を殺させないことが最も重要なことだ」

　服部が顔を伏せる。大きな溜め息が聞こえた。

「海賊だっておれたちと同じ人間だ。自分たちの損得を考えれば、その話に乗ってくるかもしれない。いずれにしても、山神司令長官の暴挙を海軍の上層部に報せなければならない。それができるのはこの中でおまえだけなんだ」

「もし……海軍の上層部が交渉に応じなかったらどうする？　たとえ英国と戦争になったとしても海賊の脅しには屈しないと、長官と同様の判断をされたら」

「そうなったらそこまでだ。あの世からこの国の行く末を眺めるさ」

　もし軍の上層部がそんな損得さえ見誤ってしまうような人間の集まりなら、遅かれ早かれこの国は滅びてしまうだろう。

「ふざけるな……」

そう言った服部に肩をつかまれた。

「おまえにそんなことをさせて、船から降りられるわけがないだろう」そう言いながら服部が肩を激しく揺すってくる。

新太郎は肩をつかまれていた手を取った。服部を見つめながら「軍の上層部に伝えることはおまえにしかできないんだ」と言って肩から手を離させた。

「人を苦しめ、傷つけるためじゃなく、人を救うために働いてくれ」

「ああ、そうだな——」と声が聞こえ、新太郎はあたりを見回した。まわりの同期たちがこちらを見ながら頷きかけてくる。

「おまえの仕事は船底で海賊を待ち構えることじゃない。戦争を阻止するために働くことだ。榎木ひとりを人質にはさせない。おれも人質に志願する」

遠藤の声に続いて、「おれも人質に志願する」と大久保が手を上げた。「おれも——」と、平内と鈴木と佐瀬も手を上げる。

「さあ。早く胴着を脱いで船を降りろ。もうすぐ出港してしまう」

新太郎が言うと、ようやく服部が「わかった」と呟いた。

「何としてでも叔父を説得してみせる。大切な六人の仲間と異国の兵士の命を絶対無駄にはさせない」

服部は脱いだ胴着を床に置き、立ち上がった。名残惜しそうに何度も振り返りながら階段に向かう。

服部の姿が見えなくなると、「新しい指揮官は榎木でいいよな」と遠藤の声が聞こえた。

遠藤以外の四人も同意したように頷く。

「じゃあ指揮官、次の指示をお願いいたします」遠藤が茶化すように言った。

「そうだな……とりあえずその物騒なものを脱いでくれ」

四人が相好《そうごう》を崩して「それもそうだな」と胴着を脱ぎ始めた。

「ところで、身を隠すための空洞というのはどこにあるんだ」

新太郎が訊くと、遠藤が「この下だ」と目の前の床板を叩いた。

「さっき確認したが、四畳ほどの空間だ。六人で隠れるとなるとかなり窮屈だ」

「武器は？」

「短刀と手錠が人数分支給されている。あと呉鎮守府にも一丁しかないという最新式の拳銃だ。弾は六発入る」

「それとダイナマイト入りの胴着ということか」

遠藤たちが頷いた。

「海賊を捕まえるにしては何とも心もとない装備だな」新太郎は皮肉を漏らした。

「この狭い空間では鉄砲や尺のある刀ではかえって扱いづらいという判断だ」

「できることならむざむざ人質になりたくはないよな。青鬼がやってきてうまく捕らえられれば、交渉も円滑にいくかもしれない」

大久保の言葉に、「そうだな」と新太郎は答えた。

「だけどここに隠れていたら、青鬼かそうでないかの確認をするのは難しいぞ……どうした？」

鈴木に訊かれたが、「いや……何でもない」と新太郎ははぐらかした。

伊丹を尾行していたとき、蒼い目の女と遭遇する直前に不思議な感覚に陥った。いきなり胸の底から妙な不快感がこみ上げ、視界が揺れた。さらに彼女が自分に対して抱いている憎悪の感情が手に取るようにわかった。

後でそのことを服部に話したが、彼は何も感じなかったという。

その感覚はあのときの女だけに抱いたものではない。昔、村で灯がそばにいたときにも似たような感覚を抱いた。

蒼い目の人間が近づけば自分にはわかるのかもしれない。だが、こんな話をしても誰も信じないだろう。

自分が近くにいるときに、相手も同じようなものを感じるのだろうか。

新太郎は床板に視線を据えながら、頭の中でこれからの作戦を練った。

二十二

漆黒の闇に浮かぶ瞬きが大きくなっていく。

その明かりに吸い込まれるように灯の乗った黒衣船が洞窟に入っていった。

洞窟の中には五艘の黒衣船が留め置かれていて、岩場にはすでに三十人ほどの仲間が集まっている。だが、灯の隣に立つ蒼狼の姿を見つめる者たちの眼差しに、以前の高揚感は窺えない。歓声がないのはおろか、ほとんどの者たちの表情は疲弊し、怯えた眼差しで、自分たちのことを見つめている。

船が泊まると、蒼狼に続いて灯は岩場に降り立った。蒼狼がまっすぐ平蔵のもとに向かう。

「集まったのはこれだけか」

蒼狼が訊くと、平蔵が苦々しそうな表情になった。

「他の奴らは戦に行きたくないと言いだしやがって。さんざん殴りつけて脅したんですけど、それでも駄目で。まったく臆病風に吹かれやがって」平蔵が吐き捨てるように言う。

海軍の軍艦を奪うために、百人近くいた海賊のうち四十三人が命を落とした。さらに二十人ほどは立ち上がれないほどの大怪我を負い、設備の整った本殿で療養している。

あの惨劇を目の当たりにすれば、戦に出たくないと思うのも無理はない。むしろまだこれだけの人間が集まっているのが不思議だと、灯はまわりに目を向けた。

　あちらこちらにここで初めて見る顔があった。その者たちは一様に戸惑った表情で、落ち着きなくあたりに視線をさまよわせている。

　何人かに見覚えがあった。罪人船の乗組員のふたりと、鶴屋で見かけた若い客だ。

「しかたないんで、島で十人ほど勧誘してきました。どれぐらい使えるかわかりませんが……」

「船を扱えるのは？」蒼狼が平蔵に訊いた。

「あそこにいるふたりです」平蔵が罪人船の乗組員のふたりを指さした。「彦丸《ひこまる》と耕作《こうさく》といって罪人船の乗組員です」

「そうか。あのふたりをおれたちの船に乗せる。鉄砲の使いかたを教えてやれ」

「わかりました」

　平蔵がふたりのもとに向かうと、蒼狼は仲間に指示を出している南城に近づいた。

「灯――」

　誰かに呼びかけられ、灯は振り返った。庄之助が寄ってくる。

「ひさしぶりだな。元気でやってたか」

　とてもそういう状況ではないが、灯はとりあえず相槌《あいづち》を打った。

「ずっと海龍様のところにいたのか」

どう答えていいのかわからない。

黙っていると、庄之助が灯の袖を引っ張り、まわりの者たちから少し離れた場所に連れていく。

「昨日、あの女がおれのところにやってきた」

庄之助に小声で言われ、「あの女？」と訊き返した。

「昔おまえと同じ村にいたという幼馴染だ」

鈴のことだ。

「それで……」灯は気になって先を促した。

「おまえが鬼仙島に戻らないということで、えらい心配してた。ずっと会ってないのか？」

灯は頷いた。

鈴に別れを告げようと今日の昼に鬼仙島に行ったが、けっきょく会わなかった。お鶴に鈴のことを託し、港に戻る途中、灯は思いついて近くの神社に寄った。鈴が無事に本土に戻れるよう神様に願おうと思ったのだ。

神社にたどり着いたが、先に参拝している女性の姿が目に留まり、灯は思わず物陰に隠れた。鈴だった。本堂の前でじっと手を合わせていたが、ようやく手を解き一礼すると鳥居に向かった。そのまま帰るのかと思ったが、鈴はふたたび本堂に向かい手を合わせた。

何度も何度もそれを繰り返していた。

物陰からその様子を見つめ、どうしようもなく胸が苦しくなった。

灯の無事を願うためにお百度参りをしているのだと察したが、自分はそんなことをしてもらう価値などない人間だ。どんなに神様にすがったところで、人を殺めてしまった自分はいつか地獄に落とされるだろう。

「どうにも不憫《ふびん》でならねえな……」

庄之助の声に、灯は我に返った。

「おれにとっては赤の他人でしかないが、おまえのことを心配して憔悴《しょうすい》しきってるあの女を見てるうちに、何とかしてやりてえなと思い始めてる」

灯は苦笑した。自分と鈴はどうにもならない。

「おまえがいる島の場所を教えてくれれば、あの女を蒼狼丸に乗せてこっそり連れていってやれるんだが。どうだ？」

海龍がいる本殿に鈴を連れていくわけにはいかない。

「おまえに会いたくて鬼仙島くんだりまでやってきたんだろう。このままじゃ生殺しのようなものじゃないか？」

庄之助の言葉にはっとした。

「おまえがきちんと別れを言わなければあの女は島から出ていかないだろう。そのうち海軍の攻撃を受けてあの島は火の海になっちまうかもしれない。おまえは海龍様のもとで安穏としてられるかもしれないがな」

「さっきここに来る前に鬼仙島に行ったんです。鶴屋の女将さんに罪人船の船賃を渡して鈴を本土に連れていってくれるよう頼みました」

「そうかい……」こちらを見つめながら庄之助が溜め息を漏らす。

安堵とも落胆ともつかないような庄之助の表情に少し引っかかりを覚えた。だがそれ以上に気になることがあり、灯は振り返った。平蔵から鉄砲の手ほどきを受けている罪人船の乗組員のふたりを見つめる。

あのふたりがここにいるということは、今日の罪人船の運航はどうなったのだろう。本土に向かう船は出せたのだろうか。

「皆、聞いてくれ――」

蒼狼の声が洞窟内にこだまする。まわりにいる者たちが蒼狼に注目した。

「これからここにいる者たちで作戦を遂行する。今から二時間後の十一時、空月島の近海に海軍に用意させた弁才船がやってくる。船には先日我々が奪取した軍艦『聖』に使用する砲弾五十発と三百貫の石炭が積んである」

周囲からざわめきが起きた。ほとんどの者たちはそのことを知らなかったようだ。

「それを手に入れることができなければ、多くの犠牲を払い奪取した『聖』は無用の長物となってしまう。どんなことをしてでも絶対に手に入れなければならない」

　蒼狼の言葉に続き、「そうだー！」と平蔵の叫び声が聞こえた。

　まわりを鼓舞するように平蔵が何度も拳を高く突き上げるが、それに追随する者は現れない。

「それを手に入れられなければ海軍と互角に渡り合うことはできない。そしてそう遠くないうちに海軍は我々を殲滅するために、ここ蟻巣島や鬼仙島を攻撃するだろう。我々や、我々の家族が生き残るためにはこの作戦を成功させなければならない。そうでなければ大切な仲間たちの死が無駄になる。彼らのためにも我々は怯むことなく、闘い続けなければならない！　我々を見捨て、我々の生活をなおも蹂躙《じゅうりん》しようとする政府に勝たなければならない！」

　蒼狼が高々と手を突き上げると、ようやく仲間たちの間から「おー！」という声が沸き起こった。

「ここにいる者たちを六つの班にわける。先に島を出る一班から四班まではそのまま空月島の近海に向かい、弁才船の周囲をしばらく航行してくれ。近くに海軍の船がないことを確認したら烽火《ほうか》を上げるのだ。南城が指揮を務める五班は、わたしが指揮する六班の船と並走して弁才船に向かい、烽火の合図を確認したら、我々が弁才船に乗り込むのを黒衣船から援護する」

それぞれの船に乗る五人の指揮官が蒼狼を見つめながら大きく頷く。

「さあ、行くぞ——我々の勝利は近い！」

蒼狼の叫び声とともに、仲間たちが次々と黒衣船に向かっていった。


無限に広がる闇に包まれながら灯は耳を澄ませた。

先ほどから風と波と帆がはためく音に混じって、荒い息遣いが聞こえる。

灯は息遣いがするほうに顔を向けた。視界は真っ暗なままで姿は見えないが、彦丸と耕作が発しているものではないかと思った。

腰を浮かせ、中腰のまま音のするほうに進んだ。闇の中で、うっすらとふたりの輪郭が浮かんだ。鉄砲を膝の上に置き、身を寄せ合うように座っている。表情までは窺えないが、ふたりとも荒い息を吐き、からだを小刻みに震わせているのがわかった。

「大丈夫ですか？」灯はふたりの前に座りながら小声で言った。

「大丈夫なもんか……」震えた声が聞こえた。

「早く島に帰りてえ」

「どうしてここに来たんですか」灯は訊いた。

いくら平蔵に勧誘されたとはいえ、断ることもできたはずだ。

「海龍様の命令だと言われたら来るしかあるまい。家族ともども鬼仙島で暮らしてりゃ、海龍様のご意思には逆らえない。だけど……船を動かすだけでいいと言われたのに、こんな物騒なものまで持たされるなんて。なあ？」

「おれたちはこのまま死ぬのか？」

「大丈夫ですよ。無事に島に帰れますから」

「気休めはやめてくれ。さっき海賊のひとりに聞いた。この前何十人も仲間が死んだって」

「それは……」灯は言葉に詰まった。

「さっきからうるせえぞ！　ぐだぐだ言うなら船から叩き落とすからな」

　平蔵の尖った声に、ふたりがびくっとした。

「ちょっとお聞きしたいんですけど……」灯はさらに声を低くして切り出した。「おふたりがいなくても罪人船は出港できるんですか？」

「いや……船頭と舳《おもて》のおれたちがいなけりゃ船は動かせねえ。罪人船は鬼仙島に泊まったままだ」

「そうですか……」灯は落胆の溜め息を漏らした。

　鈴とお鶴はまだ鬼仙島に留まっているのか。

「見えたぞ――」

　蒼狼の声が聞こえ、灯はふたりから船首に視線を向けた。

あいかわらず漆黒の闇に視界が染められているが、しばらく凝視しているうちに小さな瞬きが見えた。

誰かが立ち上がる気配があった。こちらに近づいてくる。蒼狼だ。

蒼狼は手を口もとに持っていくと指笛を鳴らした。しばらくすると波音に混じって、独特の節をつけた指笛が返ってくる。少し離れた場所を並走する南城の船からだろう。

「このあたりで船を止めろ。様子を見る」

蒼狼が言うと、帆を操作する平蔵と庄之助の動きが慌ただしくなった。

灯は息をひそめながらこのまま闇に包まれていることを願った。海軍の船が近くにいないという烽火が上がらなければ今日の作戦は中止だ。とりあえず誰も死なず、誰も殺さずに済む。

次の瞬間、闇の中に一筋の光が走り、天空に伸びていく。さらに離れた場所から一本、そしてもう一本と、光の筋が闇を切り裂く。

四本目に上がった光の筋を見つめながら唇を噛み締めていると、「行くぞ」という蒼狼の声とともに船が動き出した。

小さな瞬きが徐々に大きくなり、篝火を焚いた弁才船の姿があらわになってくる。同時に、胸の底から妙な不快感がこみ上げてきた。

どうしたんだ。船酔いだろうか。だけど今までずっと船に乗っていてもこんな経験は一度もなかった。

船に乗っていないときであっても……いや、この感覚は以前にも経験したことがある。

村にいたときだ。

まさか――

灯は顔を上げて弁才船を見つめた。あの船に新太郎が乗っているのではないか。

蒼皇は、自分たちと反目する犬と呼ばれる種族に対して得体の知れない不快な感情を抱くと、海龍が言っていた。そして新太郎の妹の鈴は犬であると。鈴の話によると、新太郎は海軍の軍人になって呉にいるという。

大きな音が聞こえ、灯はそちらのほうを向いた。弁才船の篝火に照らされ、少し前を行く黒衣船が見える。

船首に立って南城が吹き鳴らす法《ほ》螺《ら》貝《がい》の音に、弁才船から数人の人影が現れた。近づいてくる南城の黒衣船を見ながら慌てふためいている。

南城が法螺貝を持った手を下ろすのと同時に、同乗していた仲間たちが弁才船に向けて鉄砲を構えた。

「船に乗っている者は全員手を上げて顔を見せろ。下手な真似をすれば容赦なく撃ち殺す」

南城が大声で叫ぶと、十人ほどの男たちが手を上げながら現れた。だがその中に新太郎らしき男はいない。

七年以上会っていないから顔つきが変わっているかもしれない。

「この船に乗っているのはこれですべてです。おれらは頼まれてここに来ただけなのでいっさい抵抗しません」男のひとりが言った。

「そのまま動くな」南城がそう言って灯の乗る船のほうを向いた。

「おれたちは船の後ろにつける」

蒼狼の言葉に、平蔵と庄之助が帆を操り、黒衣船を旋回させる。

弁才船が近づくにつれ、暴れ出すように胸の不快感が増していく。吐きそうになり、思わず手を口に当てた。もう片方の手で胸のあたりをさすりながら、近づいてくる弁才船を見上げる。

縄を持った平蔵が海に入り、弁才船の船尾に向かって泳いでいく。弁才船につないだ縄を引っ張る庄之助を見ながら視界がかすんでいく。

「灯、何をやってる！　手伝え！」

庄之助に怒鳴られ、灯は立ち上がった。だが気持ちが悪く、膝をついた。

彦丸と耕作が庄之助を手伝い、縄を引いていく。弁才船の船尾とぶつかった衝撃で灯はその場に倒れた。

「大丈夫か」

声が聞こえ、灯は顔を上げた。蒼狼が灯を見下ろしている。

「ちょっと気分が悪くて……」口もとを手で押さえながら灯は言った。

「ここで休んでろ」

蒼狼は灯の肩を叩くと弁才船に向かった。鉄砲を持って弁才船をよじ登る庄之助に続く。

海から戻った平蔵に急き立てられるようにして彦丸と耕作も弁才船に乗り込む。平蔵と目が合った。侮蔑の眼差しを向けてくる。

「つくづく使えねえ奴だ」平蔵はそう吐き捨てると嬉々とした顔で弁才船によじ登っていく。


灯は床に左手をつき、吐き気を堪えながら立ち上がった。

ここにいるわけにはいかない。

もしこの船に新太郎が乗っていたとしたら――

灯は鉄砲を手にすると船尾からよじ登った。

蒼皇の蒼狼であれば新太郎の存在に気づくはずだ。生かしておくとは思えない。

自分はどうすればいい。新太郎を庇《かば》うようなことをすれば、たとえ蒼皇であったとしても裏切り者として自分も蒼狼に殺されるだろう。

どうしていいかわからないまま艫矢倉に乗り移り、船首に向かって進んでいく。足を止めた。

縄をかけられた十人の男たちが甲板に座らされていて、そのまわりを蒼狼たち五人が取り囲んでいる。蒼狼以外の四人は鉄砲を向けていた。

灯が近づいていくと、気配に気づいたようで蒼狼がこちらを向いた。

「大丈夫なのか」

蒼狼に訊かれ、灯は無言のまま十人の男たちを見つめる。

どう見ても自分と同世代には思えない。新太郎はいない。

「この船に乗っているのはおまえたちだけか」

蒼狼が訊くと、男たちが「そうです」と大仰に頷いた。

「本当だな？　嘘をつくと為にならんぞ」

「ほっ……本当です！　早く荷物を運び出してあっしらを帰してください」男のひとりが懇願するように床に頭をつける。

「悪いがこの船ごといただいていく。おまえらには船尾につけた船で帰ってもらうつもりだ。その前に中を見せてもらおう」

蒼狼がそう言ってひとりの男の腰に巻き付けた縄をつかみ、立ち上がらせた。

「彦丸と耕作はこの男たちを見張りながら船を出す準備をしろ。残りの者はおれと一緒に船内に行く。油断するな」

蒼狼が男を押さえつけながら船内への扉に向かっていく。平蔵と庄之助が鉄砲を構えながら蒼狼の両脇につく。

「灯はおれたちとは少し距離を置いて後方を見張れ」

蒼狼に命じられ、灯は後方に意識を向けながら三人に続いて船内に入った。天井から数本の灯籠が吊るされ、両脇には無数の木箱が積み上げられている。

薄暗い船内を進みながら灯は確信した。

他に誰かいる——

二十三

「青鬼が来た——」

新太郎が呟くと、隣の遠藤がびくっとした。

「どうしてわかるんだ」

声をひそめて遠藤に訊かれたが、説明のしようがない。ただ、先ほどから激しい胸の不快感に苛まれている。村で灯と一緒に過ごしていたときのような、伊丹を尾行していたときに蒼い目の女と遭遇したときのような——

いや、そのふたつとは比べ物にならないほど強烈な嫌悪感が自分のからだを貫いてくる。まるで目に見えることのない相手の憎悪に自分のからだが焼き尽くされてしまいそうだ。

足音が聞こえた。こちらに近づいてくる。ひとりではない。三人——いや、四人だろうか。

「誰かいないか——」

男の声が聞こえた。地の底から響いてくるような怖気を感じさせる声だ。

「隠れているのはわかってる。おとなしく出てくればこの船に乗っている全員の命だけは助けてやろう。だがそうでなければ皆殺しだ」

「勘弁してくださいっ！　助けてくれ！」

男の悲鳴が聞こえ、両脇にいる遠藤と大久保の息を同時に頬に感じた。どうすると、無言で自分に訴えかけているのだろう。新太郎は落ち着かせようと、ふたりの手を叩いた。

足音がさらに近づいてくる。板の隙間から漏れるかすかな薄明かりに影ができる。新太郎のすぐ鼻先で足音がした。二度、三度と踏んでくる。

「平蔵、庄之助——この場所を狙って弾を撃ち込め」

「わかった——」

「すぐに出るから撃たないでくれ」堪らず遠藤が声を上げた。

「お利口さんだ」

男がその場を離れたのがわかり、新太郎は板を外して外に出た。弁才船の船員を押さえつけていた男と目が合った。蒼い目で見つめてくる。

何とも言えない息苦しさを感じ、とっさに視線をそらした。

奇妙な目をした男がこちらに鉄砲を向けている。ぎらぎらとした左目は黒く、蒼い右目は死人のように感情を窺わせない。

もうひとりの男を見て、心臓が飛び出しそうになった。

坂本——

どうしておまえがこんなところに……

信じられない思いで見つめたが、坂本は表情ひとつ変えず冷ややかな目で新太郎に鉄砲を向けている。

空洞から出てきた遠藤と大久保も坂本を見て驚いたようだが、とっさに何も言うなとふたりを手で制した。

「わたしは蒼狼だ。おまえの名は？」両目の蒼い男が新太郎を射すくめるようにして言った。

「榎木新太郎。海軍の少尉候補生だ」

新太郎が言うと、蒼狼の後ろにいたもうひとりの男がびくっとして振り返った。その若者と視線が交錯し、新太郎は息を呑んだ。相手も驚いたように蒼い目を見開いている。

灯——

どうしてこんなところに……どうして海賊なんかになりやがったんだ。無念の思いで新太郎が睨みつけていると、怯んだように灯が視線をそらした。

「おれは遠藤伸介《しんすけ》。同じく海軍の……」

「おまえらの名前などどうでもいい」蒼狼が遠藤の声を遮った。「隠れているのはおまえたち三人だけか」

新太郎は答えなかった。

「こんなところで隠れん坊して、いったいどうしようというんだ」

黙ったままでいると、蒼狼が空洞のほうを向いた。

「平蔵――こいつらが隠れていたところに何かある」

気づいたようだ。

新太郎は悔しそうに唇を噛み締め、平蔵と呼ばれた奇妙な目の男に視線を向けた。平蔵が空洞の中に隠していた胴着を一着取り出し、蒼狼のもとに戻る。

「これと同じものがあと四つあります」

蒼狼は押さえつけていた男を離し、胴着を手に取った。しげしげと見ていたが何やら違和感を抱いたようで、懐から取り出した刃物で胴着の一部を切り裂いた。破れ目に指を突っ込み、中に入っているものの臭いを嗅《か》ぐ。こちらに視線を戻して笑った。

「ダイナマイトだな。船底でこの量の五倍を爆発させれば船は一巻の終わりだ。おおかたおれたちと心中させられるために選抜された三人というわけか」

蒼狼が胴着を床に放り投げ、一歩近づいてきた。他のふたりのことはまったく意に介さないように新太郎だけに視線を据えてくる。

「木箱の中身は砲弾でも石炭でもないんだな。安い兵士三人と一緒に成仏させるには惜しい代物だろうから」

新太郎が黙っていると、「やっぱりそうか」と蒼狼が鼻で笑った。

「哀れなものだな。英国の兵士やおまえたちの命よりも自分の欲望が大事だということか。やはり犬の血は下劣極まりない」

意味がわからない。

「どういう意味だ？」

「おまえらの大将はろくでもないということだ」

「そっちはどうなんだ」

挑むように新太郎が言うと、蒼狼が首をひねった。

「あんたが海賊の大将か？」

「違う。おれたちの大将である海龍様は山神なんかとは違い、偉大なおかただ」

この男は山神のことを知っているのか。

「この三人を表に連れていく。武器を持っていないか確認して、後ろ手にしばれ」

蒼狼が命じると、平蔵が威嚇するように鉄砲を構えた。坂本が新太郎の目の前に来て乱暴な手つきで着衣を確認する。腰もとに隠していた短刀を見つけられ、空洞の中に放られた。

遠藤と大久保に視線を向けると、後ろ手に新太郎をしばる坂本のことを恨めしそうに睨みつけていた。

いっさい手心を加えることなく両手がきつく結びつけられている。

自分の想像は外れているのだろうか。本当に坂本は海賊になったというのか。だとしたらどうしてなんだ。あれほど海賊を忌み嫌っていたというのに。

「次はおまえたちだ。どうせ武器を隠し持っているんだろう。無駄死にしたくなければさっさと自分で出せ」

冷ややかな口調で坂本に命じられ、遠藤と大久保が悔しそうな顔で短刀を取り出し、空洞の中に投げ捨てた。

二十四

いったいどうすればいいのだろう。

灯はちらっと後ろを振り返った。蒼狼に続いて、新太郎たち三人が後ろの平蔵や庄之助に鉄砲で突かれ追い立てられるようにしながら歩いている。蒼狼と目が合い、すぐに視線を正面に戻した。

　このままでは新太郎はきっと殺されてしまう。

　鈴と再会するまではひどい奴だと思っていた。以前であったなら新太郎が殺されようがどうだろうが知ったことではなかっただろう。ただ、灯や爺のために尽くしてくれていたと知った今、見殺しにすることに強いためらいがある。何よりも自分にとって最も大切な存在の鈴を悲しませたくない。

　焦燥感を噛み締めながら船の外に出た。甲板には先ほどまでいた弁才船の乗組員の姿がなかった。向こうのほうで彦丸と耕作らしいふたりがうつ伏せに倒れているのを見た瞬間、首もとに冷たい感触がした。

「動くな――」

　男の声でそう言われたが、灯はゆっくりと首を巡らせた。軍服を着た男が灯の首もとに拳銃の銃口を突きつけている。

　すぐ隣にいた男に持っていた鉄砲を奪われ、後ろ手に錠のようなものをかけられた。拳銃を突きつける男に羽交い締めにされながら後ずさりしていく。甲板の真ん中あたりで男が立ち止まった。足もとを見ると先ほど空洞の中から取り出したのと同じ胴着が置いてある。

　船から出てきた蒼狼が灯の状況に気づき、懐から拳銃を取り出してこちらに向けた。同時に灯の肩越しから男が鉄砲を蒼狼に向ける。さらに火のついた松明を掲げた男がすぐそばに寄ってくる。

　新太郎たち三人が船から出てきた。後ろに控えていた平蔵と庄之助が驚いたようにすぐにその場から銃口を向ける。

　蒼狼が銃口を向けながら灯のほうへ近づいてくる。

「止まれ――」

　首もとに拳銃を突きつけた男の言葉を無視するように蒼狼がにじり寄ってくる。

「止まれと言ってるだろう！」

　男が叫んだ瞬間、耳もとで破裂音が響き、蒼狼が足を止めた。激しい眩暈《めまい》とともに頬のあたりに鋭い痛みが走る。

「次は皮一枚じゃなくこいつの脳天が吹っ飛ぶぞ。拳銃を捨てろ」男が灯の耳もとでがなり立てる。

「人質を取っているのはおまえたちだけじゃないぞ」

　蒼狼が言うと同時に、平蔵と庄之助がこちらに狙いをつけていた銃口を新太郎たちのほうに向けた。

「そいつらもおれたちも軍人だ。この国を守るためなら自分の命など惜しくはない。そうだな」

男の声に、新太郎たち三人が大きく頷く。

「この胴着にはダイナマイトが入ってる」松明を掲げた男がそう言って胴着を踏みつける。

「爆発すればここにいる全員が吹っ飛ぶだろう」

「これだけ距離があれば死ぬのはせいぜいおまえたち四人だけだ」

蒼狼の言葉に背中が粟立った。

「同じ青鬼の仲間が死んでもいいのか」

「青鬼などではない！　我々は高貴なる血を引き継ぐ蒼皇だ！」

「どっちでもいい。拳銃を捨てなければ今すぐこの男は死ぬぞ」

灯の側頭部に銃口が押しつけられ、蒼狼の表情が歪んだ。

「殺すつもりなんかない！　ただ少しの間預かるだけだ」

叫び声が聞こえ、灯はそちらに目を向けた。声の主は新太郎だ。蒼狼がちらっと灯を見て、すぐに視線を戻して口を開く。

「榎木新太郎――灯を預かるとはどういうことだ」

「その男と引き換えに英国の兵士を全員解放してほしい」

「ふざけるな！」平蔵が叫んで新太郎の頬に銃口を突きつける。「あいつひとりの命と大勢の人質の命が釣り合うと思うのか！」

「英国の兵士たちを死なせるようなことになればこの国は英国と戦争になってしまう。相手はあんたたちが奪った『聖』のような軍艦を何十隻も持ってる。戦争になればこの国がどうなるかあんたにだって想像がつくはずだ」新太郎が蒼狼に向けて叫ぶ。

「蒼狼さん、絶対にこいつらの言うことを聞いちゃいけません。人質を逃がしてしまったら海龍様の願いは果たせなくなります。そうなったら政府や海軍によっておれたちの存在は蹂躙されたままになるんです」蒼狼のほうを見ながら平蔵が訴えかける。

「英国の兵士を解放してくれるならここにいるおれたちが代わりに人質になろう。あんたが思うとおり、呉鎮守府の山神司令長官は海賊の要求には絶対に屈しない。だが他の鎮守府の司令長官なら、いや、海軍の上層部であればあんたたちの要求を呑むかもしれない。そうなるようにおれたちの仲間がこれから上層部に掛け合うところだ」

「やかましい！　おまえたちの命に海軍を動かすような価値などあるか！」

　平蔵に銃身で顔面を叩きつけられ、新太郎が倒れた。すぐに平蔵が灯のほうに銃口を向ける。

「蒼狼さん、こいつらの口車に乗らないでください。おれは鉄砲の男が引き金を引く前に必ず頭を貫けます。拳銃の男が蒼狼さんに銃口を向ける前に撃ってください」

　こちらに銃口を向ける平蔵の左目が血走っている。まるでおまえを殺すと言われているようだ。灯さえいなくなれば英国の兵士を解放することなく、海龍の願いを果たせるのだと。

「おれたちはどのみち、ここで死ぬ覚悟をしている」男がそう言いながら松明の火を胴着に近づけていく。

「わかった――だが、拳銃は捨てるわけにはいかない。捨てた瞬間おまえたちに撃たれないともかぎらないからな」

蒼狼がそう言って拳銃を向けたまま後ずさりしていく。

「行くぞ」

平蔵と庄之助も威嚇するように鉄砲を構えたまま蒼狼のほうに近づいていく。平蔵が悔しそうな表情で蒼狼を見た。

庄之助が持っていた鉄砲を蒼狼の背中に向けて構えた。

「蒼狼さん、あんたもここに残るんだ」

灯は呆気にとられた。庄之助の言動が理解できない。

「庄之助！　貴様、どういうつもりだ！」平蔵がうろたえたように持っていた鉄砲を庄之助に向ける。

「言ったとおりだ。おれを撃ちたければ撃てばいい。こいつを殺せるならおれの命なんか喜んでくれてやる」

いったいどういうことなんだ。どうして庄之助が蒼狼の背中に鉄砲を向けているのか。

「どうした。撃たないのか」庄之助が鼻で笑うように言いながら平蔵を見た。

平蔵は憎々しそうに庄之助に向けて鉄砲を構えているが、それ以上の行動を起こせないでいる。

「鈴木——榎木たちの縄を解いてやってくれ」

庄之助が声をかけると、灯の横で鉄砲を構えていた男が新太郎たちのほうに駆け寄っていく。

縄を解かれた新太郎たち三人と鉄砲を持った男が平蔵と蒼狼を取り囲んだ。男が平蔵に銃口を向け、「鉄砲を下ろせ」と言う。だが平蔵にその気はないようで、狙いを庄之助から外さない。

「この場はとりあえずおまえたちの負けだ。ここで鉄砲を下ろしてもおまえたちを殺しはしない」

新太郎の説得にも、平蔵は応じる気配はない。

「この男の言うとおり、蒼狼さん、あんたの負けだ。平蔵——おまえひとりで船を降りて、海龍に人質をすべて解放しろと伝えろ」庄之助が平蔵に向けて言って蒼狼の背中に銃口を突きつける。

「庄之助、うまく化けたな。海軍の差し金だったってわけか」

海軍の差し金——

蒼狼の言葉を聞きながら、庄之助が自分に話していたことをよみがえらせた。

それが使命だと思えば……巨大な悪を倒すためには、多少の犠牲もやむを得ないと考えるようにしてる。それがせめてもの心の拠り所だ――。

人を殺すってどんな感じなのかと問いかけたとき、庄之助はこう答えていた。

庄之助は海軍の軍人で、海賊を殲滅するために仲間に加わったというのか。その役割のために人を殺してきたというのか。

「おれの本当の名前は坂本昭信だ。あんたはおれの顔など忘れちまったようだが、おれはあんたの顔を忘れたことはない。十二歳だったあの頃からずっとな」

「どこかで会ったことがあるか？」蒼狼が冷ややかな口調で訊く。

「あんたとその仲間はおれや家族が乗っていた船を襲ったんだ。お袋と姉さんを連れ去ろうとする海賊に抵抗した親父はあんたに背中を叩き斬られた。おれの目の前でな。あんたや海龍や海賊たちへの憎しみを胸に秘め、忌まわしさと吐き気を催す波の揺れに日々耐えながら、ずっとこのときが訪れるのを願っていた。自らの手で家族の仇《かたき》が討てるこの瞬間をな……」

「坂本、落ち着け――引き金を引くんじゃないぞ」新太郎が穏やかな声音で庄之助を説得する。

人を見た目で判断しないことだ。おれの心はそうとう荒んでる。おそらく平蔵なんかよりも禍々しい感情がおれの中に巣くってるんだろうよ――

庄之助を見つめながら、その言葉を思い出している。

灯を女郎宿に誘ったときに庄之助が求めていた右の顎にほくろがある女というのは、もしかしたら姉のことではなかったのか。

海賊にさらわれた姉が鬼仙島の女郎宿に売られたのではないかと思い――

激しい唸り声が聞こえ、灯は視線を移した。顔を紅潮させて唸っていた平蔵がいきなり銃口をこちらに向けて放った。

風を切る音とともに視界に赤いしぶきが散った。撃たれたのかと思った瞬間、隣から大きな物音が聞こえた。隣を見ると、松明を持っていた男が膝をつき、がくりとうなだれている。松明を持っていた手が垂れ、床に置いた胴着から火花が舞った。

「爆発するぞ！」

耳もとで叫び声が聞こえ、自分の頭に拳銃を突きつけていた男がその場から逃げる。

灯もその場から逃げようと後ずさったが、足がもつれて仰向けに転んだ。すぐに上半身を持ち上げ立ち上がろうとする。だが後ろ手に手錠をされているせいか、うまく立ち上がれない。

灯の視界に、目の前で瞬く火花と蒼狼や平蔵たちの姿が浮かぶ。平蔵はうつ伏せに倒れていて、蒼狼と庄之助は互いが持った拳銃と鉄砲をもう片方の手でつかみ、奪い合っている。

これがこの世で見る最後の光景なのか――

次の瞬間、こちらに向かって走ってくる男が見えた。新太郎だ。その姿がだんだんと大きくなっていく。

新太郎に体当たりされた直後、腹をえぐられるような激しい衝撃があった。からだがふわりと宙に浮き上がるのを感じ、痛みとともに目の前が真っ暗になる。

「榎木――」

激しい耳鳴りとともに男の叫び声が聞こえた。

視界は真っ暗なままだ。わけがわからず灯はもがいた。ようやくうつ伏せに倒れていたことに気づき、からだを仰向けて上半身を起き上がらせる。

呆然としながらあたりを見回したが、土煙や木屑のようなものが舞い、視界一面がかすんでいた。激しく揺さぶられたように頭の中がふらふらしている。

「榎木――榎木、どこだ――！」

叫び声のするほうに目を向ける。しばらく凝視しているとふたりの男の姿が浮かび上がってきた。弁才船の側面の板が大きくえぐられていて、軍服を着たふたりの男たちが海に向かって叫んでいる。

まさか、爆風に吹き飛ばされて新太郎は海に投げ出されてしまったのか。

「逃がすな――」

叫び声が聞こえ、灯は顔を向けた。蒼狼がこちらに向かって駆けてくる。銃声がした。

覆いかぶさるようにしながら蒼狼が灯を立ち上がらせる。さらに銃声が響く中、蒼狼に急き立てられて灯は走った。蒼狼に背中を押され、海に飛び込む。

両手の自由が利かず、うまく浮き上がることができない。そのまま海の底に沈んでいく。息ができず苦しい。必死に足をばたつかせるが、海面にたどり着くどころかさらに深く沈んでいくようだ。

混濁する意識の中で、ふいに新太郎のことが脳裏をかすめた。

あいつは今どうしているだろう。自分と同じようにこうやって海の中を漂っているのか。自分を助けたばかりに……

すまない――

意識が途切れそうになりながら、ひとつのことを願った。

鈴……もう一度会いたい……

誰かに手をつかまれる感触がした。強い力でどこかに引っ張られていくようだ。やがて顔全体に風を感じ、灯は口を開いた。その場で深呼吸を繰り返す。

ようやく傍らにいるのが蒼狼だと気づいた。蒼狼は仰向けの姿勢にした灯を引っ張りながら泳いでいく。

弁才船の上から灯たちに向けて鉄砲を構えている男が見えた。庄之助のようだ。近くで複数の銃声が響き渡り、男が身を隠した。

どうやら近くで待機していた南城が乗っている船に向かっているらしい。

「灯を頼む――」

蒼狼の声が聞こえた後、数人の手が伸びてきて船の上に引き上げられた。黒衣船の縁に手をかけたまま蒼狼はなかなか海から上がってこない。

「蒼狼さん、どうされたんですか」南城が心配そうに声をかける。

「少し疲れた……手を……貸してくれないか」

南城たちの手を借りて、息を切らせた蒼狼が船に乗った。

「灯、怪我はないか」

蒼狼に訊かれ、灯は震えながら頷いた。

「そうか……よかった……」

笑みを漏らし膝をつき、仰向けに倒れる。

「蒼狼さん？」灯は驚いて身を乗り出し、蒼狼の顔を覗き込んだ。

他の者たちも心配したように蒼狼のまわりに集まってくる。灯のことをじっと見つめながら蒼狼は荒い息を吐いている。

南城が手を伸ばして蒼狼の胸もとのあたりをさすった。掌に目を向け、嘆息を漏らして顔を伏せる。

「撃たれ……ちまった……ようだな」

切れ切れの言葉に愕然として、南城から蒼狼に視線を戻した。

蒼狼が右手を伸ばしてくる。最後の力を振り絞り、灯の顔に触れようとしているみたいだ。

今にも事切れてしまいそうな眼差しを向けられ、灯は戸惑った。どうして自分の顔に触れようとしているのかわからない。

「信仁《のぶひと》……海龍様のことを……頼む……」伸ばしていた蒼狼の手から力が抜け、床に打ちつけられた。

灯は最期の言葉の意味を理解できないまま、光を失った蒼狼の目を見つめた。

二十五

大きな音に驚いて、鈴は振り返った。

つけ台の前で飲んでいた源三が徳利を床に落としたようで、足もとに破片が散らばっている。

鈴はすぐにそちらに向かい、破片に手を伸ばそうとする源三の前にしゃがんだ。「わたしがやりますから大丈夫ですよ」と言って破片を拾い集める。

「すまん。酔っぱらっちまったみたいじゃ。ここで勘定にしてくれ」

源三が申し訳なさそうに言うと、目の前にいたお鶴が伝票を眺めて「五銭ね」と告げた。

「割っちまった徳利代も取ってくれ」

「そんなのはいいよ」お鶴が首を振った。

「よかねえだろう。それでのうても今日はほとんど客が来んかった。儲《もう》けが出んでこの店がつぶれちまったら困るからのう」源三がむきになって言いながら懐から取り出した数枚の小銭を渡そうとする。

お鶴はつけ場から出てくると、源三の手から五銭だけ取り、肩を支えて立ち上がらせた。

「徳利代をいただいたとしても、つぶれちまうときはつぶれちまうよ。うちの店の心配よりもちゃんと家に帰れるかどうかを心配しな」

お鶴に諭され、源三がよろよろとした足取りで戸に向かっていく。

「鈴、暖簾をしまっておくれ」

鈴は「わかりました」と言い、源三に寄り添うようにしながら一緒に店を出た。

「ありがとうございます。気をつけて帰ってください」

源三を見送ると、暖簾を外して店に戻った。暖簾をつけ台の上に置き、源三が使った食器を流しに運ぶ。

「洗い物は後でいいからこっちにおいで。ちょっと休もう」

　奥の席に座っているお鶴に言われ、鈴は「はい」と向かった。卓の上に見たことのない透明な瓶と湯飲みがふたつ置いてある。

「何ですか、これは？」お鶴の向かいに座りながら鈴は訊いた。

「ラムネっていう飲み物だよ」

　聞いたことがない。

「最近出回り始めたばかりの甘い飲み物だそうで、ちょっと前に知り合いからもらってね。貴重なものだって言うから、何か祝い事でもあったときに飲もうと取っておいたんだよ」

　お鶴がそう言いながら瓶に入った液体をふたつの湯飲みに注ぐ。気泡が舞う透明な液体を見ながら、こんなものを飲んで大丈夫だろうかと不安になった。

「からだに悪いものじゃないから大丈夫だよ」お鶴が湯飲みのひとつを鈴の前に差し出した。

「そんな貴重なものをいただいてもいいんですか？　お祝い事があったわけでもないのに」

「今日以上にふさわしい日はないからね」

　意味がわからず、鈴は首をひねった。

「今日でこの店をたたんで、明日の船で本土に戻ることに決めたんだよ」

　その言葉に鈴は愕然とした。

この店がなくなり、お鶴がいなくなってしまったら、自分はこれからどうすればいいのか。

「長かったここでの生活とも明日でお別れだよ。というわけで乾杯しよう」

お鶴が湯飲みを合わせてラムネを飲んだ。鈴は口をつける気になれず、湯飲みに視線を落とした。

「心配することはないよ。あんたも一緒に本土に帰すから」

鈴は驚いて顔を上げた。

「本土までの船賃は二十円ですよね。ふたりで四十円。そんなお金……」

お鶴の暮らしぶりを見て、とてもそんな大金があるようには思えない。

「金の心配はしなくていいよ。今のわたしは金持ちだから」お鶴がそう言って微笑みかけてくる。

「でも……わたしは……」鈴は言いよどみ、顔を伏せた。

「灯のことかい？」

鈴は頷いた。

「この島から出ていったら、もう二度と灯さんと会えなくなってしまうかもしれない」

「ここにいても灯とはもう会えないよ」

その言葉に弾かれ、お鶴を見た。

「灯は鬼仙島には戻ってこない」

「どうして、そう……」

「灯がそう言ったからさ。昨日あんたが出かけている間にここにやってきたんだよ。あんたは特別な感情を抱いてるんだろうけど、灯はあんたを疎ましく思ってたみたいだよ」

お鶴を見つめながら、心がかき乱された。

嘘だ——灯がそんなふうに思っているわけがない。

「灯の話によると、近いうちに海軍がこの島に攻め込んでくることになるかもしれないって」

鈴はその話にぎょっとしながら、庄之助が言っていたことを思い出した。

海賊たちは海軍の軍艦を奪い、残っていた兵士を人質に取ったという。鬼仙島に海賊たちが潜伏していることを海軍が知れば、この島に攻撃を仕掛けてくるかもしれないと。

「一昨日訪ねてきた人も同じようなことを言っていました。ここは火の海になる、と……」

それで海賊の中でも重要な地位に就く灯はここに戻ってこないというのだろうか。

「あんたの船賃は灯が用立てたんだよ」

その声に我に返り、鈴はお鶴を見た。

「疎ましいと思いながらも自分のためにこんなところまでやってきた鈴への、せめてもの思いやりだったのかもしれないね。あの男を今でも大切に思ってるなら、最後の施しを無駄にするべきじゃないよ」じっとこちらを見つめながらお鶴が言った。

　便箋《びんせん》に筆を走らせていると、部屋の外から足音が聞こえた。

「鈴――準備はできたかい？」

　襖越しにお鶴の声が聞こえる。

「あと少しで終わります」鈴は襖に向かって答えた。

「早くしないと船が出ちまうかもしれないからね」

　鈴は「はい」と言って手早く結びの言葉を書くと、便箋を折り畳んで封筒に入れた。

『呉鎮守府　榎木新太郎様』と封筒の表に書き、裏に自分の名前を記す。

　封筒を巾着袋に入れて部屋を出ると、お鶴が待っていた。小さな風呂敷包みを片手に持っている。

「荷物はそれだけでいいんですか？　わたしの荷物はこの巾着袋だけなので、他にもお持ちしますけど」

「感傷は他所に持っていかないことにしてるから」お鶴がそう言って笑い、店のほうに向かった。

　鈴はつけ台の上に置いた鍵を手に取り、お鶴とともに店を出た。戸の鍵を閉めようとすると、お鶴が「いいよ」と手で制した。

「飲みたい人がいたら勝手に入って飲んでくれていい。源三さんたちへのせめてもの詫《わ》びにね」

鈴は頷き、お鶴とともに歩き出した。坂道を下って港に向かう。

「お鶴さんは広島で新しい生活を始めるんですか」鈴は訊いた。

鬼仙島に来るまで広島にいたと聞いている。知り合いもいるだろう。罪人船は広島に着く。

「いや。広島にはいい思い出もないし、鈴を横浜に送り届けたら、日本中をぶらぶら巡りながら自分が生きていけそうな場所を探すよ」

「ありがとうございます。ただ……横浜に戻る前に呉に行くつもりなんです」

「呉に？」お鶴が意外そうに訊き返す。

「兄がいるんです。海軍の軍人として呉鎮守府に」

お鶴が驚いたように口を半開きにしている。

「この島にいる多くは善良な人たちだと訴えるつもりです」

たしかに海賊もいるが、自分のまわりにいたのは源三や酒屋の弥生のような心優しい人たちで、しかも綾や宗次など子供たちもたくさん住んでいる。

「だから攻撃しないようお兄さんから上層部に掛け合ってもらおうと？」疑わしげな表情

でお鶴が言った。

「ええ……」

一介の軍人でしかない新太郎にそれを求めるのは難しいだろう。そんなことは百も承知だが、この島に住む人たちの行く末に目をつぶり、何もしないわけにはいかない。

「いくら身内だからといっても会わせてもらえるかどうかわからないよ。特にこんなときだからさ……」

海軍の軍艦が海賊に奪われ、呉鎮守府は厳戒態勢が敷かれているかもしれない。新太郎に会えなかったときのために、自分の思いを手紙にしたためた。

「そうですね。でも行くだけ行ってみます」

港に着くと、罪人船が停泊したあたりに人だかりがあった。何事だろうと、お鶴とともに近づいていく。人だかりの中に弥生の姿を見つけた。綾と宗次を連れている。まわりにいる人たちが船乗りの男に何やら詰め寄っていた。

「どうしたんですか?」

鈴が声をかけると、弥生がこちらを向いた。

「みんな船に乗ろうと待ってるんだけど、船頭がいないから出せないって言われて……」

「ここにいる皆さんは船に乗るつもりなんですか？　船賃は二十円もするんですよね」鈴は驚いて訊いた。

「ええ、そうなんだけど……昨日、ひとりの蒼皇様がうちに訪ねてこられて金塊をくださったの。ここにいるみんなもそう」

弥生がそう言って袋から取り出したものを鈴に見せた。掌いっぱいに載せた金の塊だ。

「その蒼皇様は灯……いや、先日わたしと一緒にお店に伺った人ではありませんか？」

弥生が首を横に振った。

「もっと年齢が上の……わたしはそれまでお会いしたことがなかったけど、他の人の話によると漁師をしている蒼狼さんというかただそう」

その名前に反応したように隣にいたお鶴が身を乗り出した。

「この島の平和を守るために主人は亡くなったとそのかたはおっしゃって、主人から家族への最後の贈り物だとこれをくださったの。一刻も早くこの島を出て家族三人が幸せに暮らすことを主人もあの世で望んでいるだろうと」

「そうですか……」鈴はやりきれない思いで呟いた。

軍艦を奪うために亡くなった平吉の家族への見舞金のつもりだろうか。

だが、そもそもそんなことをしなければ、平吉が亡くなることもなく、この島の人たちに危害が及ぶこともないのだ。

「金はあるんだから早く船を出せよ！」

男の怒号が聞こえ、鈴は弥生から視線を移した。年配の男が船乗りに食ってかかり、まわりにいる人たちが「そうだ」と同調している。

「だからさっきから何度も言ってるだろう。船頭がいなかったら船は出せないから出直してくれって」

「いつになったら船を出せるんだ」

「おれに訊かれてもわからないよ」うんざりしたような顔で船乗りが言った。

お鶴と顔を見合わせ、鈴は溜め息を漏らした。

船が出なければ新太郎に会うことも手紙を渡すこともできない。

かけ声が聞こえ、鈴はそちらに目をやった。青色の幟を掲げた弁才船がこちらに向かってくる。

「船がやってきます」

安堵の思いで鈴が言うと、お鶴がすぐに「あれは蒼皇船だよ」と顔を歪める。

「蒼皇船？」

「蒼皇様しか乗れない船だよ」

たしかに目の前の古びた罪人船と違い、船首や側面に豪華な装飾が施された船だった。

少し離れた場所にその船が泊まり、中から数人の男女が降りてくる。赤ん坊を胸に抱いた女性が目に留まり、鈴は駆け寄った。

「あの――」

鈴が声をかけると、女性が立ち止まってこちらを向いた。やはりここに来る罪人船の中で会った文子と凜だ。

文子はすぐに鈴がわかったようで、「折り鶴のお姉さん」と微笑んで胸に抱いた凜を見た。凜はあのとき鈴が作った折り鶴を握っている。

「お元気でしたか？」

鈴が言うと、文子が「おかげさまで」と頷いた。

あのときはみすぼらしい格好をしていたが、今は高級そうな着物を羽織っている。食生活も安定しているようで、ふたりとも以前よりも顔色がよく、ふっくらしていた。

「あなたもお元気そうで、よかった。辛い思いをしたりしてないかとずっと気になっていたから」

「竜門町にある飲み屋さんで働かせてもらえるようになって、何とかやっていました」

「そうだったの。わたしたちは蒼元町にある家に住まわせてもらってるの」

竜門町からさらに坂を上ったところの高台にある島の要職に就く者たちが住む町だ。

「お仕事は何かされているんですか」

「週に三日ここを離れて、鬼仙島のまわりにある島に働きに……」

「あの船は本土には行かないんでしょうか」鈴は蒼皇船に目を向けて訊いた。

「本土に用事があると言えば行ってくれるけど……どうして？」

「あなたにお願いしたいことがあるんです。この手紙をどうしても届けたいんですけどあの船は出港できないと言われて……」鈴は巾着袋から封筒を取り出して文子に向けた。

文子は封筒を受け取って宛名を見ると、すぐこちらに視線を戻した。動揺している。

蒼い目をした人たちにとって本土は忌み嫌うべき場所だ。しかも海軍がある呉鎮守府となればなおさらだろう。

「無理なお願いをしているのは承知しています。ただ、これを届けなければこの島は大変なことになってしまうかもしれない」

文子は困惑したように手紙と鈴を交互に見ている。

「一刻を争うんです。凛ちゃんや、この島に住む人たちのために、どうかお願いできないでしょうか」鈴は頭を下げながら必死の思いで訴えた。

二十六

ハチ——どこにいるの？——

漆黒の闇の中、どこからか声が聞こえる。

ざらつき、べとついたもので頬を拭われる不快な感覚がした。

やめてくれ。気持ち悪い。おまえはいったい何者なんだ。ここはいったいどこだ。

得体の知れない辱《はずかし》めに抗っているうち、うっすらと光が差し込んできた。すぐに巨大な肉のかたまりが視界に映り、思わず目を閉じた。

ハチ――もう、だめ、そんなことしちゃ――

しばらくすると不快な感触が消えた。ゆっくりと目を開けてみる。

目の前で幼い子が自分を見つめている。七、八歳ぐらいだろうか。先ほどから聞こえる声から女の子のようだ。短い黒髪から大きな耳が覗いている。

鈴か？

いや、鈴ではない。

こちらに据えられたその子の右目は蒼く、左目は黒い。

ここはどこだ？

近くで波の音が聞こえる。どこかの浜辺だろうか。それとも今目の前に映っているものは夢なのか。

ここは、この世なのか、あの世なのか、夢の中なのか、それすらもわからない。

ゆっくりと首を巡らせてみる。ぼろぼろになった服が目に入った。軍服だ。

少しずつ記憶が戻ってくる。自分はたしか船にいたはずだ。そう……火花が舞うのが見え、とっさに駆け出していった。

灯――

「村の人じゃないね。どこから来たの？」

女の子に訊かれ、「船……たぶん……」と呟く。

「遭難したってこと？」

起き上がろうとして、からだじゅうに激痛が走った。

これは夢ではない。

「山族《やまぞく》なのに海に助けてもらうなんて、あなたついてるわね」

山族——その言葉に反応して女の子に目を向けた。女の子が立ち上がり、そばにいた犬と一緒に浜辺を走っていく。

徐々にその姿がかすんでいき、ふたたび視界が真っ暗になった。


何か、音が聞こえる。

耳を澄ましているうちに波音だと気づいた。同時に、脇腹のあたりをまさぐる手の感触がした。ごつごつとしていたが、生温かい手の感触に不思議な安らぎを覚え、そのまま身を委ねた。

からだからその感触がなくなり、布団を掛けられたのがわかった。

「目を覚ましたのか？」

野太い声が聞こえ、新太郎は重い瞼を開けた。傍らに座っている男と目が合った。口のまわりに無精ひげを蓄え、着流し姿で長い髪を後ろで束ねている。男の姿は浪人のような風情だ。年齢は四十ぐらいだろうか。

「あ……あなたは？」新太郎は声を絞り出した。

「村の者は宗源《そうげん》と呼んでる。しがない医者だ」男がそう言って包帯や鋏《はさみ》などを傍らに置いた箱にしまう。

「どうして……おれはここに……？」新太郎は首を巡らせて訊いた。

開け放たれた戸から海が見える。少し高台にある建物にいるようだ。

「それを聞きたいのはおれのほうだ。どうしてこんなところでぼろ雑巾のようになっていたんだ」

興味深そうに訊かれたが、答えられない。記憶が混濁している。

目の前で火花が舞い、とっさに駆け出していった。その直後、視界が真っ暗になった。船の上での出来事だとは覚えている。だが、どうしてそんなところにいたのか……

松明を掲げた平内の姿が浮かんだ。次の瞬間、眉間を撃ち抜かれて膝を崩した彼の記憶が脳裏をかすめ、弾かれたように上半身を起こした。

「うっ！」脇腹に激痛が走り、すぐに布団に崩れた。

「無理をするな。まだ動けるようなからだじゃない」

手で脇腹を押さえ、痛みを堪える。

自分が海に投げ出された後、遠藤たちはどうなってしまったのだろうか。殺されるか、海賊たちに捕らわれたのではないか。

「ここはどこですか」焦燥感に駆られながら新太郎は訊いた。

「緒方《おがた》という港町だ」

どのあたりにある港町だかわからない。

「呉からは近いでしょうか」

「遠くはないが、近くもない。船で半日といったところかな」

「すぐに呉に戻らなければなりません。船を出していただけませんか」

彼らが捕らえられてしまったのなら、早急に海軍に戻って報告しなければならない。

宗源が部屋の隅に視線を移した。新太郎の軍服が畳んで置いてある。

「海軍の軍人か」

新太郎は頷いた。

「演習中に遭難しちまったってわけか」宗源がおかしそうに笑った。

「戦です」

新太郎が言うと、宗源の笑いが消えた。怪訝な表情で見つめ返してくる。

「海賊との戦の最中に海に投げ出されました。仲間が捕まってしまったかもしれません。早く呉に戻ってこのことを報せなければ……」

「すぐは無理だ」宗源がそう言って戸のほうを見た。

「どうしてですか」

「今日は海が荒れてる。いくら軍人さんの頼みとはいえ、無駄死にはしたくないし、させたくもない。それにあんたも少し養生したほうがいい。脇腹に杭が突き刺さっていた。とりあえずの手当てはしたが、すぐに動けば傷口がまた開くだろう」

　何も言い返せず、新太郎は顔を伏せた。

「まあ、明日の海の様子を見て船を出せそうならおれが連れていってやろう」

　その言葉に、新太郎は顔を上げた。

「あなたが？」

「何だよ、その面は。医者を志す前はよく船に乗ってた。ここの漁師は近海ばかりの仕事で、そんな遠くまで行ったことがない。それにみんなおれよりも若く、家族持ちだ」

「わかりました……」納得するしかなく、新太郎は頷いた。

　立ち上がって襖に向かっていく宗源に「あの――」と呼びかけた。宗源が足を止めて、こちらを振り返る。

「ありがとうございました。助けていただいて」

「見つけたのはおれじゃない。礼を言うなら沙羅《さら》に言ってやれ」

「沙羅……」

呟きながら、ひとりの女の子の姿が脳裏に浮かんだ。右目は蒼く、左目は黒く、片方の耳が大きな女の子だ。

今まで夢の中での出来事だと思っていた。

山族なのに海に助けてもらうなんて、あなたついてるわね――

記憶の中のその言葉が引っかかっている。山族とはいったい何なのか。自分に関係のあることなのか。

「彼女はいったい……」

「気になるのはわかるが、目のことには触れないでやってくれ。病気だから」

「病気？」

「ああ。三年ぐらい前だったか高熱に冒されてな。命は助かったが、右目の色が変わり、片耳も腫れ上がったように大きくなった。おまけにそれまでの記憶をまったくなくしちまってな……」

「何という病なんですか」

そんな病は聞いたことがない。

「わからない。ただ、病《やまい》というしかない。それからは不思議なことばかりを言い出すようになって」

「不思議なこと？」

「まあ、何というか……痴《し》れ言《ごと》とでも言うのかな。本当の名は徳子《とくこ》というが、それからは自分の名前は沙羅だと言い張るようになって、しかたなくまわりの者もそう呼ぶようになった。それに海族《うみぞく》がどうとか、山族がどうとか……おれら大人には思いつかない夢想話ばかりをするようになってな」

宗源の言うように、それは病がもたらした痴れ言なのだろうか。

「治すことはできるんですか」

新太郎が訊くと、宗源が首を横に振った。

「この三年間、おれもいろいろな文献を調べたり、医者仲間に訊いて回ったりしてみたが、治す方法は皆目わからない。それどころか、そんな病を今まで見聞きしたことはないと口をそろえて言われた。ただ、治してやりたいと思う反面、このままのほうがあの子にとって幸せなのかもしれないとも感じてる」

どうしてそう思うのだろうか。

「高熱に冒される三日前に父親を漁で亡くしてな」宗源が苦々しそうな顔で言った。

「母親は？」

「彼女が赤ん坊のときに病気で……父親とはこの村で一番親しくしてたから、亡くなってからはおれが引き取ってここで一緒に暮らしてる」

「そうでしたか……」

「何か飯を持ってきてやる」宗源はそう言って部屋を出ていった。

二十七

蒼狼は穏やかな顔をしていた。

いつもは畏怖の念を抱かせる蒼い目は閉じられ、口もとにはうっすらと笑みさえ浮かべているように見える。

知り合ってから初めて見せる優しげな顔だ。

「灯――最後の別れは済んだか」後ろから南城の声が聞こえた。

灯は棺桶《かんおけ》に向けて手を合わせ、目を閉じた。

おれのために、ごめんなさい――

心の中でそう呟き、目を開けた。振り返って頷くと、南城が近づいてきた。手に持った板で棺桶に蓋をする。続いて仲間たちが棺桶を覆うように次々に手に持った木枝を置いていく。

南城が棺桶のまわりの木枝に油をまいている間に、灯は仲間のひとりから松明を渡された。

「蒼狼様、我々はあなたの気高き血と誇りを決して忘れません。残った者たちで海龍様をお守りし、必ずや海龍様の願いを果たします。御霊《みたま》になられようとも、どうかあの世から我々を導き、我々に力をお与えください」南城が涙を堪えながら言い、こちらに目配せした。

灯は棺桶のほうに一歩近づき、松明の火を木枝に移した。すぐに大きな炎が立ち上った。あたりから嗚咽《おえつ》や、嘆息が聞こえてくる。

灯は目の前で燃え盛る炎を見つめながら、蒼狼の最期の言葉をよみがえらせた。

信仁……海龍様のことを……頼む……

蒼狼は灯に対してどうしてその名を呼んだのか。途切れそうになる意識の中での勘違いだったのか。いや、自分に向けた蒼狼の必死の眼差しからそうとは思えない。

いったいどういうことなのだと心の中で問いかけているが、答えは見つからない。

火が消えると、南城や同志たちが蒼狼の骨を拾い集めて崖の上から海に撒《ま》いた。

洞窟に戻っていく仲間たちの足取りは重い。『聖』を奪って蟻巣島に帰還したときよりもさらにひどい疲弊を顔中に滲ませている。

四十三人の仲間が亡くなった以上の失望と落胆を、蒼狼ひとりの死によって感じているのだろう。

弁才船での海軍との戦闘から灯は何とか逃げることができた。南城たちが乗った船は弁才船を残して退散するしかなかった。平蔵と彦丸と耕作がどうなったのかはわからない。

記憶の断片からおそらく、海軍に捕らえられたのだろう。

　昨日の明け方、仲間たちは蟻巣島に戻った。昨日は海が荒れていたことと、皆の気力が著しく落ちていたので、本殿に蒼狼の亡骸を運ぶことができたのは今日の昼になってからだった。

　海龍は自分の部屋で蒼狼と対面したというが、灯は立ち会っていないのでそのときの様子を知らない。ただ、亡骸を部屋まで運んだ者の話によれば、海龍は蒼狼の姿を見るなり泣き崩れて激しく取り乱していたという。

　蒼皇だけでなく同志すべてで蒼狼を弔うよう海龍からの命があり、ふたたび蟻巣島に戻され火葬の儀が行われた。

「おれたちは本殿に戻るぞ」南城が覇気のない声で言った。

　灯は頷き、まわりの流れから離れて南城とともに船着き場に向かった。


　扉の前に立っていた護衛がこちらに顔を向けた。

「灯様、何か御用ですか？」護衛が敬語で伺いを立ててくる。

　数日前までのぞんざいな態度が嘘のようだ。今では蒼狼の次に海龍からの寵愛を受ける存在として、ここにいる者たちから認知されている。

「海龍様にお会いしたいんですが」灯は言った。

「今は誰とも会いたくないとおっしゃっているようです」

懐刀であった蒼狼の死に海龍も力を落としていることだろう。

「どうしてもお話ししたいことがあるんです。お伺いだけでもしていただけませんか」

灯が毅然として言うと、護衛が戸惑いながら扉を叩いた。扉に備え付けられた小窓が開き、寧々がこちらを覗き見る。

「海龍様とお会いしたいのですが」

灯が言うと、寧々が弱々しく首を横に振った。

「蒼狼様がお亡くなりになったと知ってから、ずっとお部屋にこもっておられます。わたしも含めて誰とも会いたくないと。今は何も考えずにただただ蒼狼様のご冥福《めいふく》をお祈りしたいとおっしゃっていました」

「どうしてもお訊きしたいことがあるんです。少しだけでもお時間をいただけるよう掛け合ってもらえませんか」

海龍なら、どうして蒼狼が灯に対して『信仁』と呼んだのかわかるのではないか。

「申し訳ありませんが、たとえ灯様といえども……」寧々がふたたび首を横に振る。「どうか海龍様のご心痛をお察しください」

「それでは、海龍様とお話しできるようになったらお伝えください。蒼狼さんは今際《いまわ》の際《きわ》におれに向かって『信仁』と呼びかけ、海龍様のことを頼むと言い残しました」

こちらに向けた寧々の眼差しがかすかに反応した。

「どうして蒼狼さんがそんな呼びかたをしたのかわからず、混乱しています」

「そうですか……お話しできるようになりましたら海龍様にお伝えいたします」

「あなたは何かご存じではないですか？」

先ほど見せた寧々の反応からそう感じている。

「いえ……わたしは何も……」

「本当ですか？」

「灯様も今は何もお考えにならず、蒼狼様のご冥福をお祈りください」寧々がそう言って小窓を閉じた。

灯は釈然としないままその場を離れた。自分の部屋に向かって廊下を歩いていく。

大広間の前を通り過ぎたあたりで、赤ん坊の泣き声が聞こえた。どうやら向かいの部屋から聞こえてくるようだ。

戸を叩いたが、赤ん坊の泣き声以外に反応がない。戸を開けると、部屋の奥に置いたゆりかごが目に入った。その中から赤ん坊が手を伸ばしながら泣いている。

向かいの大広間には負傷した仲間たちが療養していて、ここは彼らを介抱するために雇われた者たちの控室になっている。おそらく介抱人の子供だろう。

灯がゆりかごのそばまで行くと、さらに赤ん坊の泣き声が激しくなった。頭を撫でたり、話しかけたりしたが、いっこうに泣き止まない。

　赤ん坊を見ながらあたふたしていると、「凜――」と女性の声が聞こえた。

　振り返ると、赤ん坊の母親らしい女性がこちらに近づいてくる。自分と同じように蒼い目をしている。そういえば涙で気づかなかったが、よく見ると赤ん坊も蒼い目だ。

「勝手に入ってすみません。赤ん坊の泣き声が聞こえたので……」灯は頭をかきながら弁解した。

「いえ、こっちこそお騒がせして申し訳ありません」

　女性が赤ん坊を抱き上げてあやす。だが、なかなか泣き止まない。女性は赤ん坊の手をつかみ、「凜ちゃん、鶴がどこかに行っちゃったのね」とその場にしゃがみ込んだ。

「鶴？」

「ええ。折り鶴を落としちゃったみたいです」

　そう言いながら床に片手を添えて探す女性を見ながら、もしかしたらと思い、灯は片足を上げた。

　ぺちゃんこになった折り鶴を見つけ、拾い上げる。もともとはきれいな和紙であったのだろうが、ずいぶんと汚れている。

「ごめんなさい。ぼくが踏んでました」

　申し訳ない思いで折り鶴を差し出すと、女性が「ありがとうございます」と受け取った。

「どこかできれいな紙を探してきますので、新しいのを作ってあげてください」

「これでいいですよ」女性はそう言って赤ん坊をゆりかごに戻すと、両手で鶴の形に戻して握らせた。

「でも、足で踏んじゃってますし、ずいぶんと汚れてるみたいだし」

「紙をいただいても作りかたがわからないですから」

「あなたが作ったんじゃないんですか？」

「ええ。鬼仙島に渡る船で知り合った女の子が作ってくれたんですよ」

「鬼仙島への船に女の子が、ですか？」

怪訝な思いで灯が訊くと、女性が頷いた。

「人を捜すために鬼仙島に渡ると」

その言葉に反応した。

「それはいつ頃の話ですか？」

「十日ぐらい前だったかしら」

「もしかして、鈴という名前ではないですか」

女性が驚いたように頷きかけてくる。

「ひょっとして、あなたは灯さんでしょうか？」

灯は頷いた。

「そうだったんですか。鈴さんとは会いましたか」

「ええ」

だが、もう会えない。

自分の心の中とは正反対に女性の顔がぱっと明るくなった。

「それはよかった。自分にとって特別な人だと言ってたから会えればいいなと思ってたんですけど、すっかりそのことを聞くのを忘れちゃっていたので」

「その後も鈴に会ったんですか」

「ええ、昨日……」女性はそう言った後、それまでとは打って変わって表情を曇らせた。

「どうしたんですか」

気になって訊いたが、女性は言いよどむように視線をそらした。

「話してください」

勢い込んで言うと、女性がはっとこちらに視線を向けた。開けたままの戸をちらっと見て、そちらに向かう。戸を閉めてこちらに戻り、ゆりかごの脇に置いた巾着袋から封筒を取り出す。

「昨日港で会ったときに鈴さんに頼まれたんです。本土に行ってこの手紙を出してほしいと」

差し出された封筒の宛名を見て、動悸が激しくなる。『呉鎮守府　榎木新太郎様』とあった。

「鈴さんは連れの人と一緒に罪人船に乗るつもりだったみたいですけど、出航できないということで……蒼皇船のことを知ってわたしにこれを出してきてほしいと。ただ……」

　言葉が途切れ、封筒から女性に視線を向けた。

「そうすることをためらってしまって」

「呉鎮守府への手紙だからですか？」

　灯が言うと、女性が頷いた。

「これを届けなければこの島は大変なことになってしまうかもしれないと言っていました。一刻を争うとも。でも、本土の地を踏む勇気が持てなくて。ましてや呉鎮守府に近づくようなことはとても……」

「どんなことが書いてあるのかは？」

「封がしてあるので手紙を読んでいませんから」女性が首を横に振りながら言った。

　何を伝えようとしているのかはわからないが、いずれにしても新太郎の目に触れることはない。

　新太郎は灯をかばって死んでしまったのだから。

　胸が苦しい。

　自分のせいで鈴にとってかけがえのない大切な人を死なせてしまった。

どうあっても償い切れないが、せめて鈴の身の安全だけは守らなければならない。それを新太郎への罪滅ぼしにしたい。

何か方法はないだろうか。何とかして鈴を本土に帰せないだろうか。

はっとして、灯は女性を見た。

「あなたにどうしてもお願いしたいことがあります」

「何でしょうか……」

「鈴を蒼皇船に乗せて本土まで連れていってもらえないでしょうか」

灯の言葉に、女性が息を呑んだのがわかった。

「もちろん、あなたは船を降りなくていい」

「だけど、蒼皇しか乗れない船ですよ」

「蒼皇船といっても船員は蒼皇ではありません。蒼皇が……いえ、わたしがその人を乗せろと命令すれば逆らえないはずです」

「でも……他の者が彼女に気づいたら……」

「本殿や蟻巣島や鬼仙島への行き来は蒼皇たちもするでしょうが、本土に渡る船にはほとんどいないのではないかと思います」

「たしかに頼めば本土にも行ってもらえると聞きましたが、そのような者はほとんどいないそうです」

「絶対にいないとは言い切れないので、あなたにこんなことをお願いするのはどうにも心苦しいんですが……でも……何としても彼女を鬼仙島から出してやりたいんです」

　自分が付き添いたいのはやまやまだが、南城という新しいお目付け役がいるので自由に行動できない。それ以前に、鈴に合わせる顔などない。

　女性が顔を伏せた。ためらっているのだろう。それはそうだ。

「忘れてください……無理なことを言ってすみませんでした」灯はそう言って深々と頭を下げた。

「わかりました。鈴さんを連れていきます」

　灯は顔を上げた。

「わたしは夜の八時までここで働いて、蒼皇船で鬼仙島に戻ります。そのときに船員に働きかけてください。鈴さんに話をして、明日の朝の便で本土に向かいます」

「いいんですか？」

　見つめながら言うと、女性が強く頷きかけてきた。

「わたしも凜も鈴さんに助けてもらったことがありますから」

「ありがとうございます。ところで……あなたのお名前は？」

「文子といいます。責任を持って鈴さんを本土に連れていきますから」こちらに微笑みかけながら女性が言った。

二十八

「ちょっといいかい――」

　お鶴が声をかけると、船から木箱を下ろしていた漁師がこちらに顔を向けた。

「鶴屋の女将さんじゃないの。買い出しかい？　ちょうどいい魚が揚がってるよ」漁師は木箱を置くと中にあった魚をつかんでこちらに近づいてきた。

「そうじゃないんだよ。あんたにちょっと訊きたいことがあってさ」

「何だい？」

「弁才船を動かせないかね」

「弁才船？」

「そう。罪人船の船頭と舳のふたりがいなくなっちまって動かせないんだよ。代わりを探していてね」

「あんなでかい船、動かしたことねえから無理だって」漁師がそう言って手を振った。

　鈴は漁師からお鶴のほうを見た。お鶴が漁船のほうを指さしてさらに口を開く。

「それじゃ、あの船で本土まで人を運んでくれないかい。十人ぐらい乗れそうじゃないかい」

お鶴の言葉に、漁師が大仰に首を横に振った。

「こんな船で本土まで行くなんて、冗談じゃないよ。どんだけ大変か……」

「でも無理ってわけじゃないだろう。もちろんタダとは言わないよ」

お鶴が巾着袋から取り出したものを漁師に見せる。金の欠片だ。

「十人につき、これだけ渡すよ。どうだい？　悪い話じゃないだろう」

漁師はお鶴の手のひらの上の金をじっと見つめている。迷っているようだったが、顔を上げて首を横に振る。

「島民を勝手に本土に行かせるなと海龍様からのお達しが出てる。逆らうわけにはいかねえ」

漁師の言動に鈴は落胆の溜め息を漏らした。

昨日から漁師を訪ね回っているが、誰もが同じ反応だ。自分たちふたりはともかくとして、島にいる子供とその母親だけでも鬼仙島から脱出させたいというお鶴からの提案で始めたが、簡単にはいかない。

「お鶴さん、次に行きましょうか」

鈴は声をかけたが、お鶴はその場から動こうとしない。

「じゃあ、蟻巣島まで連れて行ってくれないかい」

お鶴がそう言った瞬間、漁師の表情が少し引きつったように感じた。

「蟻巣島？　そんな島、聞いたことねえなあ」

「本当かい？」お鶴が漁師の目を見据えながら一歩近づく。

「ほ、本当だよ……場所を教えてくれりゃ連れて行ってやるけど……どのへんなんだ」

「それがわからないから連れて行ってくれって言ってるのさ。他の人からも蟻巣島って名前を聞いたことはないかい？」

「おれはないねえ」

「そうかい。ありがとう……」

漁師に背を向けてお鶴が歩き出した。鈴も漁師に会釈してお鶴の後に続く。

「蟻巣島というのは？」

鈴が問いかけると、お鶴がこちらを見た。言いよどんでいる。

「もしかして、蒼狼さんたちがいらっしゃるところですか」

否定も肯定もしない。蒼狼から直接海龍に働きかけてもらい、本土に行く許可を得ようというのだろう。

「もう一度、今まで当たった漁師さんたちに蟻巣島のことを訊いてみましょうか」

鈴の言葉に、お鶴が「そうだね……」と頷いた。

「おい、勘定をしてくれ——」

奥の席にいる泰造に言われ、鈴はそちらに向かった。

「ありがとうございます。十銭になります」

泰造が懐から取り出した金を卓に置いて立ち上がった。つけ台の前でひとり飲んでいる源三に顔を向ける。

「源三さん、あまり飲みすぎちゃあいけねえよ。この前だって酔いつぶれて道端で寝てただろう」

源三が片手を小さく上げて応えると、泰造が店を出ていった。鈴は卓の上の皿や徳利を片づけて、つけ場に向かう。

残った客は源三ひとりだ。今日も店は閑古鳥が鳴いていた。

「もう一本もらおうかな」

「泰造の言うとおり、ちょっと飲み過ぎじゃないかい」源三から徳利を受け取りながら、お鶴がたしなめた。

「わしがここで帰っちまったら、商売は上がったりだろう」

「源三さんが多少飲んでくれたところで商売は上がったりさ」

「じゃあ、お鶴さんも鈴ちゃんも一緒に飲みなよ。今日はわしがおごるからさあ」

「この娘は酒はだめだよ。ねえ」お鶴がそう言いながらこちらを見た。

「せっかくなので少しいただいてもいいですか」

鈴がそう返すと、お鶴が意外そうな顔をした。

「あんた、飲めるのかい？」

「少しだけ……」

本当は今までに酒を飲んだことはないが、少し付き合いたい気分でいる。

どうしてそう思ったのかはっきりとはわからない。ただ、源三が時折見せる寂しげな表情が、そういう気持ちにさせたのかもしれない。

「そうかいそうかい。じゃあ、ふたりとも好きなだけ飲んでくれ」相好を崩して源三が言った。

「どうせ客も来ないだろうし、今日は店じまいにしちゃおうかね」

お鶴の言葉に頷き、鈴は店を出て暖簾を外した。中に戻ると、お鶴が源三の隣に座って酌をしている。鈴は暖簾を卓の上に置き、源三を挟むように隣に座った。

「じゃあ、鈴ちゃんも」

源三に酌をしてもらい、鈴は猪口に口をつけた。

舌に苦みが走り、喉もとが熱くなった。水と同じように透明な液体だが、とてもおいしいとは思えない。だけどせっかくの厚意なのでちびちびと舐めるように飲む。

「ところで……この島で何か起きるのかい」

鈴は思わず源三に目を向けた。お鶴も源三を見ている。

「この数日、あんたらふたりで港を歩き回ってるらしいじゃないか。本土まで人を乗せてくれと漁師に頼むために」

そんな話が源三の耳にまで入っていることに不安を覚えた。

「それにこのあたりじゃ、急に金持ちが増えたって。貧困者の多い安蔵町のじいさんばあさんたちが金の塊を持ってるって噂になっとる」

源三を見つめていたお鶴が猪口の酒を一気に飲み、深い溜め息を漏らした。

「戦が始まるかもしれないんだよ」

「戦？」源三が首をひねった。

「鯨様が海軍の軍艦を奪ったって話さ。鯨様を捕まえようと、海軍がこの島になだれ込んでくるかもしれない」

「そりゃあ、大変なこったな」源三が呑気そうに返した。

「この島にいる人たち全員をすぐに避難させるのは難しいだろ。せめて子供と、その母親だけは何とか本土に避難させられないだろうかって漁師に掛け合ってたんだ。島の人たちに知れ渡ったら大騒ぎになっちまうから、海軍のことは……」

「わかっとるよ。誰にも言わん」源三が穏やかな口調で言って、自分とお鶴の猪口に酒を注いだ。

「ありがとう」

「それで……どうにかなりそうなのかい」

源三の問いかけに、お鶴が力なく首を横に振る。

「島民を勝手に本土に行かせないよう海龍様からお達しが出ているそうで、難しいねえ」

「そうかい。そりゃ残念じゃな」

「でも、まだ諦めちゃいないよ。海龍様とつながりの深い蒼皇様と知り合いだから、そのかたに頼んでみるつもり」

「どこにおるのかわかっているのかい？　ここのところ、島で蒼皇様の姿をすっかり見かけなくなったが」

「わたしもそのかたがどこにいるのかわからない。でも、いろいろ当たってみるつもりさ。女子供を避難させたら次はお年寄りと考えてる。しばらく辛抱しておくれ」

「わしは金輪際《こんりんざい》、本土の土を踏むつもりはない。わしのことは気にせんでいいよ」

「鬼仙島に愛着がおありなんですか？」

鈴が訊くと、源三がおかしそうに笑った。

「こんなところに愛着があるわけがなかろう。じゃが、人生の大半を過ごしてきた場所じゃ。戦が始まろうが何だろうが、ここで人生を終える覚悟はできとるよ」

「源三さんは、いつからこの島に？」

「もう五十年になるかのお」

「そんなになるのかい？」驚いたようにお鶴が言った。

長い間この店で接してきたはずのお鶴も知らなかったようだ。

「それまではどちらにいらっしゃったんですか」

「大坂《おおさか》じゃよ」源三が呟くように言って猪口に口をつけた。

源三はその頃のことを思い出すように遠い目をしている。

「どうして鬼仙島に？」

鈴が問いかけると、我に返ったように源三がこちらを見た。初めて向けられる源三の鋭い視線に、一瞬たじろいだ。

「海と山の争いに巻き込まれたのがきっかけじゃよ」

海と山の争い——それはいったい何だろう。

「いけねえいけねえ……」源三が目じりに柔和な皺を作り、笑った。「酔いが回っているのか口が滑っちまった」

「海と山の争いというのはいったい何なんですか」鈴は訊いた。

「どうってことのない話さ。気が触れてると思われかねないから今まで誰にも話したことはねえ」

「聞かせてください」

なぜだかその言葉に興味を覚えている。

「まいったねえ……」源三が困ったように頭をかく。

「まあ、いいじゃないかい。酔っぱらった者同士、何を聞いたとしても、どうせ明日には忘れちまってるさ」お鶴がそう言いながら源三の猪口に酒を注ぐ。

「じゃあ……酔っぱらいのたわごとだと思って聞いてくれ。昔、ある人から聞かされた話じゃ。この国には神代の昔から海の一族、山の一族と呼ばれる者たちがおってなあ」

「海の一族、山の一族……」鈴は思わず呟いた。

「そのふたつの一族は争いを繰り返し、代わる代わるこの国を治めてきたんだそうじゃ」

源三がそこで言葉を切った。しばらくしてまた口を開く。「海の者は蒼い目を、山の者は大きな耳を持つ。それが海と山との見分けかただとその人は言っておったよ」

鈴は思わず自分の耳に触れた。

犬と蒼皇は死んでも結びつかない——

仙岩町で襲われかけたときに、ひとりの蒼皇に言われた言葉を思い出している。

灯は蒼い目をしている。そして自分の耳は大きい。

海の一族と山の一族は死んでも結びつかない……

「最初にその話を聞かされたときは、どこかの読本《よみほん》作家の与太話《よたばなし》だろうとわしも信じやしなかった。じゃが……海の一族と山の一族はたしかに存在するんじゃと、後に思い知らされる出来事が起きてなあ」

源三はそこまで話すと溜め息をつき、顔を伏せた。苦悶の表情を浮かべている。

「どんな……どんなことがあったんですか」

訊くことにためらいを覚えながら、訊かずにはいられなかった。

「もう五十年も前か、わしはその頃養父の跡を継いで、奉行所の与力《よりき》として働いておった。時は大飢饉《だいききん》の最中で、多くの民衆が困窮しておってなあ。それでも、町奉行らは素知らぬ顔をしとった。養父はそんな現状に心を痛め、米蔵にある米を民衆に分け与えることを何度も奉行所に願い出たが、いずれもまったく聞き入れてもらえんかった。養父はこのままではどうにもならんと、実力行使に出ることにしたんじゃ。私財をなげうって鉄砲や大砲を買い込み、幕府と戦ったんじゃ。じゃが、それも鎮圧され、また多くの者が死んだ」

「その話、どこかで……」お鶴が怪訝そうに源三を見ている。

「何ですか？」

鈴が訊くと、「いや、何でもないよ」とお鶴が頭を振った。

「でも、源三さん。そのことと、海の一族と山の一族はいったいどんな関係があるんですか」

「わしの父上は海の一族じゃった」

源三を見つめながら、鈴は息を呑んだ。

「今でも父上の蒼い目を思い出す。そして父上が戦いを挑んだ町奉行は耳の大きな男じゃ。

わしはそれまで父上は困窮した民衆のためにしかたなく決起することにしたのだと思っておった。じゃが、その思いは裏切られた。父上の本当の思いは、その信念は、民衆を助けることではなかったんじゃ。父上が多くの犠牲を強いてまで果たしたかったのは、山の一族を討ち取り、幕府を転覆させることじゃった。そんなことのために多くの民衆が血を流し、生きて捕らえられた同志たちもひどい拷問を受けた後に多くの者が死んだそうじゃ。そして家族たちも捕らえられ……」

源三がそこで口を閉ざした。頬をかすかに震わせ、一点を見つめている。

自分の家族のことを思っているのだろうか。

家族がいたのかどうか知りたかったが、さすがに訊くことができない。いや、訊くまでもなく、源三の今の表情がすべてを物語っている。

「わしも養父とともに自決しようとした。じゃが、ある存在に導かれ、生かされたんじゃ」

源三の呟きに、お鶴が「ある存在？」と問いかける。

「そのようにしか言えん。片目はわしらのように黒いが、もう片方の目は蒼く、左右の耳の大きさも違う。海と山の特徴を併《あわ》せ持ち、ふたつの一族を見守り、時には対立を煽る存在……」

源三の話を聞きながら、平蔵の姿が脳裏をよぎった。

右目は蒼く、左目は黒い。だけど、耳は両方とも自分のように大きくなかったように覚えている。

「生き延びるつもりなどなかったんじゃ。父上も友も死に、妻と子も捕らわれた。どうしてわしだけが生きられるという、そんなこと許されるわけなかろうと……。じゃがなあ、その存在に言われたんじゃ。新しい世を見たくはないか、とな」

「新しい世……」

「わしを、父上を、苦しめてきたのは、武士という鎖じゃった。争いのために武士はおる。もしも本当に武士の世が終わるというなら、その先に何があるのかを生きている間にこの目で見てみたかった。その一念でわしは名を捨て、何よりも大切に思っていた妻子を捨て、今まで生きておるんじゃ……」

　源三が徳利を手に取った。猪口に注ぎ、一気に飲み干す。

「じゃがなあ……五十年以上生きてきても何も見えてこん。争いの世は、すがたかたちを変えるだけで相変わらず続くんじゃ」

　たしかに、武士は軍人という名前に変わっただけで、この世から争いが消えることはない。

　どうして人は争うのか。どうしたら争いはなくなるのか。いつか自分も灯に問いかけたことがあった。

残念だけど、なくなることはないと思う――

あのとき灯はそう言った。

人の心がそれぞれ違うかぎり、争いはやまない――と。

「こんなことなら、あのとき死んでおけばよかったと最近までずっと考えていたんじゃ。少しでも妻と子のそばで死にたかったと……。こんな老いぼれになってまでこの世を見続けても、先に死んでいった者たちへの冥土《めいど》のみやげのひとつもありゃせんと」

「今は……？」

最近までという言葉に反応して鈴が問いかけると、源三がこちらに顔を向けて微笑みかけてきた。

「あんたらじゃよ」

意味がわからず、鈴は首をひねった。

「あんたと灯という蒼皇さんじゃ」鈴を見つめながら源三が言った。


つけ台に突っ伏して源三が寝息を立てている。

奥の部屋から戻ってきたお鶴が手に持った半纏《はんてん》を源三のからだに掛けた。

「こんなところで寝て、風邪をひかないでしょうか」鈴はお鶴に言った。

「気持ちよさそうに寝てるから起こして帰すのもかわいそうだしね。まあ、そのうち目を覚ますんじゃないかい」

　寝ている源三を見つめていると自然と溜め息が漏れた。

「それにしても驚きましたね」

「何ともねえ……」お鶴がそう言って苦笑する。

「源三さんのお話、信じてらっしゃらないんですか？」

「まあ、信じようと信じまいとどっちでもいい話じゃないか。飲み屋にはいろんな輩がやってくるからね」

　あまりにも突拍子もない話だと鈴も感じている。だが、それが源三の作り話だと思い切れないのも事実だ。

　戸を叩く音が聞こえ、鈴は目を向けた。

　こんな時間に誰だろう。もしかして、庄之助だろうか。

　鈴の警戒心を察したように、お鶴が向かっていき戸を開けた。凜を抱いた文子が立っている。

　それを見て鈴はふたりのほうに向かった。胸に抱いた凜はすやすやと眠っている。

「手紙は出していただけましたか？」

　さっそく訊くと、文子が申し訳なさそうに首を横に振った。

「ごめんなさい。まだ本土に行けてないんです」

「そうですか……」

「今日は鈴さんにお話があって来ました」

その言葉を聞いて、落胆が胸に広がった。やはり手紙を出すことはできないと返しに来たのではないか。

「外は寒いから、まあ、中に入ってください」

お鶴が中に招き入れ、戸を閉める。店の中に入ってきた文子はつけ台で寝ている源三をちらっと見て、すぐに鈴に向き直った。懐から出した封筒をこちらに差し出してくる。

「やはり手紙は届けられないということでしょうか」鈴はそう言ってためらいながら手紙を受け取る。

「鈴さんご自身で出してほしいということです」

「でも……」

罪人船が出航できないかぎり自分たちは本土に行けない。

「わたしと一緒に蒼皇船で本土に行きましょう」

遮るように文子に言われ、鈴は首をひねった。

「蒼皇船って……蒼皇様しか乗れないんじゃないんですか？」

「本来はそうです。ただ、灯様が乗れるよう手配してくれました」

「灯さんが⁉」

その名前に浮き立ちながら、お鶴に目を向けた。

「よかった。これで子供やそのお母さんたちも……」

「申し訳ないんですが、乗れるのは鈴さんだけです」

鈴は「えっ？」と文子に視線を戻した。

「あくまでも蒼皇しか乗れないことに変わりはありません。目立ってはいけないので、鈴さん以外の人を乗せるわけにはいかないんです」

「そんな……」鈴は呟いた。

「蒼皇船は明日の朝八時頃に鬼仙島を出ます。できるかぎり顔が見えづらい格好で港に来てください」

「わたしは行けません」

鈴が言うと、文子が戸惑いの表情を浮かべた。

「わたしひとりだけ、ここを出ていくわけにはいきません」

「行くんだよ！」

その声に、鈴は振り返った。真剣な眼差しでお鶴がこちらを見据えている。

「あんたひとりだけでも行かなきゃいけないんだ」

「だけど……」

「あんたにはやらなきゃいけないことがあるだろう」

その言葉を聞いて、鈴は手に持った封筒に目を向けた。

そうだ。自分にはやらなければいけないことがある。

兄に会うのだ。

浴衣の帯を締めると、鈴は部屋を出て店に向かった。つけ場にいたお鶴が手を止めて、鈴を見る。

「その恰好《かっこう》を見ると何だか懐かしくなるね」

鈴は自分が着ている浴衣をあらためて見た。鬼仙島に来るときに着ていた男物の浴衣だ。お鶴が微笑みながらつけ場から出てくる。手に網代笠と風呂敷包みを持っている。

「昔、客が忘れていったものだよ。捨てないでよかった」

お鶴がそう言って網代笠を鈴の頭に載せた。顎で紐を結び、風呂敷包みを鈴に持たせる。

「握り飯だよ。蒼皇様のお口に合うかどうかはわからないけど、ちょっと多めに作ったからふたりで食べな」

「ありがとうございます……」

鈴はすぐ目の前にいるお鶴から顔を伏せた。別れるのが辛い。

「あんたと一緒にいられて楽しかったよ。達者で暮らしな」

言いたいことや、言わなければいけないことはたくさんあるはずなのに、何も言葉が出てこない。

涙を堪えながら鈴は頷いた。お鶴に背中を押されて店を出る。

振り返ることもできないまま坂道を下っていく。子供たちのはしゃぐ声がして、目を向けた。

酒屋の店先で綾と宗次が石なごをして遊んでいる。声をかけたい気持ちを抑えてふたりの前を通り過ぎていく。

港に着くと、蒼皇船の前に凜を抱いた文子が立っていた。そちらに向かっていくが、文子は鈴に気づかないようだ。目の前で立ち止まるとようやく鈴だとわかったようで、「こちらです」と船の中に案内してくれた。

大きさは罪人船と同じくらいだが、船内はまったく違う。床には高級そうな絨毯《じゅうたん》が敷き詰められ、壁の至るところにきらびやかな装飾が施されている。

自分たち以外に誰もいないが、とりあえず目立たなさそうな壁際に並んで座った。

網代笠をかぶったまま、じっとしている。網代笠で目もとを隠しているのでまわりの様子はほとんどわからない。緊張感に喉の渇きを覚えながら待っていると、ようやく「船を出します」と男の声が聞こえた。

船が動き出したのをからだで感じたとき、肩を叩かれた。

「わたしたち以外に乗客はいません」

文子に言われたが、網代笠は取らないでおいた。

「ひとつ訊きたいことがあるんですけど」出港してしばらくすると凜の母親が言った。

「何ですか？」

「あの手紙にはどんなことが書いてあるんですか」

「海軍にいる兄への手紙ですが……鬼仙島への攻撃をさせないでほしいと書きました」

海軍という言葉に反応したのか、文子がびくっとしたのが網代笠越しにわかった。

「この島にいるほとんどの人たちは善良で、子供や女性もたくさん住んでいると」

「でも、いくらお兄さんといっても……」

「兄は上官から目をかけられているという話です。その人は料理店の雑用係でしかなかった兄を自分のお金を使ってわざわざ学校に行かせ、わたしのぶんの学費や仕送りのお金まで出してくれていると。その人は今、呉鎮守府の司令長官だそうです」

昔、兄から来た手紙にはそれらのことが誇らしげに書いてあったが、鈴は何ら心を動かされたことはない。むしろ料理店の雑用係として必死に働いていた頃の兄のほうが自分にとっては誇らしい。

「ただ、たとえ司令長官がお兄さんのことを買っていたとしても、あなたの思いがどれだけの効力になるかは……」文子がそこで言葉を濁した。

「そうですね」

それに新太郎が自分の訴えをどれだけ真剣にとらえてくれるかはわからない。

「あなたにお願いがあります」

鈴が言うと、「何？」と優しげな声が返ってきた。

「明日、わたしを迎えにこの船で広島まで来てもらえないでしょうか」

「どういうこと？」驚いたような声が聞こえた。

「兄に会って自分の思いを伝えたら鬼仙島に戻りたいんです」鈴は決意を込めて文子に告げた。

鬼仙島に戻れば、新太郎は何としてでも鈴を、鈴がいる鬼仙島の人たちを、守ろうとしてくれるのではないか。

夕闇が迫った道をひたすら進んでいくと、少し先に大きな門が見えた。

あそこが呉鎮守府の入り口らしい。

自然と歩調は速くなったが、門の脇にある小屋から出てくる人が目に留まり、鈴は思わずその場で足を止めた。

軍服に鉄砲を脇に抱えた門衛がこちらに顔を向ける。

「何だ、おまえは——」

威嚇するような大声に怯みそうになりながら、鈴は門衛のほうに向かった。

「あの……ここにいる榎木新太郎さんに会いたいんですが」

鈴が言うと、鋭い目つきで門衛が「無理だ」と答えた。

「少しのお時間でもかまいません。会わせていただけないでしょうか」

鈴は食い下がったが、相手は頑なに首を横に振るばかりだ。

「それではこの手紙を渡していただけないでしょうか」鈴は封筒を取り出して相手に差し出した。

門衛は怪訝そうに封筒を受け取ると裏返して見る。すぐにこちらに視線を戻す。

「もしかして、榎木少尉候補生のご家族のかたですか?」

「妹です」

鈴が答えると、門衛の表情から険しさが消えた。代わりに辛そうに口もとを歪め、小屋に目を向ける。中に同じ軍服を着た男性がもうひとりいる。

「榎木少尉候補生の妹さんが手紙を持ってこられたそうだ」

小屋の中にいる門衛がどこかに電話をかけた。相手と何やら話をしてこちらに顔を向ける。

「妹さんにはしばらくお待ちいただいて、手紙を持ってくるようにと」

鈴の目の前にいた門衛が電話を切った男に頷きかけた。「こちらで少しお待ちください」と鈴に告げて、門の中に入っていく。

ここで待つように言われたということは、手紙を渡すだけではなく新太郎を呼んできてくれるのだろう。

新太郎に話す事柄を考えながら待っていると、先ほどの門衛が戻ってきた。

「ご案内します」

門衛に促され、鈴は門の中に入った。

レンガ造りの大きな建物に向かって歩いていると、どこからか声が聞こえた。少し離れたところで何十人もの男たちがかけ声を上げて行進している。

建物に入ると二階に上がり、長い廊下を進んでいく。門衛が廊下の一番奥にある扉の前で立ち止まった。それまで通り過ぎたどの部屋よりも重厚な扉に『司令長官室』と札が出ている。

鈴は戸惑って「あの……」と声をかけたが、門衛は直立不動のまま目の前の扉を叩いた。

「入れ――」

男の声が聞こえ、門衛が扉を開けて中に促した。

部屋の窓際に立ってこちらに背を向けている男の姿が目に入った。さすが司令長官というだけあり、後ろ姿だけで威圧感を抱かせる。

椅子の前にある机の上を見て、はっとした。封が切られた新太郎宛ての封筒が置いてある。

「榎木少尉候補生の妹御をお連れしました」

「ご苦労。下がってよし」

背後で扉が閉まる音がすると、窓際に立つ男がこちらを向いた。ゆっくりと近づいてくる男を見ながら、鈴は思わず息を呑んだ。

自分や新太郎と同じように目の前の男の耳も大きい。

「呉鎮守府司令長官の山神です。どうぞお座りください」目の前の椅子を慇懃《いんぎん》に勧める。

鈴は封筒を見ながら椅子に座った。山神は向かいに座るなり、深々と頭を下げた。

「お兄さんへの手紙を勝手に読んでしまい申し訳ありませんでした。あなたが本当に彼の妹さんかどうかをたしかめる材料としました。軍人の親族を騙《かた》り、鎮守府に侵入して機密情報を盗もうとする輩もおりますので。どうかお許しください」

「いえ……」

こちらに据えられた山神の視線に息苦しさを覚える。

まさか司令長官にあの手紙を読まれてしまうとは想像していなかった。

「兄は……兄とは会わせていただけるんでしょうか」

鈴が問いかけると、山神の表情が翳《かげ》った。顔を伏せ、大きな溜め息を漏らす。

「お兄さんは亡くなりました」

その言葉を聞いて絶句する。意味が理解できない。

「瀬戸内海では海賊による船舶への襲撃が頻発していました。そのため我々呉鎮守府の船が見回りに当たっていたのですが、一昨日の夜に海賊と交戦状態になり、お兄さんは戦死されました」

　それらの言葉の意味を理解するごとに、からだの震えが激しくなっていく。

「わたしはあなたのお兄さんを非常に高く買っていました。正義感が強く、人望もあり、何よりもあなたを含めてこの国で善良に暮らす多くの人たちの安全を心底願っていた。わたしにとっても彼の死が無念でなりません」

「兄の……兄の遺体はどこに？」鈴は何とか言葉を絞り出した。

　実際にその姿を目にするまで、新太郎が死んだなどとはとても信じたくない。

　山神が憐憫《れんびん》の眼差しを向けながら首を横に振った。

「帰還した者たちの話によると、交戦中の爆発によって遺体は海に投げ出されてしまったとのことです」

「そ、そんな……」

　鈴は手で口もとを押さえた。これ以上、嗚咽を堪えきれない。

　もう二度と新太郎と会えなくなるなんて。

「この国のために命を捧げたお兄さんのために、呉鎮守府の司令長官としてご家族に対してできるかぎりのことはしたいと思っています」

　山神の言葉を聞きながら、鈴は激しく頭を振った。

　他人にしてもらうことなど何もない。ただ、新太郎を返してほしい。

「彼の話によると、肉親はお兄さんだけだと」

　鈴は頷いた。

「たったひとりの肉親を亡くして君もこれから大変だろう。だが、安心しなさい。わたしがいい相手を見つけてあげよう。これから何不自由ない暮らしをさせてくれる伴侶だ。そうだ、しばらくこの近くに留まるといい。すぐに引き合わせるから」

「結構です」

　そんなことは求めていないと、山神を睨みつけた。だが視界が滲んでいて、相手の様子はよくわからない。

「何も遠慮することはない。わたしは榎木くんを高く評価していた。それは学歴や家柄によるものではなく、彼が元来持っていた力だ。言い換えれば『血』と言ってもいい。君にもお兄さんと同じものが備わっている。それをさらに高めてあげよう」

　何を言っているのだろう。意味がわからず、薄気味悪くなった。

「ありがとうございます。でも、今はただ兄の冥福を祈りたいので、これで失礼します」

　早くこの場から去りたいと、鈴は涙を拭って立ち上がった。

　扉を開けようとしたときに、「待ちなさい！」と後ろから手をつかまれた。

「まだ話は終わってない」

そう言われて振り返った鈴は山神の表情を見てぎょっとした。先ほどまで見せていたものとはまったく違う、殺気立った目をしている。

「君は鬼仙島にいたんだね。どうしてあんな島にいたんだ」

恐怖に駆られて声を発せられない。

「まあ、いい。そこにいたときに誰かから『本殿』という言葉を聞いたことはないか」

鈴は首を横に振った。

「本当か？　よく思い出してみるんだ。とても大切なことだ。青鬼の首領が隠れている場所ということだからどうしても知りたい。どんな些細なことでもいいから『本殿』と聞いて思い出すことがあったら言うんだ。この国を治めるために、奴を生かしておくことはできんのだから」

鬼にでも憑かれたような形相でまくしたてる山神を見ながら、源三の言葉がよみがえってくる。

そのふたつの一族は争いを繰り返し、代わる代わるこの国を治めてきたんだそうじゃ
――

もしかして、目の前の男が山の一族の首領なのではないか。

「本当に何も知りません！」

強引に山神の手を振り払って部屋を出ると、扉のそばに立っていた門衛と目が合った。門衛は戸惑ったように立ち尽くしていたが、すぐに鈴の手をつかんできた。

「やめて！　離して！」

叫びながら抵抗する鈴を押さえつけ、門衛が部屋の中を窺う。

「長官、いったいどうなさったんですか？」

「何でもない。離してやれ」決まりが悪そうに山神が言い、片手で払うようなしぐさをした。

手を離した門衛と山神を交互に睨みつけ、鈴は階段に向かった。足早に建物を出て門を抜ける。

しばらく進んだところで後ろから肩をつかまれ、ぎょっとして足を止めた。恐る恐る振り返ると、視界に映った男の姿に呆然となった。

「ずっと心配してた。鬼仙島から出られたんだな」

男に言われたが、頭の中が混乱していて言葉が出てこない。

目の前の男は軍服を着ていたが、間違いなく庄之助だった。

「驚くのも無理はない。海軍の任務で鬼仙島にいたんだ」庄之助がこちらを見つめて言った。

「海賊のことを調べるために……」

ようやく言葉を絞り出すと、庄之助が頷いた。

「榎木……いや、お兄さんとは海軍兵学校の同期だ。一度横浜に遊びに行ったときに妹さんだと紹介された」

そういえば鬼仙島で初めて庄之助を見たとき、以前どこかで会ったような気が少しした。

「お兄さんのことは聞いたかい？」

その言葉にふたたび暗闇に引きずり込まれる。

答えるまでもなく表情で察したようで、庄之助が辛そうに口もとを歪めた。

「一緒にいたというのに救えなかった。申し訳ない」

「兄は海賊に殺されたんですか」

そのときのことを思い出したようで、庄之助が顔を伏せた。

「殺された……というわけじゃない。灯を助けようとして爆発に巻き込まれてしまったんだ」

「灯さん？」

頷く庄之助を見ながら、どうにもやり切れない思いに苛まれた。

幼馴染だったふたりが争いのためにふたたび交わり、その結果新太郎は死んでしまった。

鈴は自分にとって最も大切な存在を奪った山と海の血を呪《のろ》った。

「辛いだろうけど気をしっかり持って横浜まで帰ってほしい。お兄さんの遺体や遺品などが見つかったらすぐに連絡するから」

「横浜には帰りません」

「今は違うところに住んでいるのかい？」

「これから鬼仙島に戻ります」

鈴が言うと、庄之助が驚いたように目を見開いた。

「何を言ってるんだ。ようやくあんなところから抜け出せたというのに」

「やらなければならないことがあるんです」鈴はそう言うと庄之助に背を向けて歩きだした。

新太郎がいない今となっても、絶対にあの島に行く。

「戻ってはだめだ」庄之助が鈴の肩をふたたびつかむ。「前も言ったように、もうすぐあそこは火の海になる」

「だから戻るんです！」鈴は肩に置かれた庄之助の手を振り払った。

「鬼仙島には絶対に行くな！　そんなことをすれば天国にいるお兄さんが悲しむことになるんだぞ。頼むから行かないでくれ！」

後ろから庄之助が説得の言葉を続けるが、鈴は無視して港に向かった。

灯に会わなければならない。

海と山の争いを止めるには、海の一族である灯と山の一族である自分が何とかするしかない。

二十九

どこからか、女の子のはしゃぎ声が聞こえる。

新太郎はゆっくりと上半身を起こし、布団から起き上がった。

縁側に向かい、外の様子を窺う。庭の向こう側に広がる海を見つめながら、こんなところに留まっているしかない自分に苛立つ。

縁側にあった草履を履いて庭に降り立った。声に導かれるようにして歩いていくと、草むらの前でしゃがんでいる女の子の背中を見つけた。傍らには女の子の様子を窺うように白い犬が座っている。

「小太郎、どこにいるの？　出ておいでよ」女の子がそう言いながら草むらの奥を覗き込んでいる。

「ねえ」

新太郎が呼びかけると、女の子がこちらを向いた。目が合って、にっこりと微笑む。

宗源は病気だと言っていたが、奇異な目と耳以外はいたって元気そうな子供に思える。

「君がぼくを助けてくれたんだってね。ありがとう」新太郎は礼を言って小さく頭を下げた。

「見つけたのはハチだよ」

そう言いながら女の子が立ち上がった。つられたように傍らにいた犬もこちらを向く。

「そうか。ハチも沙羅ちゃんもありがとう」

新太郎の言葉を理解したわけではないだろうが、ハチが後ろ脚で耳をかいて応える。

「ハチは山族が好きだから。小太郎だったら放っておかれたかも」

その言葉に反応して女の子に近づいていくと、ハチがどこかに行った。

「山族っていうのは何？」

しゃがみ込みながら新太郎が問いかけると、女の子がきょとんとした顔で首を傾げた。

「ぼくを見つけたときも山族って言ってたよね。山族なのに海に助けてもらうなんて、あなたついてるわねって。あれはどういう……」

「山族はお兄ちゃんみたいに耳の大きな人」

「耳が大きい人は山族なの？」

女の子が頷いた。

「それに海族を嫌いな人」

「海族……」新太郎は呟いた。

「海族は蒼い目をした人たちだよ」

灯や蒼狼の姿が浮かんだ。

「海賊のこと？」

答えに困ったように、女の子が首をひねる。

「海族は海が好きだし、海も海族が好きだけど、海賊とはかぎらないよ」

「海は山族のことが嫌いなの？」

「そうだね……あまり好きじゃないかも。でもお兄ちゃんは大丈夫だよ。すごく嫌われてたらここにいないだろうし」

女の子と話しながら、どのようにとらえていいのかわからないでいる。子供特有の痴れ言なのか。

「お兄ちゃんは海族と会ったことがある？」

「蒼い目の人？」

新太郎が訊き返すと、女の子が頷いた。

「あるよ」

「その人のこと好き？」

答えに窮した。

好きとは言えない。灯にしても蒼狼にしても、そして伊丹を尾行したときに遭遇した女にしても、何とも言いようのない嫌悪感が付きまとった。

「好きじゃないんだろうな」新太郎は言った。

「どうして好きじゃないの？」

「わからない……」

灯に何かされたわけでもない。蒼狼はともかく、女とはただすれ違っただけだ。生理的に受けつけられないとしか言いようがない。

「わからないのに好きじゃないの？」

新太郎は頷いた。

「じゃあ、海族の人もお兄ちゃんのこと好きじゃないよね」

女の子の言葉にはっとした。

人はどうして人を嫌うのだろう。何かひどいことをされたのであれば嫌いになるのはわかる。自分の母親を連れ去った盗賊のような奴らであれば。

だけど、そうでない相手に対しても時に人は人を嫌う。生まれ育った村の人たちが灯を嫌ったように。

猫の鳴き声が聞こえ、新太郎はそちらに目を向けた。草むらから出てきた猫が女の子の足にすり寄ってくる。

「もう、どこに行ってたのよ。ずっと探してたんだからね」

女の子がしゃがんで猫を撫で回す様子をしばらく見ていた。猫を撫でながら女の子がこちらを向く。

「山族と海族は犬と猫と一緒だね。同じ四つの足で歩く生き物なのに一緒に遊んでいるところを見たことがないもん」

「山族と海族は仲良くなれないのかな」

「どうかな……わからないけど、みっちゃんとゆうちゃんみたいに手をつないでみたらいいんじゃないかな」

「みっちゃんとゆうちゃん？」

　女の子が頷く。

「この前裏の竹林でみんなで遊んでいたときに、ふたりだけはぐれて迷子になっちゃったの。いつも喧嘩ばかりしてたけど、寂しいからって手をつなぎながら家まで戻ったんだって。それからは仲良しだよ」

「手をつないでみたらいい……か」新太郎は苦笑した。

　こんな小さな女の子に真理をつかれたような恥ずかしさがある。

「沙羅、飯の用意ができたぞ――」

　その声に、新太郎は顔を向けた。こちらに近づいてくる宗源と目が合う。

「歩き回れるようになったか」

「おかげさまで」新太郎は頭を下げた。

「あんたのぶんも作ってある。動けるなら一緒に食おう」

「それよりも……まだ船は出せないでしょうか」

居ても立ってもいられない。

「今日も難しいだろう。さっきからずっと時化てる」

新太郎は海を見た。たしかに波が高い。恨めしい思いで海を見つめていると、「大丈夫だよ」と声がした。

目を向けると、女の子が立ったままじっと海を見つめている。

「もうすぐおとなしくなるよ」

新太郎は宗源と顔を見合わせた。宗源が苦笑する。

「ほら」

その声に、海に視線を戻して驚いた。

先ほどまで荒れていた海が穏やかになっている。

呆然としたように海を見ていた宗源が沙羅に目を向けた。すぐにこちらに視線を移す。

「行こうか――」宗源がそう言って家屋に向かった。

海を見つめている女の子を一瞥して、新太郎は歩きだした。

三十

波の音が聞こえる。だが、何も見えない。

灯は漆黒の闇に包まれながら、ここからはるか先の本土にいる鈴のことを想像した。

もう会うことは叶わない。だけど、自分の命が尽きるその時まで彼女の幸せを願うと今誓っている。

「こちらにいらっしゃったんですね」

女の声が聞こえ、灯は振り返った。仄かな明かりが近づいてくる。手燭《てしょく》を掲げた寧々だ。

「こんなところで何をなさってるんですか」寧々が訊いてくる。

「別に……外の空気を吸っていただけです」

「海龍様が灯様にお会いしたいとおっしゃっています」

動悸が激しくなる。

「わかりました」

灯は寧々とともに海龍の部屋に向かった。護衛に扉を開けてもらうと、灯は部屋に入った。正面の椅子に座る海龍に近づいていく。いつも話している距離まで来て立ち止まる。

扉が閉じられる音がして、灯は振り返った。寧々はいない。

「もう少し近くに来てくれないか」

その声に、海龍に向き直る。一歩、足を踏み出した。

「もっとだ」

さらに一歩前に出た。

「もっと」

海龍のすぐ目の前まで来た。見下ろすような格好になってしまうので、ひざまずく。

面頬から覗く蒼い目がじっとこちらに据えられている。だが、こうやって見つめ合っていても相手の心は量れない。

「わたしに訊きたいことがあるそうだな」

灯は頷いて口を開いた。

「蒼狼さんは今際の際にわたしのことを『信仁《のぶひと》』と呼びました。どうしてそのように呼んだのか心当たりが……」

「簡単なことだ」

海龍が遮るように言い、灯の肩に手を添えた。

「それがおまえの本当の名前だからだ。わたしと伴侶がつけたおまえの名前だ」

その言葉に気圧《けお》され、思わず仰け反った。肩に添えられていた海龍の手が離れる。

「じょ、冗談はやめてください」

「冗談などではない。おまえはわたしの息子だ。そして蒼狼は、おまえの兄だ」

全身を巡る血が一気に熱くなった。

「そんな話を信じろというんですか」灯はひざまずいたまま後ずさりした。

「信じるも信じないもそれが事実だ。おまえが爺に拾われたのは神奈川にある幽玄町《ゆうげんちょう》という場所ではなかったか」

灯は息を呑んだ。爺から聞かされたことのある町だ。

「十九年前、わたしたちは敵に追われていた」

「敵？」

「そうだ。わたしの顔をこんなふうにした犬と、その手下だ」

少し前に話していた、互いに惹かれ合ったことがあるという男か。

「そいつらに潜伏していた部屋に踏み込まれた。わたしと伴侶は応戦しながら何とかおまえたちを連れて逃げ出そうとしたが、相手の勢力が圧倒的で難しかった。伴侶は自分が相手の気を引いている間におまえたちを連れて逃げろと言った。こんな顔になってもわたしを愛し、守ってくれた人を置き去りにしたくはなかったが、そこにいれば全員が死ぬような状況だったのでしかたなく言われたとおりに逃げることにした。家を出た瞬間、中から爆発音が聞こえ、火の手が上がった」

「その人が自爆したということですか？」

海龍が頷いた。

「何人かは道連れにしたみたいだったが、それでもまだ追っ手は残っていた。わたしはおまえを胸に抱き、貴仁《たかひと》とともに幽玄町を逃げ回った」

「貴仁というのが蒼狼さんの……」

「本当の名前だ。わたしたちは物陰に身をひそめながら逃げる機会を窺ったが、おまえは幼かったからなかなか泣き止んではくれず、このままでは三人とも捕まってしまうと思って、やむなく置いていくことにしたんだ」

そして爺に拾われたというのか――

「貴仁は鬼仙島の港でおまえと会った瞬間、自分の弟だと察したそうだ。わたしもここでおまえと会ってすぐに自分の子供だと確信した。蒼皇の血は濃く、その親族の血はさらに濃いからな」

「どうして最初に会ったときに話してくれなかったんですか」灯は訊いた。

「おまえから発せられるものが、わたしたちとは少し異質に感じられたからだ」

「異質？」

「ああ……わたしたちはずっと蒼皇とともに生きている。だが、おまえは違う。一歳の頃から蒼皇と接することなく生きてきた。だから蒼皇としての共鳴が弱くなっているのではないかと考えた。わたしも一時、家族や仲間からそう言われたことがある。犬の男と一緒にいた頃だ。だが、共鳴は呼び覚ますことができる。ここでわたしたちとともに生きていればふたたび共鳴し合えるようになる。その時を待ってから真実を話したほうがいいだろうと、貴仁と話し合って決めた」

そういうことなのか。だが、ここで蒼皇たちとともに生きていても、これっぽっちも共鳴しているとは思えない。

相変わらず自分はひとりぼっちのように感じていた。鈴と再会するまでは。

「わたしの純血を継ぐ者は、もうおまえしかいない。わたしがいなくなったときにはおまえが蒼皇の長として同志を導くのだ」

灯は海龍を見つめながら首を横に振った。

「わたしは誰とも争いたくありません。たとえ自分たちと反目する種族であっても」

「父親と兄が殺され、母親の顔を焼かれたと知っても、まだ犬と争う気はないなどとほざくのか」

「蒼狼さんを殺したのは彼らではありません」

海龍が犬と呼ぶ新太郎は灯たちを殺そうとはしなかった。むしろ灯を助けるために命を投げ出したのだ。

「結果的にはそうだ。わたしの顔を焼き、おまえの父親と兄を殺したのは、呉鎮守府の司令長官だ」

　そういうことか。今までの海賊と海軍との無益でしかない争いは、そもそも海龍とその司令長官との怨念から引き起こされたのだろう。

「それを知ったとしても、わたしは彼らと争いたくありません」灯はきっぱりと言った。

「ならば滅びるだけだ」

「わたしたちは獣ではありません。人間です。争わなければ滅びてしまうような存在なら、いっそ滅びてしまえばいい」

「おまえに奴らの長の首を討ち取る気がないというなら、それはそれでしかたない。その代わり、わたしが最も手近な犬の首を取っておまえにくれてやろう」

　その言葉を聞いて、胸の中がざわついた。

「それが一族を裏切ろうとするおまえへの報いだ」

「まさか鈴を……本土に仲間を差し向けるつもりですか！」灯は激昂した。

「その必要はない。あの女は鬼仙島にいる。先ほど同志から連絡を受けた」

　そんな――鈴はまだ鬼仙島にいるというのか。どうして――

「その報いを受けるのが嫌というなら、これから言い渡す任務を蒼皇の長となる人間として果たせ」

「いったい何をしろというんです」

「捕らえている英国人兵士のうち、体力がある三人を残してそれ以外は全員殺せ。その三人の目の前でな」

「人を殺すなんて……そんなことはできません！」

「誰もおまえに殺せとは言ってない。おまえはそれを命令して、その様子をしかと見届けるんだ。他の蒼皇にも殺させるな。黒い目の人間がやらなければ意味がないからな。仲間が殺されるのを見届けさせたら、三人を本土に連れていって解放するんだ」

「どうしてそんなことを……この争いに彼らは関係ないでしょう」

「砲弾も石炭も手に入らなければ『聖』を持っていたとしても、海軍には立ち向かえない。ならばこの国に戦争を起こしてやるのだ」

灯は愕然としながら海龍を見つめた。

三十一

海面のはるか向こうに陸のようなものが見えてくる。

新太郎は船頭に立ち、目の前に広がる光景を見つめた。次第にうっすらとした山並みが浮かび、さらに進むと港に停泊した軍艦が確認できる。呉だ。

「何とか夜になる前に着くことができたみたいだな」

その声に、新太郎は宗源に目を向けた。帆を操る宗源は新太郎ではなく港のほうを見ているようだ。

船に乗ったときには多少の不安を抱いたが、ここに来るまでの半日ほど、海はいたって穏やかだった。

「ありがとうございます。本当に助かりました。もうすぐ日が暮れますので、今夜は呉に逗留《とうりゅう》してください」

新太郎が近づきながら言うと、宗源がこちらに顔を向けて頷いた。

「そうだな。沙羅のことが心配ではあるが、さすがにこの小さなボロ船で夜の海を渡りたくない。近くにいい宿はあるか？」

「知っている旅館があるので案内します。今は持ち合わせはありませんが、後で宿代と、わずかではありますが寸志を届けさせてください」

「寸志など無用だ」

「それでは自分の気持ちが収まりません」

「ならば今夜の寝酒と、沙羅の土産に甘い菓子でも持ってきてくれたらありがたい」

「わかりました」新太郎は微笑みながら頷いた。

宗源を旅館に案内すると、新太郎は鎮守府に向かった。

からだのあちこちにまだ痛みはあるが、早く戻らなければと足を進める。

門が近づいてくると、詰所の前に立っていた門衛がこちらを向いた。怪訝そうに見つめていた門衛が、新太郎に気づいて驚いたように敬礼する。

「榎木少尉候補生、只今戻りました」

敬礼を返しながら言うと、門衛が慌てて詰め所に入り電話をかけた。興奮した様子で新太郎の帰還を報告し、こちらに顔を向ける。

「すぐに司令長官室にお越しくださいとのことです」

「わかった」

新太郎は門を抜けて建物に向かった。建物の中に入り、階段の手前で足を止める。廊下の奥にいる遠藤と大久保を見つけた。

近づいていくと、こちらを向いたふたりが呆けたような顔になった。すぐに「榎木——無事だったか！」と駆け寄ってくる。

ふたりに抱きつかれ、からだじゅうに痛みが走った。

「ちょ、ちょっと……落ち着け。見ての通り無事だが、一応怪我人だ」新太郎はそう言ってふたりを押し戻した。

「今までどこにいたんだよ。死んじまったと思ってたんだぞ」

「そうだ。だけど本当によかった。奇跡だ」

涙ぐみながらふたりが口々に言う。

「心配かけて悪かった。緒方という港町に流されてそこの人たちに助けられたんだ。早く帰還したかったが海が荒れていて戻るに戻れなかった。ところで他の仲間は？」

新太郎が訊くと、ふたりが表情を曇らせた。

「平内と佐瀬が亡くなった」遠藤がそう言って唇を嚙み締める。

「そうか……」

平内が亡くなったのはわかっていたが、佐瀬もあの戦闘で亡くなってしまったのか。

「服部のことは？」新太郎は小声で訊いた。

どのように山神に報告しているのか気になっている。

「服部には悪いが、出航前に船から逃げ出したと長官には報告している」遠藤が苦々しそうに言った。

そう説明するしかないだろう。

「坂本には？」

新太郎が訊くと、遠藤が首を横に振った。

「あいつは長官に心酔してるみたいだから、横須賀のことは話していない」

賢明な判断だと、新太郎は頷きかけた。

「横須賀のほうから何か動きは？」

「今のところないようだ」

遠藤の言葉に、新太郎は落胆の溜め息を漏らした。

服部の訴えは横須賀鎮守府の参謀長である叔父には聞き入れられなかったのだろうか。

狂気の沙汰と思える山神の行動は、帝国海軍の総意だというのか。

「これから長官に会わなければならない。また後で」新太郎はふたりに告げて階段に向かった。

司令長官室の前に来ると、ひとつ息を吐いてから扉を叩いた。

「入れ」

中から声が聞こえ、扉を開けた。正面の机に向かっていた山神と目が合う。山神は硬い表情のままこちらを見つめている。

「失礼します。榎木少尉候補生、只今戻りました」

新太郎が敬礼すると、山神が立ち上がった。目の前まで来ると、「よく生きていたな」と頬を緩めて新太郎の両肩を叩いた。

山神に手で示され、新太郎は扉を閉めて椅子に座った。

「君に訊きたいことがある」山神が向かいに座りながら言った。

「何でしょうか」

「どうしてわたしの命令に背いた」

どう答えていいかわからない。

「仲間への同情か？」

「いえ、自分でそうするべきだと思ったからです」

　新太郎が言うと、山神が鼻で笑った。

「そして仲間に裏切られたか……服部少尉は君が作戦に参加するのを幸いと思ったのか、船から逃げ出したそうじゃないか」

　そうではない。だが黙っているしかないと、じっと堪える。

「いくら軍人の家系といえども、しょせんその程度のものなんだよ。いくらいい家柄で、学歴が高くても、どうにも使いようもない。それは彼だけにかぎらない。この国の政治家も、海軍の上に連なる奴らにしても同じだ。奴らにこの国を治め、導いていく力などない。それができるのは我々、崇高な血を受け継いできた者たちだけなのだ」

「山族……」

　新太郎が思わず呟くと、こちらを見ていた山神が嬉しそうに目じりを下げた。

「そうだ。ようやく自分の血に気づいたか」

「山族というのはいったい何なんですか」新太郎は身を乗り出して訊いた。

「この世界を脅かす悪しき種族と唯一対峙できる存在だ。山縣閣下をはじめ、政府の要人の多くは山族だ」

「悪しき種族というのは、海族のことですか」

「いかにも。今回の作戦をきっかけに海族を滅ぼすつもりだったが……残念ながら海族を捕らえることはできなかった。部下ふたりを失って得たのが末端の海賊三人とは何とも痛い話だ」

新太郎は顔を伏せ、唇を嚙み締めた。

そんなことのために仲間である平内と佐瀬は死んだ。

「作戦の失敗を責めているわけではない。次の手は考えてある」

新太郎がうつむいている理由を勘違いしているようだ。

「坂本の話によると、海賊たちは鬼仙島の近くにある蟻巣島を巣窟にしているそうだ」

その名前に反応して、新太郎は顔を上げた。

「だが、海族とその首領が潜伏する『本殿』と呼ばれる場所はわからないという」

「海賊に加わるよう坂本に命じたのは長官ですか」

「そうだ。海賊を憎んでいる彼には打ってつけの任務だ。彼は実によくやってくれて、様々な情報をもたらしてくれた。鬼仙島と蟻巣島に兵を差し向ければ『本殿』の場所を知っている者を見つけられるのではないかとのことだ」

満足そうな笑みを浮かべると、山神が立ち上がった。机に向かい、電話機の受話器を取る。

「坂本を呼んでくれ」

受話器を置いてしばらくの後、扉を叩く音が聞こえた。

「入れ」

山神が声をかけると、扉が開いて坂本が入ってきた。椅子に座っていた新太郎と目が合い、坂本が息を呑む。

「無事だったのか……」

新太郎が頷きかけると、坂本が安堵したように溜め息をつき、山神のほうを向いた。

「わたしに御用でしょうか」

「奴らの様子を見に行くぞ」山神がそう言って坂本のもとに寄っていく。「榎木、君も来たまえ」

新太郎は立ち上がってふたりに続いて部屋を出た。廊下を進み、階段を下りていく。食料の貯蔵庫にしている部屋の前で立ち止まる。

「山神だ。入るぞ」山神が扉を開けて新太郎と坂本を中に促した。

部屋に入った新太郎は目の前の光景に衝撃を受けた。

褌《ふんどし》姿の三人の男が床に倒れている。彼らを取り囲むように木刀を持った四人の同僚が山神に向けて敬礼する。三人の男たちは後ろ手に縄で縛られていて、上半身の至るところがあざで黒ずんでいた。

拷問を受けていたようだ。ひとりは倒れながらも肩で息をしていたが、残りのふたりは失神しているようでぴくりとも動かない。

「どうだ？」山神が三人を冷ややかに見ながら訊く。

「坂本の報告通り、この三人は『本殿』の場所を知らないようです」

その声に反応したように、男のひとりが顔を上げた。右目が蒼く、左目が黒い。蒼狼や坂本が平蔵と呼んでいた男だ。憎悪のこもった目でこちらを睨みつけてくる。

「あんたがここの大将か。ずいぶん品のない顔つきだな」吐き捨てるように平蔵が言った。

山神が表情を変えずに平蔵のもとに近づいていく。目の前でしゃがむと、乱暴な手つきで平蔵の顎をつかんで顔を持ち上げる。山神が平蔵の右目に指を突っ込んだ。激しく抵抗する平蔵を押さえつけ、右目を指でかき回す。

山神が平蔵の目もとから手を離し、床に何かを放った。

床を転がる蒼い眼球を見て、背筋に悪寒が走った。だが、義眼のようだと察して安堵する。

「青鬼なんぞにかぶれおって……愚かな奴だ」山神が忌々しそうに言って義眼を踏み潰す。

「愚かなのは貴様のほうだ。およそ大将という器じゃない」平蔵が顔を歪めながら言う。

義眼とはいえ無理やり外されて痛みがあるようだ。

「こんな能無しを担がなきゃならないあんたらも哀れなもんだな」せせら笑うように言いながら平蔵があたりに視線を向ける。

山神がその場から離れ、壁に向かう。立てかけてあった刀を手に取る。

「汚ねえ手で触るんじゃねえ！」平蔵が怒声を上げる。

「おまえの刀か。村正《むらまさ》か、生意気に」

「あの人からもらった大切な刀だ。早くその汚ねえ手を離せ！」

「あの人？」

「おれの恩人だ。生きて、自分の道を切り拓けるよう、おれにその刀を託してくれた。同じ大将でも貴様とは大違いの立派なかただ」

山神が鼻で笑い、鞘から刀を引き抜いた。ふたたび平蔵のもとににじり寄っていく。

「そのご立派なかたの予言は外れたな。おまえはこの刀で死ぬんだ」

薄笑いを浮かべながら刀を振りかぶる山神を見て、新太郎はとっさに駆け出した。

「やめてください！」

山神の背中に突進すると、そのままふたりでもつれるように床に倒れた。すぐに平蔵に視線を向ける。

刀がかすめたようで頬にうっすらと血が滲んでいるが、平蔵は無事のようだ。

新太郎を払いのけて山神がすぐに立ち上がった。ふたたび平蔵に向けて刀を振りかぶる山神の背中に突進して、羽交い締めにする。

「やめてください！　こんなこと、軍人がすることではありません！」

必死に山神を押さえつけながら加勢を求めてあたりに目を向けるが、その場にいる坂本や四人の同僚は戸惑ったように動けずにいる。

「わかった。もう離せ」

山神の声が聞こえ、新太郎は手に込めていた力を緩めた。次の瞬間、横っ腹のあたりに山神から肘打ちを食らった。呻きながら膝をつく。

顔を上げると、視界に入ったものにびくっとした。

「貴様、正気か？」山神が刀の切っ先をこちらに向けながら声を荒らげる。

「あなたよりは正気のつもりです」

まっすぐ見つめながら新太郎が言うと、山神が眉を寄せて睨みつけてきた。

「今のあなたはとてもまともとは言えない。この国で生きる人たちを守ることが海軍の使命であるはずなのに、その長であるあなたがやろうとしていることはまったく逆のことです。あなたはこの国を守ることより、ただ青鬼を滅ぼすことに執着している。違いますか？」

「呉鎮守府の長官に物申すとは、それなりの覚悟があるんだろうな」

山神がそう言いながら刀を上段に構える。周囲から息を呑む音が聞こえた。

「長官……」

坂本が声を発した次の瞬間、山神がこちらに向けて刀を振り下ろした。とっさに顔を伏せて目を閉じる。

額のあたりに鋭い風を感じたが、痛みはなかった。

激しい動悸に胸が押しつぶされそうになりながら、新太郎はゆっくりと目を開けた。

床に落ちた数本の短い髪の毛が目に入った。顔を上げると、すぐ目の前に刀の切っ先があった。憎々しげにこちらを睨みつけていた山神が新太郎の前から離れ、あたりに目を向ける。

「榎木を捕らえて、こいつらと一緒に牢にぶち込め」

同僚たちはどうしていいかわからないようで、互いに顔を見合わせながら立ちすくんでいる。

「早くしろ！」

山神が一喝すると、まわりにいた者たちが慌てて新太郎を取り囲んだ。乱暴に腕やからだをつかまれ、立ち上がらされる。

三十二

お鶴はいったいどこにいるのだろう。

鈴はつけ台の前に所在なく座りながら、がらんとした店内を見回した。

昨夜、蒼皇船で鬼仙島に戻ってきた。島に着いても他に行くところもなくまっすぐ鶴屋に向かったが、店は閉まっていて外から呼びかけても応答がなかった。野宿するわけにもいかず、窓から中に入って待つことにしたが、ほぼ一日経ってもお鶴は現れない。もしかしたら蟻巣島の場所がわかり、蒼狼に会いに行っているのかもしれない。蒼狼の口添えによって海龍がお達しを撤回し、島の人たちがここから出ていけるようになるのを心から願っている。

昨日の呉鎮守府での光景が脳裏から離れない。

鬼にでも憑かれたような形相でまくしたてる山神の姿に、海軍は今すぐにでもこの島に攻め込んでくるのではないかと危惧を抱いている。

海族の首領である海龍の居場所を島民から聞き出すために。

物音がして、鈴は目を向けた。戸が開き、お鶴が入ってくる。鈴を見ると、お鶴が驚いたように口を開く。

「勝手に入ってすみません」鈴は立ち上がって頭を下げた。

「あんた……何でここにいるんだい？」

「やっぱり戻ることにしたんです」

「どうして……」信じられないというようにお鶴が訊く。

「海と山の争いを止めなければならないからです」

「海と山の争いって……」お鶴が惚《とぼ》けたように首をかしげた。「もしかして源三さんが言ってた話かい？　あんた、あんな与太話を……」

「海の一族と山の一族は本当に存在します」

遮るように鈴が言うと、お鶴が口を閉ざした。真剣な眼差しでまっすぐ鈴を見つめる。

「そのふたつの一族は争いを繰り返し、代わる代わるこの国を治めてきたと、源三さんはおっしゃっていました。今の戦いでの山の一族の首領はおそらく呉鎮守府の司令長官の山神です」

「もしかして海の一族の首領は海龍様ってことかい？」

鈴は頷いた。

「そしてわたしと、兄の新太郎も山の一族です」

お鶴が肩を震わせた。だが、視線はまっすぐこちらに据えられたままだ。

「兄は山神から高く買われていたそうです。山神は料理店の雑用係だった兄に学費とわたしの生活費を出してまで、海軍に入ることを勧めました。それは兄に軍人としての資質があったからではなく、山の一族だったからでしょう」

「お兄さんには会えたのかい？」

その問いかけに、心に暗い影が差した。

鈴は首を横に振った。

「なら手紙は……」

「兄は亡くなったそうです」

そう呟くと、お鶴が絶句した。

「海賊と戦っているときに海に投げ出されて……」

「そうかい」

お鶴が憐憫の眼差しを向けながら近づいてくる。そのまま抱きしめられ、それまで堪えていた感情が一気にあふれ出てきた。胸もとに顔を埋《うず》めて泣きじゃくっていると、優しい手つきでお鶴が鈴の頭を撫でる。

「辛かったね……」

鈴の悲しみが流れ込んだようにお鶴のからだも激しく震えだした。自分の泣き声に混じり、お鶴の嗚咽が聞こえてくる。

「大切な人をなくすっていうのは……辛いよねえ……」

鈴は顔を上げた。手で涙を拭うと、目から涙をあふれさせているお鶴が見えた。

「わたしも大切な人をなくしたばかりだからさあ……」

「大切な人って……もしかして蒼狼さんですか？」

お鶴が頷いた。

「あんたが出ていってからずっと蒼狼さんの居場所を探していたんだよ。鯨様の一員という人にやっと行き当たって蒼狼さんと蟻巣島について訊ねたら……海軍との戦の際に名誉の戦死を遂げたって……」

「そうだったんですか……」

蒼狼に対して鈴はいい印象を抱いていないが、それでもお鶴にとっては大切な人だ。心の中で蒼狼の冥福を祈った。

「あんたはここに戻ってくるべきじゃなかった」お鶴は涙を拭うと厳しい眼差しでこちらを見つめた。「あんたが海の一族と敵対する山の一族であればなおさらだよ。これ以上、大切な人を失いたくない……」

自分も同じ思いだ。だからここに戻ってきた。

「あんたに何ができるんだ。どうやって海と山の争いを止めようっていうんだい。そんなことできっこないんだよ」

「蟻巣島の場所はわからないままですか？」

いきなり話題を変えたせいか、お鶴は訝しげな表情をしたが、すぐに頷く。

「蒼狼さんのことを教えてくれた鯨様の一員も蟻巣島については口をつぐんだままだった」

何としてでも灯に会わなければならない。海と山の争いを止めるためには灯の助けがどうしても必要だ。

帰りの船の中で文子に灯への伝言を託したが、鈴の求めに応じてくれるかどうかわからない。

海軍にとって敵であるはずの灯を助けるために新太郎は亡くなった。新太郎の死に灯が何も思わないはずはない。

今となっては鈴に何も言わないまま鬼仙島からいなくなった気持ちがわかる。鈴のために蒼皇船の手配をしたのは、灯なりの精一杯の償いだったのだろう。

「明日、そのかたに会わせてもらえませんか」鈴は決意を込めて言った。

三十二

鉄格子の扉が開くと、灯は牢の中に手を差し入れた。空になったやかんとかごを外に出し、代わりに持ってきた水と食料を置いたが、牢の中にいる男たちはほとんど動かない。

南城が扉を閉めて鍵をかけると、ようやく四、五人の男が緩慢な動作でかごに近づいた。むさぼるように蒸かした芋とやかんの水を口にする。

奥のほうで固まっているうちの半分ほどは生気のない顔で倒れ込んだまま小さな呻き声を漏らし、もう半分は息をしているのかどうかすら、ここからではわからない。

「行こうか」

南城に言われ、灯は牢から目をそらしてその場を離れた。

「先ほど海龍様と話をした。明日の夜にあいつらを船に乗せて蟻巣島に向かう。これ以上消耗されたら連れ出すにもひと苦労だからな」

捕虜のうち、体力のある三人だけを残して他の者は殺せというのが海龍からの命令だ。

「おまえに指揮を執らせろとのことだった。生かす三人を選び、蟻巣島にいる同志の中から何人か選んで残りの者を殺すよう命じろと。平蔵がいたなら嬉々として引き受けただろうがな。処刑が済んだら三人を本土まで運んで解放する」

ひたすら心の中を空白にしようと努めながら歩いていたが、南城に肩をつかまれた。

「明日はおまえのことをしっかりと見届けさせてもらうぞ。海龍様や蒼狼様の代わりにふさわしい、おれたちの指導者になれるかどうか。蒼狼様もあの世から見てくださることだろう。自分の命をかけてまで守った男の晴れ姿を」

頷くしかない。

「おれはこれから蟻巣島に行って大きな船を持ってくる。おまえは明日に備えてゆっくり休め」南城はそう言うと灯の肩を叩いて離れていく。

灯は炊事場に空のかごとやかんを運ぶと、自分の部屋に戻ろうと歩きだした。だが、自然と違うほうに足が向く。

たどり着いたのは負傷した仲間たちが療養している大広間の前だ。その向かいにある部屋の戸を開けると、奥のゆりかごで寝ている凜が目に留まった。

部屋に入ると灯は音をさせないようにゆっくりと戸を閉めて奥に向かう。ゆりかごの前で立ち止まり、すやすやと気持ちよさそうに眠っている凛を見つめる。

灯は思わず凛のほうに手を伸ばした。起こさないように指先で軽く頬のあたりを撫でる。指先に温かい感触と小さな鼓動を感じ、こんなに小さいのに生きているという、当たり前のことを噛み締める。

この赤ん坊にも自分たちと同じ邪悪な血が流れているのだろうか。

今はこんなにも無防備で、無垢《むく》な姿をしていても、いずれは自分の欲のために他者を傷つけ、どんな残虐なことにも手を染めてしまうようになるのだろうか。

人間というのは何とも愚かな生き物だ。

もうやめてしまいたい。

このまま自分の部屋に戻ればその願いは簡単に叶う。

これ以上大きな罪を犯す前であれば、もしかしたらあの世で爺に会えるかもしれない。

物音に我に返り、灯は振り返った。戸を開けて部屋に入って来た文子が灯を見て驚いたように足を止めた。

「勝手に入ってごめんなさい。凛ちゃんの顔が見たくなって……」

灯が詫びると、「いえ……」と文子が戸を閉めて近づいてくる。

「ちょうどよかったです。灯さんにお話があったので」

「ぼくに話ですか？」

「鈴さんのことです」

文子に小声で言われ、胸がざわついた。

「鈴が鬼仙島に戻ったというのは本当なんですか」

海龍のはったりだと思いたい自分がいる。だが、文子はこちらを見つめながら頷いた。

「どうして⁉」

「わかりません……」文子が首を横に振った。「ただ、本土に戻る船の中で、お兄さんに会って自分の思いを伝えたら鬼仙島に戻りたいので、翌日に広島まで船で迎えに来てほしいと頼まれました」

いったいどういうつもりでそんなことを頼んだのか。

「それで……」灯は先を促した。

「鎮守府でお兄さんが亡くなったと聞かされたそうで、鬼仙島に戻るまでずっと沈んだ様子でした」

その時の鈴の心情を想像して胸が張り裂けそうになる。

「ほとんど会話を交わせるような雰囲気ではありませんでしたが、ひとつだけ頼まれ事をされました」

「何ですか」灯は訊いた。

「灯さんにどうしても会いたいと……会って話したいことがあると」

どんな話がしたいというのだろう。もしかして、灯のせいで新太郎が亡くなったと知り、責めたいのか。

「このまま灯さんがいるところに行けないだろうかと言われましたが、さすがにそれは危険なので止めました。もっと早くにお伝えしたかったんですが、わたしも昨夜鈴さんと一緒に鬼仙島で船を降りて、先ほど『本殿』に来たばかりなので」

「鬼仙島に着いてから変わったことはありませんでしたか？」

灯が訊くと、文子が意味を測りかねたように小さく唸った。

「誰かが鈴のことをつけていたり……」

「さあ……鈴さんと別れるまで特にそういう人は見かけませんでしたが。鈴さんとは鶴屋の前で別れましたので、それからのことは……」わからないと首を横に振る。

鶴屋にはお鶴がいる。だが、それで安心はできない。仲間たちがその気になればどこにいようと鈴に危害を加えることなど造作もないことだ。

鬼仙島にいるかぎり。

「ありがとうございます」灯は文子に礼を言って部屋を出た。

自分の部屋に戻って戸を閉めると、棚に向かって引き出しを開けた。中に入っているものを取り出す。

蒼狼の形見分けとして譲り受けた拳銃だ。

こんな物騒なものなどほしくもなかったが、蒼皇の長となる者が受け取るべきだと南城に無理やり持たされた。

弾倉を確認すると五発の弾丸が入っている。

先ほどまではこれを使って逃げることばかり考えていたが、それを選択する前にやれるだけのことはやってやろう。何としても鈴のことだけは守りたい。

灯は拳銃を懐に入れて着物の内側から帯の隙間に挟み込むと部屋を出た。廊下を進み、建物の外に出る。船着き場につながる階段を下りようと足を踏み出す。

「どちらにいらっしゃるんですか」

背後から女の声が聞こえた。振り返ると、寧々が立っている。

「ここから出ていこうというんですか」

灯は懐の中に手を差し入れ、取り出した拳銃を寧々に向けた。

「お願いですから大声を出さないでください」灯はそう言いながら引き金に指をかける。

寧々は向けられた銃口に怯む様子もなく、むしろ微笑みを浮かべる。

「そのまま引き金をお引きになったらどうですか。邪魔な人間を容赦なく殺せるほど成長されたと、海龍様もさぞお喜びになられるかもしれません」

「おれはすでに人を殺しています。ただそれは成長ではなく退化です。人間がただの獣になり下がったという……」

「灯様に撃たれるなら本望です。きっと灯様なら、ご自身が死ぬときまで殺したわたしのことを忘れられないでしょうから」

灯は銃口を向けながら寧々に近づいた。

「ごめんなさい」と言って、銃把《じゅうは》で寧々の頭を殴りつけて気絶させた。灯はその場に寧々のからだを横たえると、船着き場につながる階段を下りていく。

三十四

誰か入ってきたようだ。

新太郎は鉄格子のほうに寄って外を窺ったが、ここからでは入り口の様子は見えない。

「長官に言われて交代することになった」

坂本の声が聞こえた。

「わかった。よろしく頼む」

男の声に続いて扉が閉まる音がした。薄闇の中で足音が響いたが、すぐにやんだ。

「これはこれは……裏切り者の庄之助じゃねえか」

少し離れた場所から声が聞こえた。平蔵のようだ。

「捕らえられたというのに相変わらず威勢がいいな、平蔵。だがそれも長くは続かないだろうがな。いずれおまえは縛り首にされる。多くの人を殺めた罪でな」

「死ぬのなんか怖くはねえや。人はどうせいつかは死ぬ。誇りを胸に抱きながらあの世に行ってやる」

「誇り……ね。村正なんて刀を託されたってことは、おまえも立派な武士だったんだろう。だが食いはぐれて海賊に成り下がったってわけか」

「食いはぐれたわけじゃねえ。海龍様の志に共感したからついていくことにしたんだ」

「海賊なんぞに志も誇りもない。ただの盗人の人殺しだ。あの世に行ったらどんな地獄が待っているだろうな」

「おれが地獄に行くというならおまえも同じだ。おれほどではないだろうが今までに何人斬った？　必死に命乞いをする船乗りを斬ったこともあったっけなあ」

　平蔵の話を聞きながら、胸に苦いものが広がってくる。

　自分が憎む海賊を退治するためとはいえ、罪のない者を殺さざるを得なかった坂本の心中を思って煩悶《はんもん》した。

「なあ、こうやって顔を合わす機会もそうそうないだろうから、ひとつ聞かせろ。蒼狼さんに成敗されたおまえの親父も、あんときの船乗りのように情けなく命乞いしてたか？　きっとそうだろうなあ」

　平蔵の高笑いが聞こえると同時に、錠を開ける音がした。続いて肉を叩く鈍い音と、呻き声が響く。錠が閉じられ、足音がこちらに近づいてくる。

　鉄格子の向こうに坂本の姿が現れた。肩で息をした坂本がこちらを見つめながら目の前にしゃがみ込む。

　坂本の顔から手もとに視線を移すと、両方の拳から血が滴《したた》っている。

「あいつと遊ばせてほしいと頼んだら、長官がここに来るのを許可してくれた」

　その声に、ふたたび坂本の顔に目を向けた。じっとこちらを見つめてくる。

「そうか……」

「どうして長官に対してあんなことをした。あいつはおまえが庇うような奴じゃない」

「別に庇ったわけじゃない。思っていることを言ったまでだ」

「少尉候補生でしかないおまえが長官に楯突《たてつ》くなんて、まったくどうかしてる。除隊させられるだけじゃ済まないかもしれないぞ」坂本がそう言って溜め息を漏らす。

「おまえはずっとここにいなかったからわからない。ここしばらくの長官の命令は常軌を逸してるんだ。海賊を殲滅することへの執着が……」

「おおいにけっこうじゃないか。海賊を殲滅することも海軍の大きな使命だ。奴らは質《たち》の悪い害虫でしかない。海軍が持っているあらゆる装備を使って駆除するべきだ」

「おれだって人々を襲う海賊は何とかするべきだと思ってる。だけど長官のやりかたには問題がある」

「きれいごとばかりじゃ海賊はいなくならない。どんな手を使ってでも奴らを滅ぼすという強い覚悟を持って挑まなければな。そうしなきゃ、海賊がいなくならなきゃこの国に平穏はない。そのためにおれは長官から仰せつかった任務に従事してきたんだ。それに異を唱える人間は海軍には必要ない」

「おれは……」

「いつの間にかすれ違ったようだな」遮るように言って坂本が立ち上がった。「兵学校時代、おまえとは心を同じくする同志だと思っていたが……」

お互いに賊によって家族を奪われたことを言っているのだろう。

「おれの思いはあの頃と変わらない。だけど……」

「もういい。おまえと議論するためにここに来たんじゃない。ひとつ伝えなきゃいけないことがあったからだ」

「おれに伝えなきゃいけないこと？」

そうだ、と坂本が頷いた。

「おまえの妹が鬼仙島にいる」

その言葉の意味がわからず、新太郎は首をひねった。

「鈴ちゃんが鬼仙島にいるんだ」

坂本にふたたび噛んで含めるように言われ、新太郎は愕然とした。

「鈴が？　どうして鈴が鬼仙島に……？」

にわかには信じられない。

「おまえが助けた青鬼を捜すために来たんだと」

灯――

「おまえもあの男を知っているのか？」思わず名前を呟いていたようで坂本に訊かれた。

「ああ。子供の頃、同じ村で暮らしてた。幼馴染みたいなもんだ」

「それで灯のことを助けたってわけか」

助けたいと思っての行動だったか自分でもよくわからない。ただ、とっさにからだが動いた。

「おれは鬼仙島から出ていくよう説得したが、彼女は聞き入れてくれなかった。もっともそのときはおまえの学生時代の友人ということを伏せていたから、信用されなかったのかもしれない。昨日、鈴ちゃんがここを訪ねてきた」

「呉鎮守府に？」

「ああ。おまえに会いに来たんだろう。ここを出ていく際に鈴ちゃんに声をかけた。とりあえず鬼仙島から出たことに安堵していたが、彼女はこれから島に戻ると言って聞かなかった」

「どうして、島に？」

「やらなければならないことがあると言っていた」

あんなところに戻って何をやらなければならないというのか。

「もうすぐあの島は火の海になるから絶対に行くなと何度も訴えたが、『だから戻るんです』とまったく聞き入れる様子も見せず去ってしまった。もしかしたら鬼仙島に行くのを諦めてくれたかもしれないが……」

――向かったかもしれない。

海族とその首領が潜伏する『本殿』の場所を知っている者を見つけるために、鬼仙島と蟻巣島に兵を差し向けると先ほど山神が言っていた。

さらに以前には、捕らえた青鬼を拷問して根城を吐かせて、総攻撃を仕掛けてやると豪語している。

海軍と海賊が交戦状態になれば、坂本が言うように鬼仙島は火の海になってしまうかもしれない。いや、鬼仙島だけでなく他の島も。

「何とかしたかったが止めることができなかった。それはすまない……」坂本がそう言ってその場から離れようとした。

「ちょっと待ってくれ」

新太郎が呼び止めると、坂本が足を止めてこちらを向いた。

「英国の兵士はまだ生きてるのか」新太郎は訊いた。

「おそらくな……だが、おれたち下っ端は『聖』を奪った後から姿を見ていない」

「どこに捕らえられてるんだ」

「『本殿』だろう」

「海賊とその首領が潜伏するという場所か」

「海賊の中でも青鬼……島の奴らは蒼皇と呼んでもてはやしているが、そいつらとそいつらの首領である海龍だけが立ち入ることのできる場所だ。だからおれたちはそれが島なのか、島だとしてもどこにあるのか、まったくわからない」

「坂本……おまえに頼みがある」

神妙に言いながら新太郎が立ち上がると、坂本がこちらを見ながら首をひねった。

「ここから出してくれ」

新太郎の願いを聞いて、坂本が目を丸くする。

「そ、そんなこと……できるわけがないだろう」

「おまえに迷惑をかけるのは重々承知のうえだ。だけど頼む。おれの様子がおかしくて牢の中に入ったらいきなり襲われた、ということにでもして、おれをここから出してくれないか。どうしても行かなきゃならない」

「行くって、鬼仙島にか？」

新太郎は頷いた。

「鈴ちゃんを連れ出すためか」

「もちろんそれもある」

「それも？」

「『本殿』の場所がわかったら、長官は有無を言わさずそこを総攻撃するだろう。青鬼とその首領を葬るために。だけどそこに英国兵士が捕らえられているならどうなる……」

　新太郎の言葉に坂本が目を剝いた。

「英国兵士も巻き添えを食うことになるんだ」

「まさか……長官だってそうならないように考えているだろう」

「本当にそう思うか？　英国兵士の命を考えるなら、空の荷物を積んだ弁才船で海賊との取引場所に向かわせたりしないはずだ。あのときおれたちに課せられた任務は爆薬が入った胴着を着て、どんなことをしても青鬼をひとり捕まえることだった。そうすれば海賊たちはこちらの要求を呑むだろうという何とも無謀な計画だ。失敗して英国兵士の身に危険が及ぶことになど、長官はいっさい思いを向けていなかった」

　坂本が顔を伏せた。考え込むように唸る。

「英国兵士を人質に取ったのは海賊だ。だけどその救出を優先せず、海軍の攻撃によって死なせてしまったとなったら、どうなる？　英国にとっては海賊も海軍も同じ日本人だ。自分の仲間を死なせた日本に襲い掛かってくるかもしれない。『聖』のような軍艦を何十隻も持った国がな」

坂本は顔を伏せたまま何も言わない。

「海賊を憎むおまえの気持ちは痛いほどよくわかる」

はっとしたように坂本が顔を上げた。

「だけど海賊をやっつける前にやらなきゃいけないことがある。海賊に捕らわれている英国兵士を助け出さなければ、おれたちのような思いをする人たちがこの国のそこらじゅうにあふれ返ることになるんだ」

坂本が息を呑んだのがわかった。

「だけど……ここを出たとしてどうやって鬼仙島まで行くっていうんだ。監視の目があるから海軍の船を使うことはできない」

「ひとつだけ当てがある」

こんな危険な申し出を宗源が引き受けてくれるかどうかわからない。だが、どうにかして説得するしかない。

こちらを見つめながら逡巡していた坂本が、意を決したように洋袴《ズボン》の衣嚢《いのう》に手を突っ込んだ。取り出した鍵で鉄格子の扉を開ける。

「中に入ってくれ。申し訳ないけどおまえを少し痛めつけないと長官に怪しまれてしまう」新太郎はそう言いながら坂本を牢の中に促した。

「おまえに殴られるなんて冗談じゃない。おれも一緒に鬼仙島に行く」

新太郎は驚いた。

「やめておけ。おまえは海賊たちに顔を知られてる。見つかったら裏切り者として八つ裂きにされるぞ」

「そんなのは百も承知だ」

「それなら……」

「変装すればとりあえずごまかせるだろう。それに鬼仙島のことを何も知らないおまえが行ってもあたふたするだけだ」

新太郎は軽く笑いながら頷いて外に出た。足音を忍ばせながら牢の前を歩く。牢の中にはふたりの男と平蔵が褌姿で倒れ込んでいる。

坂本が「ちょっと待て」と言って、扉を半分ほど開けて外の様子を窺った。「大丈夫だ」という合図に新太郎は外に出て、坂本の後ろにぴったりとつきながら廊下を進んだ。そのままふたりで便所に入る。

「すぐに行くから外で待っててくれ」

坂本がそう言って便所から出ていき、新太郎はひとり窓から外に出た。建物の壁に身を寄せて待っていると、便所の窓から坂本が出てきた。

「何をしていたんだ」

新太郎が訊くと、坂本が手に持っていたものをかざした。双眼鏡だ。

「何かと使えるんじゃないかと思ってな。行こう」

身をかがめながら薄暗い中を進み、塀をよじ登った。鎮守府の敷地から出てしばらく行くと「こっちだ」と新太郎が先導し、旅館に向かう。

「鬼仙島に行ったらどうするつもりだ」

後ろから坂本に問いかけられ、新太郎は歩きながら振り返った。

「まず鈴に会う。そして灯に引き合わせてもらう」

海族である灯なら英国兵士が捕らえられている『本殿』の場所を知っているはずだ。

旅館の前にたどり着くと新太郎は建物を見回した。玄関以外の明かりは消え、ひっそりと静まり返っている。

「その恰好で訪ねたら怪しまれかねない。おれが行ったほうがいいだろう」

そう言って旅館に入っていく坂本の背中を見送ると、新太郎はあらためて自分の身なりを見た。

ぼろぼろの洋袴に上半身は下着だ。しかも牢に入れられる前に同僚にしこたま殴られたので、あちこちに血の痕がある。

しばらくすると坂本に連れられて宗源が外に出てきた。寝ていたところを起こされたようで、ぼんやりとした目で新太郎を見る。

「寝酒を待っている間に寝ちまったよ」宗源があくびを嚙み殺しながら言う。

「宗源さん、どうしてもお願いしたいことがあります。今すぐ一緒に鬼仙島に行ってもらえないでしょうか」

「鬼仙島……」宗源がぎょっとした顔になった。

その島の噂を耳にしたことがあるようだ。

「危険なことをお願いしているのは承知しています……ただ、あなたしか頼める人がいない。この国の未来が懸かっているんです」

新太郎は宗源に訴えながら頭を下げた。顔を上げると、真剣な眼差しで宗源が見つめ返してくる。

「さっき夢に沙羅が出てきた。どこに連れていけとねだっていたのかわからないが、とにかく『行って』とおれに頼んでな……」

宗源の言葉を聞きながら彼女の姿が脳裏に浮かんだ。

「荷物を取ってくる」宗源がこちらに背を向けて旅館の中に戻っていく。

三十五

物音が聞こえ、鈴は目を開けた。

雨戸の隙間から淡い光が差し込んでいる。もうすぐ朝だ。

先ほどの物音はいったい何だろう。店のほうから聞こえてきたようだ。

鈴は布団から起き上がると部屋を出た。店に行ってあたりを見回してみたが何も変わったことはないようだ。

草履を履いて店の戸に向かう。戸を開けて外に出るとひんやりとした空気が頬を撫でた。

ふと、足もとに目を留める。地面に放られた石の下で紙切れが風でひらひらと揺れている。

鈴は石をどけて紙を拾い上げた。

神社で――そう書かれている紙を見ながら、鼓動がせわしなくなった。

灯だ。

鬼仙島にいることを他の人に知られたくないので、こんな合図を送ったのだろう。

鈴は店の戸を閉めると、そのまま神社に向かって歩きだした。

まだ明け方なので通りに人の姿はない。灯に会ったらまずどんな言葉をかけようかと考えながら足を進める。

鳥居をくぐると、それまでとは違うゆっくりとした足取りでお堂に向かった。あたりに視線を配ったが人の気配は窺えない。だが灯はどこかで見ているはずだ。

お堂の軒先で立ち止まると、あらためて周囲を見回した。

「灯さん――」と何度か小声で呼びかけると、後ろのほうから木々の擦れ合う音が聞こえた。

振り返ると、草むらをかき分けて出てくる人影が見えた。
はっと息を呑んだ次の瞬間、腹部に衝撃を感じて、視界が真っ暗になった。

三十六

浅瀬まで来ると、灯は船から海に降りた。船尾に回り込んで浜辺に向かって押し進める。満身の力を込めて船を押すが、さすがに黒衣船ほどの大きさになるとなかなか前に進んでくれない。

港に泊めればこんな思いをしないで済むが、すぐに仲間に見つかってしまうだろうと、港の反対側にある砂浜に船を向けた。

船首が砂地に乗り上げたようだ。それからはどんなに力を込めて押しても船はびくともしない。

灯は前に回り込んで船を見た。たしかに船は砂地に乗り上げて安定しているが、潮が満ちれば流されてしまうかもしれない。

灯はふたたび船に乗った。積み込んでいる縄を出っ張りに巻きつけて船を降り、浜辺の近くにある木に固定した。

これでとりあえずは大丈夫ではないか。

手で額の汗を拭うと、灯は浜辺のすぐ裏手に広がる雑木林に向かった。

鶴屋が近づいてくるにつれ、心臓が早鐘を打ち鳴らしたように息苦しくなる。

鈴はどんな目で自分を見るだろうか。

たとえ新太郎が亡くなった理由を知らなかったとしても、今日はすべて正直に話すつもりだ。

灯のせいで大切な新太郎が死んだと知ったら鈴はどんな言葉をぶつけるだろう。そして、そんな男と一緒に本土に行くことを了承するだろうか。

店の前にたどり着くと、すぐに戸を叩いた。しばらくすると戸が開き、顔を出したお鶴が灯を見てはっとなった。

「中に入ってもいいでしょうか」人目につきたくなく、挨拶もなしに灯は言った。

お鶴が頷いたのを見て、灯は店に入った。すぐに戸を閉めて、店内を見る。鈴はいない。

「鈴は？」

灯が訊くと、お鶴が表情を曇らせて首を横に振った。

「朝からいないんだよね。どこに行ったんだか……」

「心当たりは？」

「安蔵町に行ったのかもしれない」

「どうしてそんなところに」

「鯨様のかたから蟻巣島の場所を教えてもらおうと思って、じゃないかい」

その言葉に心臓が波打った。

「どうして鯨に……」

「わたしはずっと蒼狼さんを捜していたんだよ。会ってどうしても頼みたいことがあったから。昨日ようやく鯨様の一員だという人に行き着いて……それで蒼狼さんが亡くなったことを知らされたんだ。昨日の夜、ここに戻ってきた鈴にその話をすると、その人に会わせてくださいって頼まれてね。その前に蟻巣島の場所はわからないかとわたしに訊いてきたから、おそらくそれを訊くためじゃないかい。今日わたしと一緒に行くはずだったんだけど、いつも先走っちゃう子だから、もしかしたらひとりで……」

「鈴はどうして鬼仙島に戻ってきたんですか」

「それがねえ……海と山の争いを止めなければならないからだって」お鶴が深い溜め息を漏らして顔を伏せる。

海と山の争いを止めなければならない——

鈴はそのふたつの一族のことを知っているというのか。自分が海の一族と深い因縁のある山の一族であることも。

「その鯨の人は……安蔵町の何という人ですか?」灯は訊いた。

今の鈴が鯨の一員に近づくのは危険だ。

「鍛冶屋《かじや》をやってる留蔵《とめぞう》という男だよ」

　それを訊くと灯は踵を返して戸に向かった。

「ちょっと待っておくれ――」

　お鶴に呼び止められ、足を止めた。振り返る。

「あんた……海龍様にお会いすることはあるのかい？」

　灯は答えなかった。

「もうすぐこの島に海軍が攻め込んでくるかもしれないんだろう。島の人たちを本土に避難させたいけど、海龍様からお達しが出ていて船を出せないんだよ。海龍様にお会いすることができる立場なら、どうか……」

「おそらく無理です」灯は遮るように言った。

　二度と海龍に会うことはない。

「ごめんなさい。鈴を捜してきます」灯は頭を下げて店を出た。

　安蔵町のほうに向かって坂道を駆け下りる。向こうから坂を上ってくる人が目に留まり、灯は近づいた。

　凛を胸に抱いた文子だ。彼女も灯に気づいて立ち止まった。こちらに向けて会釈する。

「戻ってこられたんですね」文子が言った。

「今日、鈴を見かけませんでしたか」

灯が訊くと、「ええ」と文子が頷いた。

「どこで？」灯は勢い込んでさらに訊いた。

「朝、港でお会いしました」

「港で？」

「わたしは蒼皇船で鬼仙島に戻ったところでしたけど、彼女は罪人船に乗り込もうとしていて声をかけました」

「でも……罪人船は動いていないんじゃ……」

「今朝から動くようになったそうです。しかも海龍様のご厚意なのか船賃は無料になったと。それを島の人から聞いて、本土に戻ることにしたそうです」

鈴は本土に戻った。安堵するとともにかすかな違和感を抱いた。

灯に会いたいという伝言を文子に託していたというのに、どうして心変わりしたのか
——

「灯さんへのことづけを伝えたことは話しました。灯さんに会わなくていいのかと訊くと……」文子が言いづらそうに口を閉ざす。

「何ですか？　教えてください」

「灯さんのことは、もういいと。今日かぎりで忘れると」

胸に鈍い痛みが走った。

「このまま会わなくていいんですか？　今日の夕方にも罪人船は出るそうです。それに乗ればもしかしたら広島の港で会えるかもしれませんよ」

そうしたいのはやまやまだ。鈴に会いたい。忘れたいと思われているならそれもしかたがない。ただ一言、新太郎を死なせた詫びを言いたい。

だが、今の自分は海龍たちから追われる身だ。罪人船に乗るのは危険だろう。仲間に捕まってふたたび『本殿』に引き戻されれば二度とそこから抜け出すことはできなくなる。

夜の闇に乗じて黒衣船で本土に向かうしかない。

「考えてみます。ここでぼくと会ったことは……」

「わかっています。誰にも言いません」

「ありがとうございます」

灯は礼を言うと、今聞いたことをお鶴に伝えるために鶴屋に戻った。

店に入ると、つけ台の前に座っていたお鶴がこちらに顔を向けた。

「どうしたんだい？　鈴は……」すぐに戻ってきたことを怪訝に思ったようで、お鶴が訊いてきた。

「鈴を見かけた人に会いました。今朝出港した罪人船で本土に戻ったそうです」

「罪人船？」

「ええ。今朝から動くようになったそうです。夕方にも船が出るそうなので……」

「そうかい」

船が出ることに安堵したようで、お鶴が溜め息を漏らした。だが、表情はどこか冴えない。

「たしかに昨日……あんたはここに戻ってくるべきじゃなかったって、鈴にきつく言ったんだよ。そうかい、戻っていったんだねえ……だけど何も言わないまま行ってしまうなんて、何だかあの子らしくない……」

たしかに灯もそう思う。だけどお鶴に会えば決心が鈍ると思ったのかもしれない。

「お鶴さんも、どうかお達者で」

「あんたは仲間のもとに戻るのかい？」

灯は首を横に振った。

「鯨を裏切って逃げてきたので帰る場所はありません。頃合いを見計らって本土に向かいます」

何か言いたそうな顔で、お鶴がこちらをじっと見つめる。

「鬼仙島に住む者として軽蔑しますか？」

灯が言うと、お鶴がゆっくりと頭を振った。

「いろんな生きかたがあっていいよ。あんたも達者で」

三十七

海面のはるか向こうにうっすらと島のようなものが見えてきた。次第に近づいていく。真ん中あたりに高い山がそびえ、そのまわりはなだらかな丘陵地になった島だ。

「あれが鬼仙島か？」

新太郎が訊くと、坂本が「そうだ」と頷いた。

「このまままっすぐ進むと港に着きますけど、そこには行きたくないので島の裏手に回ってもらえますか」

坂本が言うと、宗源が「わかった」と帆を操り船を旋回させる。

新太郎は坂本の首にかかっている双眼鏡を取って、覗き込んだ。

島の周囲をぐるりと回るように進むと、それまで見えていた建物はなくなり、切り立った崖と鬱蒼《うっそう》と木々が生い茂る光景になった。さらに進むと砂場が広がる。

「あれ――」

砂浜に泊まった船が見えて新太郎は指を向けた。船体も帆も黒い。

「黒衣船……海賊の船だ。鬼仙島に来るのは珍しい。用心したほうがいいな」

坂本の言葉を聞いて宗源がさらに船を進める。黒衣船があったところからかなり離れた浜辺まで向かう。

「ここで結構です」浅瀬まで来たところで新太郎は言った。

「おれに何か手伝えることはないのか。せめて用事が終わるまでこの島で待っていよう」

新太郎は首を横に振った。

「これからこの島でどんなことが起こるかわかりません。沙羅ちゃんにはあなたが必要です。連れてきてもらえただけで感謝しています。ここで引き返してください」

新太郎の言葉の後に、「ひとつお願いしたいことがあります」と坂本が言い添えた。

「着ているものを交換してもらえないでしょうか。この恰好で島に入ったら十分と経たないうちに島民に八つ裂きにされます」

坂本は軍服のままだ。

「わかった」宗源が頷いて着物を脱いだ。

ふたりの着替えが終わると、新太郎と坂本は船を降りた。

「気をつけてな」

宗源の言葉に新太郎たちは手を振って応え、砂浜に向かって浅瀬を進んだ。

「あそこだ――」

新太郎は足を止め、坂本が指さした先に目を向けた。坂をさらに上った右脇に平屋建ての小屋がある。

あそこに鈴がいる——

まさかこんな形になろうとは夢にも思っていなかったが、一年ぶりの再会だ。

「緊張するか？」

「しないほうがおかしい」新太郎は坂本に言って足を踏み出した。

小屋の前にたどり着くと、坂本が戸を叩いて開けた。覗き込んだが中には誰もいない。しばらくすると奥から女性が出てきた。自分よりも一回りほど年上に思えるきれいな女性だ。

「悪いけど、今日から店は休みなんだ」

そう言いながら向かってきた女性がこちらに目を向けて、はっとした顔で足を止めた。

「あんた……たしか庄之助とかいう……何の用だい」

顔を引きつらせて言う女性の頰にうっすらと傷跡があった。

「そう怒んないでください。鈴ちゃんに客を連れてきたんです」

その言葉に反応したように、女性が「鈴の……？」と呟き、こちらに視線を移す。

「鈴ちゃんのお兄さんです」

口を半分開けながら女性が絶句する。

「榎木新太郎と言います。こいつから聞きましたが、鈴が大変お世話になったそうで。本当にありがとうございます」新太郎はそう言って深く頭を下げた。

「亡くなったって聞いたけど……」

女性の呟きが聞こえ、新太郎は顔を上げた。

「遭難しましたが助けられました。鈴はわたしの職場で上司から亡くなったと聞いたそうですが」

「そうだったのかい……よかったよ」

微笑みながら涙ぐむ女性を見て、鈴がここで過ごした日々の尊さを感じた。

「鈴は？」

新太郎が訊くと、女性は指先で涙を拭って「いないよ」と言った。

「今どこに？」

「今朝の船で本土に戻ったよ」

新太郎は坂本と顔を見合わせた。坂本がすぐに女性に向き直って口を開く。

「だけど罪人船は島から出られないようになったと……」

「今朝からそのお達しは解除になったんだよ。臨時の船をいくつか出して、希望者はすべて今日明日中に本土に行けるようにしたみたいだ。わたしも夕方の船でここを出るつもりさ」

「灯がどこにいるか知りませんか」

その名前を口に出した瞬間、女性の顔つきが変わった。それまでの表情とは打って変わって警戒するような眼差しで新太郎たちを見る。

「わたしと灯は幼馴染みなんです。どうしても彼に会わなければならないのでこの島に来ました」

ここに来る前に灯が住んでいたという長屋に行ってみたがいなかった。

「知らないねえ」女性がそう言ってこちらから視線をそらす。

「本当でしょうか。心当たりもないでしょうか。とても大事なことなんです」

女性の動揺を感じ取り、新太郎はさらに問いかける。

「知らないったら知らないよ」

「それなら『本殿』という場所は？」

「『本殿』？」女性が首をかしげる。

「青……いや、蒼皇たちがいる場所です」

「そちらの鯨さんが知らないことを飲み屋の女将が知ってるわけないだろう」

鯨さんという言葉の意味がわからず、坂本を見る。

「海賊の別称だ」

「悪いけど忙しいから帰っておくれ」

女性が閉めようとした戸を手で押さえ、新太郎は一歩中に入った。

「このままではこの国で戦争が起きます」

新太郎の言葉に気圧されたように女性が戸から手を離して身を引いた。

「この近辺にいる海賊は海軍の軍艦を奪い、乗船していた英国の兵士を人質に取りました。海賊の首領は鬼仙島に海軍が攻め入る可能性を察知して、島民を本土に避難させようと船を出すことにしたのでしょう。だけどそんなことをしても無駄なんです。海賊によってその人質の命が奪われるようなことになれば、英国は日本が到底太刀打ちできない兵力を携えてこの国に復讐するためにやってくるでしょう。そうなれば海軍も海賊も関係なく、この国に住むすべての人たちの生命が危ぶまれることになります」

その言葉の真偽を探るように女性がじっとこちらに視線を据えている。唇が小刻みに震えだした。

「それを回避するためには人質になった英国の兵士を解放するしかありません。だから人質の居場所を教えてもらうために、どうしても灯に会わなければいけないんです。何か知っていることがあったら教えていただけないでしょうか」

女性が考え込むように顔を伏せた。すぐにこちらに視線を戻す。

「少し前に灯がここを訪ねてきた。頃合いを見計らって本土に向かうそうだから、まだこの島のどこかにいるはずだよ。仲間を裏切って逃げてきたって言ってたから、どこかで身を隠してるんじゃないかい」

嘘はついていないようだ。

「ありがとうございます」

礼を言いながら店の外に出ると、目の前で戸が閉じられた。

「どこかに身を隠してるんじゃ捜しようがない。これからどうする？」坂本が落胆の溜め息を漏らす。

「この島を歩き回るしかないだろうな」

海族が近くにいれば何かを感じるはずだ。

三十八

何かの気配を感じて鈴はゆっくりと目を開けた。

薄闇の中にいる。すぐ目の前にある人影にぎょっとして身を引いた。だが遠ざかれず、自分のからだを見回す。椅子に座らされ、紐のようなものでからだを縛りつけられている。

「ようやく目が覚めたか」

女性の声が聞こえ、正面を見た。薄闇に紛れて声の主をはっきりと認識できない。じっと目を凝らしていると、次第に鎧を身に着けた人物の姿があらわになっていく。

その人物は鈴に向かい合うように椅子に座っている。兜のように逆立たせた髪に顔には面頬をつけていた。表情はわからないが、面頬から覗くふたつの目は蒼く光っている。

「あなたはいったい……ここは？」

　鈴はそう言いながらあたりを見回した。ろうそくの火がいくつか灯されただけの薄闇に包まれていて、どういう空間なのかわからない。

「皆はわたしのことを海龍と呼んでいる」

　地の底から響くような声に、からだが激しく震えだした。

　目の前にいる人物が海龍――女性だというのか。

「ずっとおまえに会いたいと思っていた。だからここに連れてきてもらった」

　目の前の人物を見つめながら記憶がよみがえってくる。神社で灯の名を呼びかけると、背後で物音がして振り返った。

　草むらから出てきたのは灯ではなく、蒼い目をした三人の男だった。男たちが鈴に向かってきてからのことは覚えていない。おそらく気絶させられ、ここに連れてこられたのだろう。

「どうしてわたしと会いたいと？」

　鈴が訊くと、くぐもった笑い声が聞こえた。

「息子が心を奪われる女性に会ってみたいと思うのは母親として当然だろう」

　その言葉に激しく胸を衝かれた。

「灯さんの……お母さん……」信じられない思いで呟く。

「如何《いか》にも。ただ、本当の名は灯ではなく、信仁《のぶひと》だ。おまえが鬼仙島に来なければすべてはうまくいったというのに……まったく馬鹿な女だ。どうして犬の女が信仁に会いにきた」

「ありがとうと、ごめんなさいを……言いたかったから」

　鈴が言うと、海龍がかすかに首をひねった。

「子供の頃、村の沼で溺れたときに灯さんに命を救われました。だけど……わたしは灯さんのことを救えなかった」

　自分にとってはあくまでも灯だと、その名前で通した。

「救えなかった？」

「蒼い目をしているということで灯さんは村の人たちから虐げられてきました。だけどわたしにはどうすることもできなかった。灯さんが村を出ていってからもずっと心の中に後悔の念が残っていました。だから……」

「犬に信仁を救えなどしない。そんなことをされても迷惑なだけだ。蒼皇と犬は決して交わってはならないのだ」

「どうしてですか……」

「宿命だ」

「そんな……おかしいです。同じ人間なのに。お互いを思い合う気持ちがあれば海も山も関係ないと思います。いえ、海や山の一族だけでなく、たとえ環境が違う人たちでも、違う国に暮らし、違う言葉を話している人であっても」

「どんな思いよりも血の濃さが勝る。それが蒼皇と犬と、他の人間との違いだ。わたしも昔、犬の男を好きになったことがあった。おまえも一昨日出会った男だよ」

　一昨日出会った男――犬――

　呉鎮守府の司令長官の山神のことを言っているのだろうか。だけど、どうして鈴が山神に会ったことを海龍が知っているのか。

「わたしは長州藩の隠密を役目とする一族の娘だった。山神も同じ長州の人間だが武家ということで道ならぬ恋であった。ただ、たとえ立場は違っても、互いに因縁の血が流れていようとも、死ぬまで一緒にいたいと心の底から思っていた。その結果がこれだ」

　面頬を外した海龍の顔を見て、鈴は息を呑んだ。無残に爛れた顔に胸が詰まりそうになる。

「あの男はわたしの屋敷に火を放ったのだ。まわりの犬仲間に自分の存在を強く認めさせるためにな。あの男がわたしに近づいたのは、蒼皇の長であったわたしの父の居所を調べるためだったのだろう。浅はかだった自分のせいで、わたしは家族を失った。それからはあの男……いや、すべての犬どもへの復讐心だけを胸に何十年も生きてきた。いつか互いを憎みあうようになる。どちらかが死ぬまでな。それが蒼皇と犬の血だ」

「わたしはそんなふうにはなりません。灯さんを憎んで生きるなんてありえない。灯さんもきっとそう思ってくれているはずです」

「未来が見えないからそう思っているだけだ」

海龍に一蹴され、鈴は悔しさに唇を噛み締めた。

「別におまえのことだけを言っているわけではない。我々すべての人間は残念ながら未来を見ることはできない。だから確実なものもわからない。物事の多くは時代によってその姿を変えていくからだ。ただ、その中でひとつだけ確かなものがある。それは一族の血だ。遠い昔から未来永劫その血だけは変わることはない」

そんなことはないと、唇を噛み締めながら鈴は首を横に振った。

「どちらかがもう少し聞き分けがよければ、おまえの最期も違っていたろうに」

傷跡をひきつらせた海龍の笑みを見て、背筋に冷たい感触が走る。

「わたしを殺すつもりですか」

「信仁が自分でおまえを引き剝がせないなら、母親としてわたしがそうしてやるしかなかろう。大切な息子がわたしのように苦しむ前にな」

海龍はそう言って立ち上がると、こちらに背を向けて歩きだした。扉を開けたようでそこから光が差し込む。

「南城、寧々、準備をしてくれ」

海龍の声が聞こえ、何かの機材を抱えた男と、女性が入ってくる。鈴の前に来ると男が運んできたものを組み立てる。写真機のようだ。

いったい何をしようというのだろう。

「紹介しよう。信仁の許嫁の寧々だ」

海龍の言葉に、鈴は女性に目を向けた。

蒼い目のきれいな女性だ。女性はこちらに軽く会釈して、部屋の隅に向かう。ろうそくを持ち、行燈《あんどん》に火をつけて回った。ぼんやりとした灯りが室内に広がる。

「じゃあ、こっちを向け」

男の声が聞こえ、鈴は写真機のほうを向いた。

「これから写真を撮るからしばらくじっとしてろよ」南城と呼ばれた蒼い目の厳《いか》つい男が写真機の横から命令する。

鈴は写真機を睨みつけながら、ここから逃げる手段はないかと必死に考えた。

三十九

いったい何なんだ。

先ほどから不快感がこみ上げてきてしかたがない。まるで胃の中に得体の知れない蟲が無数に湧き、暴れ回っているようだ。

灯はその場で腰を折って嘔吐《えず》いたが、胃液すら出てこない。

外の空気に触れようとお堂の扉に手をかけて灯は愕然とした。木戸の隙間から覗く人影にとっさに手を引っ込める。

お堂のそばを歩き回っている男を食い入るように見つめる。

間違いなく庄之助――いや、本当の名前は坂本昭信と名乗っていた。

どうして庄之助がこんなところにいるのかと思ったが、手で口を押さえながら後をついていく男を見て自分の目を疑った。

新太郎――

まさか。似た人物だろうか。

「榎木、どうだ？」

庄之助が後ろの男を振り向いて言うと、口もとから手を離して男が頷いた。

榎木新太郎。間違いなさそうだ。

生きていたのかと安堵すると同時に、どうして新太郎が鬼仙島にいるのかと、訝しい思いが増していく。

庄之助に問いかけられた新太郎がその場に立ち止まった。こちらのほうに目を向ける。

「そこにいるのは灯か？」新太郎が胸を押さえながら近づいてくる。

どうやら灯と同じように吐き気を堪えているようだ。

灯はお堂の扉を開けて外に出た。立ち止まった新太郎と視線が交錯する。

「生きてたのか」

「何とかな……」新太郎がそう言って軽く笑った。

「海軍が上陸して青鬼を捕まえに来たか」

灯が隠れている数時間の隙に鬼仙島が海軍に制圧されたとは信じがたい話だが、それ以外にこのふたりがここにいる理由が思いつかない。

「そうじゃない。おまえのことを捜しにふたりでやってきた」

どういうことだ。

「『本殿』まで案内してほしい」新太郎がまっすぐこちらを見つめて言う。

海龍のもとに戻るなど冗談ではない。

「本殿？」灯はしらばくれた。

「英国兵士が捕らわれている場所だ。海龍に近しいおまえなら知ってるだろう」

「それを知ってどうするつもりだ」

「救出に行く」

真顔で新太郎に言われ、思わず吹き出しそうになった。

「正気の沙汰か？　おまえらふたりだけで何ができる。死にに行くようなもんだ」

「それでも行かなきゃならない。おまえならわかるはずだ」

「わからないね」灯は新太郎から視線をそらした。

いや、わかっている。このままでは大きな災いがこの国に降りかかることになる。外国との戦争という災いが。

「坂本から聞いた。おまえは誰よりも、人を傷つけ苦しめることを望まなかったと。だから仲間を裏切ってこんなところに隠れているんだろう」

どうしてそのことを知っているのだ。ここに来る前に鶴屋に立ち寄り、お鶴から聞いたのだろうか。

「それを知ってるならなおさらおれに行く気はないとわかっているだろう」

「このままだと、この国に暮らす誰もが殺戮《さつりく》を強制される世界になってしまう。どうかおれたちに協力してくれ」

「三人ぽっちの力でどうこうできることじゃない。海軍はいったい何をやってるんだ」灯は新太郎に向けて苛立ちをぶつけた。

「海軍が当てにできるなら、おれたちだけでこんなところには来ない」

「呉鎮守府の司令長官が山の一族だからか」

灯が訊くと、新太郎が頷いた。

「英国兵士よりも海の一族の長を滅ぼすことにご執心だからな」

「何だよ、山の一族と海の一族って……」

横から庄之助が訊くと、新太郎がそちらを向いて「愚かな奴らってことさ」と嘆いた。すぐにこちらに視線を戻す。

「そうじゃないか？」

少しの間の後、「まったくだ」と灯は頷いた。

「おまえの言うとおり、たしかにおれたちは死にに行くようなものかもしれない。だけどたとえそうであったとしても、指をくわえてただ見ているわけにはいかない。おれにはどうしても守りたい人がいる」

鈴だろう。

「二度と大切な人を無残な形で失いたくない。それはここにいる坂本も同じだ。その思いで海軍に入った。ここで何もしないのは、それらの思いを捨てるのと同じことだ」

その思いは灯も持っている。どんなことがあっても鈴を守りたい。たとえ本土にいようとも、外国と戦争になってしまえばこの国に暮らす誰もが身の安全と生活を脅かされることになる。

鈴……

「おれたちは『本殿』の場所も、そこがどういう構造になっているのかもわからない。どこに英国兵士が捕らえられていて、そこにどれぐらいの海賊が待ち構えているのかも。それらがわかれば、もしかしたら……」

それを知ったとしてもこの三人だけで英国兵士を救い出すのは無理だろう。だけど……

「わかった。どうせおまえにもらった命だ。『本殿』に案内する」

「ありがとう」と新太郎が表情を緩めた。

昔、何度か見せたことのある懐かしい笑みだ。

「『本殿』に行く前におまえに頼みたいことがある」

そう言った庄之助に目を向けた。

「何とかして船を用意してほしい。英国兵士をすべて乗せられるぐらいの」

「港の反対側に黒衣船を泊めてある」

あの船であれば何とか全員乗せられるのではないだろうか。

三人が寄り集まり、互いを見合った。新太郎も庄之助も悲壮な表情を浮かべている。おそらく自分もそうなのだろう。

「行こうか――」

新太郎の言葉を合図に、三人が鳥居に向かって歩きだした。

四十

拳を叩きつける音が響いて、寧々が椅子から立ち上がった。扉に向かい、備え付けられている小窓を開けて「どうしたんですか」と外に向けて問いかける。

「大変です！　海龍様にお話を！」

切迫した男の声が聞こえ、寧々が扉を開けた。男が部屋に入り、海龍のほうに向かう。

「どうした。騒々しい」鈴の前に座っていた海龍が男に目を向けた。

「今しがた蟻巣島から伝令が来ました。蟻巣島が『白山』と他二隻の軍艦に襲撃され、甚大な被害を受けたとのことです。蒼皇も含めて仲間の多くが捕らえられた様子なので、この場所を知って進撃してくるのも時間の問題ではないかと。伝令を届けた船も攻撃を受け、乗組員の何人かが亡くなっております」

男の話を聞いて、寧々と南城が顔を引きつらせながら海龍を見ている。

「そうか……ついに来たか」海龍に動揺した様子はない。

「海龍様、いかがいたしましょう」

南城が伺いを立てると、海龍が立ち上がりながら口を開いた。

「『本殿』にいるすべての者に伝えよ。持てるだけの食料と財貨を船に積み込み、今すぐ『本殿』から離れろと」

「英国の兵士は？」南城が訊く。

「そのままここに留めろ」

「しかし、我々が逃げ延びるための切り札になるのでは」

「必要ない。他に考えがある」

「他に考えとは……」南城が戸惑ったように言う。

「昨夜、呉鎮守府に潜ませている同志から連絡を受けた。今日にでも海軍は鬼仙島と蟻巣島に向けて軍艦を出撃させるつもりだと。そこでわたしは考えた。わたしはこの女と英国兵士とともにここに留まる」

　その場にいた三人が呆気にとられたように海龍を見つめる。

「そんな……どうして海龍様がここに……」それ以上の言葉が見つからないようで南城が口を閉ざした。

「蒼皇の未来のためだ。これからしばらくはおまえが指揮を執るんだ」

「しかし……」

「これは命令だ！　早く皆に報せろ。時間がない」

　海龍に鋭く言われ、南城と男がしかたなさそうに部屋を出ていく。寧々は海龍の傍らで立ち尽くしたままだ。

「海龍様ひとりを置いていけるはずがありません。わたしもここに残ります」

　海龍が寧々に顔を向けた。

「おまえにはやってもらわなければならないことがある。だからここに残ってはならない。おまえに蒼皇の未来が懸かっているのだ」

「わたしに……蒼皇の未来が……？」

「いずれ呉鎮守府の司令長官の山神は軍艦を引き連れてここにやってくる。そしてわたしだけでなく英国の兵士もろとも、ここを攻撃するだろう。目的のためなら手段を選ばない奴だ。おまえは英国領事館に行き、その事実を伝えるのだ。先ほど撮ったこの女の写真を携えて」海龍がそう言ってこちらを見た。

どうして鈴の写真を英国領事館なんかに……何を考えているのか。

「この女は呉鎮守府に行って山神と会っている。この女はここに英国兵士が捕らえられていることを山神に伝え、山神はそれを承知のうえでここを攻撃させたと英国領事館に訴えるのだ」

いったいどういうことだ。どうして自分が……

「そうすれば日本と英国は戦争になる。英国の軍事力を前に、この国が勝つことはないだろう。そうなれば海軍の司令長官や政府の要人などという肩書は何の意味もなさなくなる。日本の至るところが焼け野原になり、国民のほとんどが困窮し、暗黒の時代が訪れる。戦争を引き起こした張本人として山神とこの女……ひいては耳の大きな犬の連中がこの国のすべての人間から怨嗟《えんさ》の視線を浴びせられることになるだろう。そしてこの国が復興を遂げたとき、蒼皇と犬の立場は逆転するのだ。今まで虐げられていた蒼皇が国を動かし、犬の連中は国民すべてから忌避される存在に堕ちる。これほど痛快な未来があるか？」

海龍が凶暴な笑みを浮かべた。

「おまえはここを出たら信仁を捜し、一緒になるのだ。そしてあの子が将来この国を背負って立つ存在になれるよう支えてほしい」海龍が遠い目をして語る。

「大変ありがたいお言葉ではあります。しかし、海軍がここを攻撃せず、踏み込んできたらどうなさる……」

「心配ない。『本殿』の至るところに、いざというときのために大量の爆薬が仕掛けてある。そこの導火線に火をつければ、爆発が連鎖して『本殿』もろとも吹き飛ぶだろう」

「それでも、やはり……わたしは海龍様を置いては……」寧々が首を横に振る。

「わたしはこの女とここで心中する。だが無駄死にではない。たとえ命がなくなったとしても、信仁の胸の中でわたしの存在は永遠に生き続けることになるだろう。そして母親であるわたしを殺すきっかけを作ったこの女を信仁はきっと憎み続ける。そして寧々、おまえとともに信仁は蒼皇の血を後世まで引き継いでいくのだ。これは母親として、蒼皇の長として、信仁のためにしてやれる最後のことだ」

　寧々が涙ぐみながら海龍を見つめている。

「さあ、わかったら早く行くんだ」

「でも……」

「信仁のことをよろしく頼む」

海龍に肩を叩かれ、寧々が手で涙を拭いながら扉に向かう。寧々が部屋を出ていき扉が閉まると、海龍が鈴の前に座った。

「どうして山神に会ったのを知っていたのか不思議なんだろう」

海龍に問いかけられ、鈴は頷いた。

「文子が教えてくれた」

「文子さんが……」落胆が胸に広がる。

「恨むな。幼子を抱えて生きていくのに必死なんだ。あの女には信仁がここから離れるよう協力してもらった。信仁は今頃安全な本土にいるだろう。おまえがこれからわたしとここで心中するとも知らずに」

あらためて死を意識させられ、からだが震えた。手もとを見ながら必死に抑えようとしたが、震えは収まらない。

「死ぬのが怖いか」

鈴は海龍を見た。

「わたしは少しも怖くない。信仁の未来のためなら自ら望んで死を選ぼう。それがおまえたちとは違う我々の血だ」

四十一

「あとどれくらいかかりそうだ」

船首に立っていた新太郎がこちらを振り向いて訊いた。

「本来ならとっくに着いてる頃だ。風がまったくないから船が進まない」海面を見つめて灯は答えた。

先ほどから同じところをずっと漂っている。

「もしかしたら今は行かないほうがいいという神様の思し召しかもしれないな」

新太郎の言葉に、「意外と迷信深いんだな」と灯は苦笑した。

「進まないならここらで腹ごしらえでもしておこう」新太郎が船の真ん中に移り、胡坐をかいた。

灯もしかたないと帆を離れて新太郎に近づく。庄之助も寄ってきて三人車座になって座る。

庄之助が置いてあった大根をつかんでかじりつく。船に乗る前に鬼仙島の畑から失敬したものだ。庄之助から大根を渡され、灯は一口かじると新太郎に渡した。

大根とはこういう味だったのか。

今まで何度も食べてきたはずなのに、こんなにうまいと思ったのは初めてだ。

これから死ぬかもしれないのに、誰かと一緒に食べているからそう感じるのだろうか。

どこからか赤子の泣き声のような小さな音が聞こえた気がして、灯は空を仰いだ。

空耳かと思い視線を戻すと、新太郎と庄之助が顔を見合わせている。

次の瞬間、いきなり強い風が吹きつけ、帆が大きく揺れた。

灯は急いで立ち上がり、縄をつかんで帆を操った。

先ほどまでの様子が嘘のように船が進んでいく。海面の向こうにうっすらと島が見えてきた。

覗いていた双眼鏡から目を離し、新太郎が「あれか？」と訊いた。

灯は頷いた。

「妙な形の島だな」新太郎がそう言ってふたたび双眼鏡を覗く。

『本殿』は周囲を断崖絶壁に囲まれた蟻巣島によく似た島だ。蟻巣島と違うのは大きさが二回りほど小さいことと、船着き場としている洞窟はあるが、中が蟻の巣状につながっていないこと。そして島の上部に二階建ての大きな屋敷を設けていることだ。船着き場から屋敷へは絶壁に設《しつら》えられた階段で行き来する。

灯は庄之助に帆を託して新太郎に近づいた。

「貸してくれ」

新太郎から渡された双眼鏡を覗き込み、灯は首をひねった。多くの船が『本殿』から離れていく。

「どうした？」

新太郎に訊かれ、灯は双眼鏡から目を離した。

「いや……たくさんの船が『本殿』から離れていく。どうしたんだろう……」

「好都合じゃないか。あそこにいる海賊が少ないってことだろう」後ろから庄之助が言った。

たしかにそうではあるが——と思い、はっとした。

英国兵士を処刑するために蟻巣島に運んでいるのではないか。南城は今日の夜だと言っていたが、灯がいないので予定を早めたのかもしれない。

だが——船が向かったのは蟻巣島のほうではない。どういうことだ。

「さっきから何を考えてる」

新太郎に訊かれ、灯はそれらのことを説明した。

「どうする？」今度は灯が訊いた。

「とりあえず『本殿』に行こう。海龍はそこに残っている可能性が高いんだろう。もし、英国兵士を処刑するためにどこかに運んだのだとしたら、海龍を拘束してその場所を吐かせ、交渉の材料にする」

「そうだな」

あれだけの船が出ていったとなれば警備もそうとう手薄になっているはずだ。

『本殿』が目の前に近づいてくると双眼鏡で洞窟の中を窺った。一艘の船もない。

「船はない。進もう」

船が洞窟の中に入っていく。

「武器はそこの箱の中に入っている」

灯は甲板に置いた箱を指さすと、縄をつかんで船から降りた。船が流されないように岩場に固定する。刀を持った新太郎と庄之助が船から降りてくる。

「おまえは？」

庄之助に訊かれ、灯は懐から取り出した拳銃を見せた。

できれば使いたくないが、いざとなれば——

階段に向かって岩場を進んでいると、どこからか呻き声のようなものが聞こえてくる。あたりに目を向けてうろたえた。血まみれになった男が倒れている。近づいていくと、見覚えのある蒼皇だ。たしか江藤《えとう》という名前だった。

「いったいどうしたんですか……」灯はしゃがみ込んで江藤を抱きかかえた。

「あっ、あ……灯さま……まだ、いらっしゃったん……ですか。早くお逃げ……ください……」

「何があったんです」

「蟻巣島が……海軍に……攻め込まれました……仲間が捕まり……おそらく……ここに……海軍がここに……」

「海龍——海龍様は？」

「ここに……おられます……」

海軍が攻めてくるというのにどうして逃げないのだ。

「人質の英国兵士は」

最後の力を振り絞るように頷いた次の瞬間、江藤が口から血を吐いた。

「大丈夫ですか！」

呼びかけたが反応しない。

灯は江藤を寝かせ、手を添えて瞼を閉じさせると立ち上がった。絶壁の階段を上っていき、屋敷の中に入る。まっすぐ牢に向かう。

灯たちが近づくと牢の中にいた英国兵士の数人がざわついた。鍵を取って鉄格子の扉を開ける。外に出るよう促したが、警戒しているのか誰も立ち上がらない。

後ろから異国の言葉が聞こえてきた。庄之助が説明したようで、数人が立ち上がった。体力のある者が動けない者を助けながら牢の外に出していく。

「この人たちを船まで誘導してもらえますか」

灯が頼むと、「おまえはどうするんだ」と庄之助が訊いた。

「海龍のところに行きます」

どうしてここに留まっているのかが気になっている。

「おれも一緒に行こう」

そう言った新太郎とともに海龍の部屋に向かった。いつもは必ずふたりの護衛がいるが部屋の前には誰もいない。

灯は閉ざされた扉の前で立ち止まり、新太郎に目配せして開ける。

四十二

部屋に入った新太郎は目の前の光景を見て血の気が引いた。

頭の中が真っ白になり、思わず隣の灯に目をやった。灯も呆気にとられたように正面を見ている。

「兄さん……」

その涙声に現実に引き戻され、新太郎は視線を戻した。

目の前にいる鈴は椅子に座らされ、からだを紐で縛られている。その背後に鎧を身に着けた人物が立っていて、手に持った刀を鈴の首筋に当てていた。その顔一面が無残に焼け爛れている。

灯を見ると頷きかけてくる。

「おまえが……海龍か」

新太郎が正面に視線を戻して訊くと、「そうだ」と顔の傷跡を引きつらせて言う。

女なのか。

「妹を離せ」

「それはできない」海龍がそう言って灯に視線を向けた。「どうして戻ってきた」

灯は何も言わず、じっと海龍を見つめている。

「信仁——すぐにここから立ち去れ。もうすぐ海軍がここを攻めに来る。おまえを死なせるわけにはいかない」

信仁とは誰だ。

意味がわからないまま見つめていると、海龍が鈴から離れ、灯に近づいていく。

「鈴を放してください。そうしたらここから立ち去ります。お願いします」

海龍は灯に気をとられているようだ。

今しかないと、新太郎は刀を構えて海龍の横から斬りかかった。次の瞬間、左の太腿《ふともも》に鋭い痛みが走り、膝をついた。目を向けると太腿に小刀が突き刺さっている。海龍が投げたのか。

いったいいつの間に……

海龍はこちらにいっさい目を向けることなく灯を見つめたままだ。

痛みをこらえながら新太郎は鈴のもとに這って進んだ。

「兄さん……ごめんなさい……」

新太郎は椅子に手をかけ上半身を持ち上げると、鈴のからだを縛りつける紐に刀を添えた。

今度は右肩に激しい痛みが走る。小刀が刺さっている。

「やめてください、お母さんッ！」

その声にはっとして、新太郎は灯を見た。

灯が銃口を海龍に向けている。

「お母さん……？」

どういうことだ。一瞬考えたが、すぐに思い直して刀を握った手を動かす。

「灯――おまえにわたしが撃てるのか？　血を分けた母親を自分の手で殺せるというのか？」

何とか鈴の紐を断ち切り、新太郎は灯たちのほうに目を向けた。海龍がこちらに向かってくる。新太郎と鈴の前まで来て刀を振りかぶる。

「やめろ！」

絶叫のすぐ後、カチッという乾いた音が響いた。

新太郎は目の前の海龍から灯に視線を移した。灯は海龍の背中に銃口を向けてさらに引き金を引くが、カチッ、カチッと音がするだけだ。

不発だ。

くぐもった笑い声が聞こえ、海龍を見上げた。こちらを睨みつけていた海龍に手を蹴り上げられ、持っていた刀が部屋の隅まで飛んでいった。

「おまえは……わたしよりもこいつらを選んだというのか。母親よりも忌まわしき犬たちを……！」

咆哮《ほうこう》のような叫び声を上げると、海龍がこちらに背を向けて灯に近づいていく。

「もはやおまえなどいらぬ！」

なおも銃口を向けて引き金を引く灯を海龍が蹴り倒した。倒れた灯の前に仁王立ちし、

「死ね」と海龍が刀を構える。

次の瞬間、新太郎を押しのけて鈴がそちらのほうに駆け出していった。

新太郎も立ち上がり、鈴の後を追った。だが鈴の背中に追いつけない。海龍が刀を振り下ろすのが見え、視界に血しぶきが舞った。

「鈴――！」

新太郎は叫びながら海龍に体当たりした。もつれながら海龍と床に倒れる。すぐに刀を持った右手をつかみ、もう片方の手で首もとを絞めつけ、海龍の上半身に乗った。

新太郎は海龍から鈴に視線を向けた。灯のからだに覆いかぶさった鈴の背中から流れた血が床に広がっていく。

「鈴――！」灯がからだを起こし、鈴を介抱する。

視線を戻すと、海龍が鈴のほうを見ている。

「犬が蒼皇のために……ありえない……」

「鈴――！　鈴――！　しっかりしろ！　死なないでくれ！」

灯の叫び声を聞きながら、新太郎は目の前の海龍を睨みつけた。激しい憎しみが胸の中で暴れ回っている。

海龍が視線を合わせ、顔を引きつらせて笑う。

「わたしが憎いだろう。殺せ」

その言葉に導かれるように、新太郎は海龍の首もとを絞めつけていた手を放した。肩に突き刺さった小刀を一息に引き抜く。

海龍の顔めがけて振り下ろそうとしたときに鈴の声が聞こえ、寸前のところで手を止める。

新太郎は鈴を見た。鈴も弱々しい眼差しでこちらを見つめている。

「やめ……て……殺しては……だめ……」

新太郎は奥歯を噛み締めながら海龍に目を向けると、顔のすぐ横の床に小刀を叩きつけて立ち上がった。足を引きずりながら鈴と灯のもとに向かう。

「鈴——鈴——しっかりしろ！」灯が鈴に向かって叫ぶ。

「とにかくここから出よう。鈴を頼めるか」

灯が頷いたとき、背後に気配を感じて新太郎は振り返った。

海龍が立ち上がり、こちらを睨みつけている。手には刀を握ったままだ。

まだやり合おうというのか。そう思いながら見据えていると、海龍が握っていた刀を床に放った。

「早くここから立ち去れ。おまえたちに十分だけくれてやる」

「十分とはどういう意味ですか」灯が海龍に訊く。

「山神に捕らえられるぐらいなら自ら死を選ぶ。あと十分でこの屋敷もろともわたしは消えてなくなる。それが蒼皇としての最後の誇りだ」

じっと海龍を見つめていた灯が口を開いた。

「わたしは……あなたとは違う死にかたを考えます。自分の誇りにかけて」

海龍から視線をそらすと、灯は鈴を抱きかかえて「行こう」とこちらに目配せした。新太郎は海龍を一瞥し、灯とともに部屋を出た。足を引きずりながら灯の後に続き廊下を進んでいく。

絶壁の階段を下りていると、からだに妙な振動を感じて新太郎は海を見た。

すぐ目の前まで三隻の軍艦が迫っている。耳をつんざく轟音が聞こえた後、激しい衝撃があった。軍艦が発射した砲弾が少し離れたところの岩肌をえぐる。

「攻撃を止められないのか！」灯が叫んだ。

「無理だ。ここにいるのがおれだとわかれば、さらに狙われるかもしれない」

山神にとって今の自分は邪魔な存在だ。

その後も砲撃が続く中、灯が抱えた鈴を支えながら新太郎は階段を下りた。激しい振動に階段から振り落とされそうになりながら、何とか下までたどり着き、洞窟の中に入る。

「いったいどうしたんだ！」

灯に抱きかかえられた鈴に気づいたようで、船の上から坂本が驚いたように叫んだ。

何も言葉を返せないまま灯と協力して鈴を船に乗せる。二十人近い英国兵士でぎゅうぎゅう詰めの中、新太郎と灯も船に乗り込む。しばらくしても砲撃の音が止む気配はない。頭上から小石が降り注ぎ、洞窟のすぐ外に大きな水柱が上がる。船に乗っている全員が頭を抱えて振動に耐えている。

「どうする！」船尾から坂本の叫び声が聞こえた。

「ここから出たら英国兵士を認識される前に撃たれるかもしれない」新太郎は叫び返した。

「だけどこのままじゃ洞窟自体が崩れるかもしれない」

新太郎は顔を上げてあたりを見回した。さらに振動は激しくなり、頭上から落下する石も増えていく。たしかにこのままここに留まっていても危険だ。

「行こう！」

新太郎の叫び声を合図に、船尾にいた坂本が長櫂を岩場に押しつける。だが、船は動かない。乗っている人が多くて坂本ひとりの力では勢いがつかないようだ。

新太郎は鈴のもとを離れて船尾に向かうと長櫂を手にした。坂本とふたりで長櫂を岩場に押しつけて力を込める。ようやく船が動き出した。

もうすぐ洞窟を抜けるというときに一際大きな振動があった。頭上に目を向けると、大きな岩が剥がれ落ちそうになっている。このままでは船に直撃するかもしれないと感じ、急いで長櫂を操ったが船は止められない。

「危ない！」

岩が落下するのを見て叫んだ瞬間、船首のほうで横たわっている鈴に灯が覆いかぶさった。灯の肩のあたりに直撃した岩がそのまま海に吸い込まれる。

「大丈夫か！」

新太郎は叫んだが、鈴に覆いかぶさったまま灯は動かない。

「このまま進むしかない！」

坂本の声に、新太郎は必死に長櫂を操る。洞窟を出てすぐのところで大きな水柱が上がり、船が大きく傾く。

かろうじて船が水平になると、数人の英国兵士が立ち上がって撃つなと手を振った。だが砲撃はやまない。大きな波に煽られて何人かが船から海に投げ出される。

三隻の中で一番近い距離にいる軍艦『白山』が進路を変えた。大砲をこちらに向けるつもりだ。

何とか『白山』の船尾に回り込もうと坂本とふたりで長櫂を動かすが無理だ。『白山』の砲口が真正面に見える。

これまでか——

天を仰ぎそうになったとき、風を切る音が頭上をかすめる。

暫《しば》しの静寂の後、『白山』の側面の海面に一際大きな水柱が三つ続けざまに立ち上った。他の二隻の軍艦の側面にも水柱が上がる。三隻の軍艦が進路を変えてこちらから離れていく。

新太郎は反対側に目を向けた。複数の軍艦がこちらに向かってくるのが見えた。

「服部……助かった……」こちらに近づいてくる援軍を見つめながら新太郎は呟いた。

新太郎は立ち上がり、船首のほうに向かった。鈴のからだに覆いかぶさる灯を見ると、あたりに血だまりができている。着物の上からでも右肩から下の腕がつぶれているのがわかった。

灯の上半身を支えて鈴の横に仰向けに寝かせる。灯は弱々しい目を天のほうに向け、からだを小刻みに震わせている。

「鈴……もう大丈夫だ。家に帰ろうな」

新太郎の呼びかけに鈴は何も答えない。目をつぶり、口もとにうっすらと笑みのようなものを浮かべている。

ただ眠っているだけだ。そうだよな。疲れたもんな。

そう心の中で念じながら袖口で涙を拭う。

ふいに、頭上から爆発音が響き、新太郎は見上げた。

先ほどまで自分たちがいた屋敷が燃え盛っている。さらに二度、三度と爆発が続き、天に向かって黒煙を上げた。

新太郎は鈴と灯に視線を戻した。

蒼白な顔で灯がすぐ隣にいる鈴を見ている。小刻みに震える左手をゆっくりと動かし、鈴の手に触れる。気力を振り絞るようにして口もとを動かしているが、何を話しているのか聞こえない。

「どうしたんだ？　何を言いたいんだ？」

新太郎はしゃがみ込んで、虫の息の灯の口もとに耳を近づけた。

か……た……つむ……り……

そう聞こえた。

林道を抜けると、灯は目の前に広がる光景をしばらく見つめた。

苦い思いとともに懐かしさが胸の中に広がる。

ずっと忌避していた場所だった。同時に自分にとってかけがえのない場所でもある。

鈴と過ごした遠い昔の日々を思い返しながら、山裾に広がる村に向かった。

近づいていくごとに胸に不快感がこみ上げてくる。だが、昔感じたほどではない。

何人かの村人と顔を合わせたが、誰も灯に奇異な目を向けることはない。もしかしたらその中には昔自分を避けていた人物もいるかもしれないが、今は愛想のよい笑みを浮かべ、畑仕事に精を出したり、すれ違ったりしていく。村に点在する民家はあの頃に比べて倍近くに増えたようだ。

一軒の家の前にたどり着き、灯は左手で戸を叩いた。しばらくすると戸が開き、女性が出てきた。自分と同世代に思える耳の大きな女性に見つめられ、どぎまぎする。

何も言えずにその場に立ち尽くしていると、「もしかしたら灯さんですか？」と女性に問いかけられた。

灯が頷くと、女性が目じりを下げて「上がってください」と家の中に促した。

「今診察中なのでちょっとお待ちください」

座敷に入ると老婆が座っていた。女性に勧められた座布団の上に灯は腰を下ろし、向かい合わせに老婆のからだを触診している着物姿の男の背中を見つめる。

ここからでは顔は見えないが、老婆に話しかける優しげな声は間違いなく新太郎のものだった。

新太郎と別れてから十四年の月日が経っていた。

『本殿』の洞窟から脱出したときの記憶はほとんどない。落下してきた岩が自分に直撃して意識をなくし、それからのことは人づてに聞いた。

灯たちを乗せた黒衣船は、服部という新太郎の同期の叔父から電信を受けた佐世保鎮守府の軍艦に保護されたという。重傷を負っていた灯はその後病院に運ばれ治療を受けた。何とか一命は取り留めたものの、肩から下の右腕は治療するのは困難で切断した。三ヵ月間の療養の後に警察に引き渡された灯は取り調べで自分が犯してきた罪について正直に話した。

人を殺めてしまったことも含めて。

死罪になることも覚悟していたが、そうはならなかった。

自分の弁護をした代言人の話によれば、人質となった英国兵士が、自分たちを救出するために灯が命がけで尽力したことを挙げ、新太郎が寛大な措置を求める嘆願を裁判所にしてくれたという。

集治監《しゅうじかん》に入れられた灯のもとに新太郎は定期的に手紙をくれた。そこには海軍を辞めて医者を志したことや、迷った末に子供の頃に住んでいた村に戻り、父親の墓の隣に鈴の遺骨を納めたことなどが綴《つづ》られていた。

また、呉鎮守府の司令長官だった山神は海軍治罪法にかけられ、重罪として裁かれたことも新太郎の手紙で知った。

「風邪のようですね。薬を出しておきましょう」

新太郎はそう言って立ち上がると、棚の引き出しから取り出した薬を老婆に渡す。ちらっとこちらと目が合った。

「先生、今日は差し上げられる物が何もなくて……」老婆が申し訳なさそうに腰を折る。

「気にしないでください。いつも野菜をいただいている。ここに持ってくる物があったらそれで栄養をつけてください」

「ありがとうございます」

恐縮しながら部屋を出ていく老婆を見送ると、新太郎がこちらに顔を向けた。無精ひげを蓄えた頬を緩める。

「やっと来たか。待ちかねたぞ」

「ああ……」灯は立ち上がって新太郎に近づいた。

「手紙をくれないから心配してた。もしかしたら死んでしまったのではないかと」

牢の中ではずっとそのことを考えていた。鈴のいない世界で生きていても意味がないと。ただ、いつか直接新太郎に会って言わなければならないことがあると、その思いだけで今まで生きてきた。

だけど、ようやく新太郎を目の前にしたというのに何も言葉が出てこない。

「先生――節《せっ》ちゃん、いる？」

声が聞こえて、灯は縁側に目を向けた。小さな男の子が庭からこちらを見ている。男の子と目が合って驚いた。蒼い目だ。

「家にいないな。裏の林で遊んでるんじゃないか」

新太郎が答えると、男の子が笑って駆け出した。男の子の姿がなくなると、灯は新太郎に目を向けて「海の……？」と思わず呟いた。

「ああ。四年ほど前だったか、往診で違う村に出かけたときに道端で野宿していた親子と知り合った。住むところがないと言うのでこの村に来たらどうかと勧めたんだ」

「そうか……」

「とりあえず行こうか。鈴が待ってる」

新太郎が縁側にあった草履を履いて庭に降り立った。灯も後に続く。しばらく歩いていくとふたつの墓石が見えた。

新太郎が足を止めた。灯を振り返る。

「鈴に会ってきてやってくれないか」

新太郎に声をかけられ、灯は近づいていく。墓石の前でひざまずき、目を閉じて、左手で合掌する。

鈴――おれのために――すまない――

心の中で何度も詫びた。だが、最後に別れたときのように鈴は何も答えてくれない。

ゆっくりと瞼を開けると、墓石に引っ付いている一匹のカタツムリが目に留まった。

もし、鈴とふたりきりで生きられるなら……人間じゃなくてこいつらのほうがいい――

鈴の姿を最後に見たときもそう願った。

そこにいるのは鈴なのか？

灯は手を伸ばしてカタツムリに触れた。

もし自分が死ねば、ここでまた一緒にいられるのだろうか。

悲しみも、憎しみも、争いもない場所で。

「来てくれてありがとう。鈴も喜んでいるだろう」

その声に我に返り、灯は振り返った。立ち上がり新太郎に近づいていく。新太郎の目の前で立ち止まった。

「ずっと言いたかった。すまない……おれのせいで鈴は死んでしまった」

こちらをじっと見つめ返していた新太郎が首を横に振った。

「違う。鈴はおまえのせいで死んだんじゃない。おれとおまえを生かすために……生きたんだ。おれとおまえを正しい場所に導くために人生を捧げてくれた」

胸の底から激しい感情がせり上がってくる。灯は顔を伏せて、必死に涙を堪えた。

どこからか、子供たちのはしゃぎ声が聞こえる。

「節、毅《たけし》、あまり遠くに行っちゃだめだぞ」

新太郎の声に、灯は顔を上げた。手で涙を拭いながら声のするほうを見る。

先ほどの男の子と耳の大きな女の子が手をつなぎながら楽しそうに駆けている。

「なあ、この村で暮らさないか？」

その声に、灯はふたりから新太郎に視線を戻した。

新太郎がじっと見つめてくるが、灯は何も言えずにいる。

ここが自分のいるべき場所なのかわからない。

「人を差別するような人間はもういない。実は……軍医として召集された」そう告げた新太郎の表情が翳る。

ここに来るまでの道中で、この十四年の間に時代が大きく激変したのをまざまざと見せつけられた。

露西亜《ロシア》という途轍もなく大きな国と日本は戦争を始めたのだ。

これから戦地に赴く軍人たちが誇らしげな顔で行進する姿を街中で見かけた。その中には同じ軍服を着た目の蒼い若者と、耳の大きな若者が数人含まれていた。

この国には以前のような海族と山族の争いはもうないようだ。だが、争う相手が変わっただけで同じ人間同士の殺戮はこれからも続くのだろう。

「おれだけではなく、村の男たちの何人かも軍人として召集された。男手が少なくなるから、おまえがここにいてくれれば助かる」

「戦地に行くのか？」信じられない思いで灯は言った。

新太郎からの手紙には、これ以上人を傷つけたくないから医者を志したと書いてあった。

「召集に抗うことはできない。だが、戦地に行ったら思い切り抗うつもりだ」

「どういうことだ？」

「おれはそこでひとりでも多くの人間を救う。たとえそれが敵であっても。自分の命が尽きるまで、鈴が願っていたことを胸に刻んで生きていく。もう誰も傷つけない」

鈴が願っていた争いのない世界――

そうだ。自分もまだ死ぬわけにはいかない。

どうすれば鈴が願っていた世界にできるのか、右手をなくした自分にどんなことができるのかわからない。でも、それを果たすためにこれからの人生を捧げたい。

この海が大地だったらいいのに――

ふいに、鈴の言葉が脳裏をかすめた。その思いが胸の中で膨らむ。

海を大地にすることはできない。だけど、もうひとつの望みは叶えられるかもしれない。

いや、絶対に叶える。

それが鈴に生かされた自分の使命だ。

「おれも鈴の願いを胸にこれから生きていく。ここではないどこかで」

ここを出たらまずは鬼仙島に行ってみよう。鈴がそこで触れた大切なことを自分も感じるために。

そして――

「暫《しば》しのお別れだな」新太郎がそう言って笑いかけながら左手を差し出してくる。

灯は新太郎をじっと見つめ、その手を強く握り返した。

（了）

見つけた水辺でひとしきり遊んだ少年が、男のところに戻ってきた。

「これ、カタツムリ。ひさしぶりに見たよ」

葉の裏にいたのだという。殻の渦巻を指でなぞってしまう。

「生まれた時から螺旋を背負ってるんだよな」

「へえ」少年は関心なさそうに答えた。シャツから垂れる水があちこちから滴っている。

男は視線を上げる。二十メートルほど離れた場所に、女たちがいた。

乗ってきたエアスクーターがいよいよ燃料切れで、そこから乾き切った土地を何日も歩き、ここに辿り着いた。ほぼ同じ時に、彼女たちも、反対の方角からやって来たのだ。少女と犬と一緒だった。トーキョー跡地から来たのだろうか。

「どうして、仲良くしないの？」少年が言ってくる。

ほかの人に会うのは久しぶりだった。最初、男は驚きつつも興奮し、挨拶を交わした。自分たちの帰る街はすでになく、高層のビル群もことごとくが崩れ、半壊しており、ともに暮らすべき人もいなかった。一緒に行動するのも悪くない、という思いも頭をよぎった。女のほうも笑顔を見せた。少女は、少年に近寄ると、その昔、クジラが大量の水を噴き出し、数十万冊の本をまき散らした話を、おとぎ話を語るように話した。トーキョーがあった時の物語だろう。しばらく子供たちと犬は、水遊びをしていた。

ぎくしゃくしたのは、男の目が青く、女の耳は先がとがり大きいことにお互いが気づいたからだ。

二人は表情を強張らせ、挨拶を交わした時とはうってかわり、警戒するように離れた。

「海と山だから」男は、少年に言った。古くから伝わる都市伝説で、前世紀には、科学的な根拠も見つかった。トーキョーがなくなった一因が、海と山の血筋にあるとも聞いた。

「一緒にはいないほうがいい」

「何で」

「ぶつかり合うからだ」

「いい人そうだよ」

男は答えなかった。

「出発しよう。水、できるだけ持っていく」男は、少年に言う。もう一度、視線を上げれば、女たちがこちらを見ていた。

「もっとここで休んでいたかったけれど」

一緒にいないほうが、近くにいないほうがいいんだ。男は自らに言い聞かせるようにし、歩きはじめる。

おおる。おおる。おおる。

どこからか奇妙な赤ん坊の泣き声が聞こえた。どこで？　とあたりを見渡してしまう。

「どこかで生まれたのかな。子供」

「ほかに人がいるようには思えない」

男は、少し前に、海と山のあいだで子供が生まれた、という話を思い出した。

そんなこともあるのだろうか。

少年が、少女に向かって、手を振っている。はじめは遠慮がちに、そのうち大きく。「これくらいはいいでしょ？」と男を見た。

男は、ふっと笑みを浮かべて、大きくうなずく。ぶつかり合う決まりだとしても、やり方はある。

少女も手を振り返していた。

——海と山の伝承「螺旋」より

巻末座談会　八作家が語る、〈螺旋プロジェクト〉のこれから

二〇一六年から一八年にかけて、中央公論新社創業一三〇周年記念小説誌「小説ＢＯＣ」に連載された、〈螺旋プロジェクト〉。八作家九人による同時進行の共作という文芸史上初の企画は、小説家たちにどんな影響を与えたのか。二一年六月、螺旋メンバーの作家たちが集結。コロナ禍がもたらした心境の変化、〈螺旋プロジェクト〉が示した小説の在り方などについて話を聞いた。（構成／編集部）

シークレットイベントでの記憶

――〈螺旋プロジェクト〉は「小説ＢＯＣ」での連載終了後、二〇一九年三月から七月まで、各作品を単行本として連続刊行しました。刊行終了時には、抽選で選ばれた読者を

招いたシークレットイベントも開催しました。

朝井　普通なら終わってみてどうだったか、とかを語る場だったと思うんですが、私はみなさんのご協力を得て、だいぶおかしな事ばかりしてしまいました。冷静に振り返って、あのとき、みなさんどう思っていました？（笑）

天野　伊坂さんが一番嫌がっていた記憶があります。

伊坂　僕はイベントが苦手なので、本当に辛かった。でも、いい思い出ですよ。朝井さんに「仙台で一番金持ち」って言われたり（笑）。信じる人がいたらどうしよう、と怖かったです。

大森弟　入場時に、朝井さんがピアノで「ラ・ラ・ランド」の替え歌で全員を紹介して、その歌詞だったんですよね、「仙台で一番金持ち」って。

天野　あれ以来、あの曲を聴くと朝井さんの顔が浮かぶようになりました。

薬丸　僕は入場時になぜかくるっと一回転した記憶があります。

乾　私はリコーダーを吹いて、澤田さんの誕生日をお祝いしました。（偶然にもイベント当日は澤田さんの誕生日）

大森兄　僕は昔、コンパの最中にお漏らしをしたことを暴露されました。

一同　（笑）

朝井　珍妙な記憶がいっぱいで素敵。私は本当は文士劇をやりたかったんですが、伊坂さんに「そういうことをやりたくないから小説家になったんだ！」と期せずして小説家になった理由を明かされたので、諦めました。

伊坂　朝井さんから「ふざけたい、とにかくふざけたい」というメールが届いて、もうどうしたらいいんだと頭を抱えていた記憶があります……。

三年ぶりに会うメンバーの近況は？

――こうして一堂に会するのは前述のシークレットイベント以来なので、約三年ぶりになります。みなさんの近況はいかがですか？

伊坂　最後にみなさんに会った半年後に新型コロナウイルスの流行がはじまり、それからは外に出る機会もめっきり減りました。先月、久しぶりに地元を出て、東京のホテルに宿泊したんですが、部屋の照明のスイッチが三十分探しても見つからなかったんです。そうしたらベッドの横のタブレットで全て操作するシステムになっていて。知らぬ間に時代が変わっていました。というかあのホテルだけなのかな。

朝井　僕は自宅でニンテンドースイッチのゲーム「リングフィット アドベンチャー」をやっています。リング型のコントローラーを使って運動しながらステージをクリアしていくシステムで、プレイ中はリングのキャラクターがアドバイスをしてくれるんです。

ボスキャラは筋骨隆々なドラゴンの姿をしていて、このリングとドラゴンはもともと友人という設定です。ふと思い立ってこの二人の二次創作があるか調べてみたところ、とんでもない数が作られていて、何にでもカップリングの楽しみを見つけられる、人間って生き物はすごいなと感じました。

天野　先日（二二年六月七日）行われた井上《いのうえ》尚弥《なおや》とノニト・ドネアのボクシング三団体王座統一戦の観戦記を依頼され、現地に行ってきました。本当に歴史的な試合だったんですが、試合開始から四分くらいで井上選手がＴＫＯ勝ちしたので、観戦記といっても書くことが全然なくて困っています。

乾　私はペンネームの由来が「犬いるから」で乾ルカなんですが、相変わらず飼い犬中心の生活を送っています。犬の脚が悪くなってしまって手術をしましたが、最近はだいぶ元気になってくれたので、散歩が楽しみになりました。

薬丸　僕も最近犬を飼いはじめました。ミニチュアピンシャーという、小さなドーベルマンのような見た目の犬種です。僕も妻も犬を飼うのは初めてだったんですが、とってもおてんばで困ってしまって。調べたら「初心者が飼ってはいけない犬」という記事が出てきました。いまや毎週トレーナーさんに来てもらって……。でも本当に可愛いので、これからは著者近影を求められたら犬の写真を渡そうと思っています。

澤田　私は自宅で猫を飼っているんですが、ＮＨＫの「ネコメンタリー」から取材が来ました。コロナ前は取材班が家に来ていたのが、いまはカメラが二台自宅に届いて、自分で映像を撮りためてはテレビ局に送り、指示を受けてはまた撮って、という繰り返しでした。それから最近、棚田のオーナーになって稲作を始めました。先週、田植えに行ってきたばかりです。

吉田　うちにも野良猫がよく遊びに来ていたんですが、コロナ前に息を引き取ってしまいました。僕たちの前で亡くなったので、信頼してくれていたんでしょうね。ところで不思議なんですが、自分にとって記念となるできごとが起こるときは、世界が騒然としているときなんです。デビューが9・11の年で、デビュー十周年は3・11の年、二十周年がコロナの年でした。

大森弟　とにかく、時が経つのが早く感じますね。三年前、単行本化の作業をしていたころは子どもを保育園に行かせられるかどうか、大変な時期でした。保育園の抽選が厳しかったので、『ウナノハテノガタ』の出版証明書を作ってもらったり、小説を書くのがいかに大変かをアピールした記憶があります。そんな子どもも無事卒園して、いまは小学一年生になりました。

大森兄　僕は四十肩になりました。子どもをくすぐっていたら、はしゃいだはずみに蹴られて、それから肩が上がらなくなってしまって。痛みに調教されるように肩の可動域が狭まって、肩を上げることが少なくなったら、今度は脇のあたりが匂うようになって、気になって脇をごしごし洗っていたらイボができて、何というか……バタフライ効果が……。

一同　（爆笑）

伊坂　相変わらずエピソードトークが独特すぎる……。弟さん、お兄さんはいつもこんな感じなんですか？

大森弟　はい。通常運転です。

コロナ禍が変えた作家の在り方

――コロナ禍を経て、小説の書き方に変化はありましたか？

伊坂　アイデアがぜんぜん浮かばなくなりましたね。出歩かないと、浮かんでこない。いままでは編集者との雑談も刺激になっていたんですけど……。

天野　僕は名古屋在住なんですが、こっちに編集者が来られなくなりました。この二年の間にある出版社の担当編集が人事異動になって、新任の方から「コロナが明けたら挨拶に行きます」とメールをもらいましたが、またその人も異動になったことがありました。まだ顔すら見ていなかった。

朝井　脳が閉じちゃった感じがあります。解決の糸口もなくて、今までのように戻るとも思えないし、どうなっていくんだろう。それより文庫巻末に、こんな暗い話が収録されて大丈夫だろうか……。

吉田　僕は閉塞的な状況の時に、いかに楽しみながら仕事をできるかを考えていました。確か澤田さんの twitter で見たのかな。「もし外出禁止令が出たらメンバーを募ってオンライン版『デカメロン』をやりたい」って。

澤田　はい、コロナの流行が始まった頃にツイートしました。

吉田　こういうときだからこそ物語を作る者として、長いものではなくても、公開しなくてもいいから、物語をたくさん作っておくとか、そういう風に頭を切り替えて。日記をつけるような感覚で、毎日すごく短いお話を作っていました。

乾　吉田さんってコロナ前は、外に出ていろんなところで執筆するっておっしゃっていましたよね。駅の中とかでも。

吉田　そう。でも外ではもう難しくて。家の中でできる一人遊びとして始めてみました。『デカメロン』や『千夜一夜物語』みたいなものを自分が書くとは思っていなかったけど。

〈螺旋プロジェクト〉が示した新たな小説のかたち

——プロジェクトの誕生から十年が経ち、文庫化となりましたが、改めて振り返ってみていかがですか？

伊坂　僕は満足でした。自分以外の作家さんの創作の仕方を見ることができて良い経験になりました。イベント以外は。（笑）

大森弟　始まるまではとにかくどんな人が来るのか怖くて、兄弟で架空の偉い作家さんのものまねをしながらシミュレーションしたりしていました。でもいまはこんなに温かい雰囲気でお話しできているのが嬉しいです。

朝井　最年少の若輩者として参加して、先輩方によくしていただいたおかげで、最後まで走ることができた気持ちです。大変でしたが、編集部のみなさんもまたやりたいと思えるものを作れたのなら、とても嬉しいです。

天野　大変だったという印象が強いんですが、連載も完走して、イベントもこなして、これを経験したら、もうどんなむちゃくちゃな企画が来ても大抵大丈夫だろうと思えますね。

乾　私は企画に参加させてもらってメリットしかなかったです。私が住んでいる北海道は、作家は何人もいるんですけど、広いのでなかなか集まれない。こうやってみなさんとお会いできるのは、貴重な経験でした。特に連載が始まった一六年は日本ハムが優勝もしましたし、最高の思い出です。

澤田　作家だけでなく、立ち上げの時から編集部のみなさんも試行錯誤してくれたのが印象的です。作品についてももちろんですが、たとえば会議の時の昼食でも、最初の打合せではお弁当の用意があったけれど、後ろに座っている編集者さんは食べていない。それじゃあこっちも食べられないよ、と思っていたら、次回は社員食堂でみんなでご飯を食べるようになったり。編集部も含めて、チームとして仕事ができた楽しい思い出です。

薬丸　作品作りに関しては慣れないことが多くて大変でしたけど、会議やイベントは本当に楽しかったです。誰かと登場人物を共有して物語を作るなんて、この企画に参加してなければ考えもしなかった。

吉田　振り返ってみると、この企画について不快に感じることが一ミリもなかった。僕はブックデザインもしているので、いろんな作家さんとチームで仕事をすることがありました。でもやはり、このメンバーが集まったことが特別だったと思います。もう一回やるかと聞かれたら、僕は「このメンバーならやる！」と即答できる。

朝井　嬉しい言葉ですね。

吉田　この企画が珍しいのは、物語の時間軸が縦になっているから、読者からするとリレー形式で執筆しているように見えるけれど、実際は同時に連載開始して同時に終了するという、「併走」で書いているということ。これは世界的に見ても例がないのではないでしょうか。一冊ずつになると、この感覚が伝わりにくいのが残念ですが、読者の方には、作家が同時に書いていたということも意識して読んでみてほしいですね。小説の技術的なことだけでなく、こうやってみんなで集まって話したりして、それぞれの人となりに影響を受けたこと自体が、楽しくできた所以《ゆえん》じゃないかなと思うんです。

伊坂　めちゃくちゃありがたいです。今日来てよかった……。

「八作家が語る、〈螺旋プロジェクト〉のいままで」は大森兄弟『ウナノハテノガタ』巻末付録でお楽しみください。

口絵デザイン　bookwall

初出　『小説ＢＯＣ』創刊号～十号（二〇一六年四月～二〇一八年七月）
単行本　二〇一九年五月　中央公論新社

中公文庫

蒼色《そうしょく》の大地《だいち》

2022年11月25日　初版発行

著　者　薬《やく》　丸《まる》　岳《がく》

発行者　安部順一

発行所　中央公論新社
〒100-8152　東京都千代田区大手町1-7-1
電話　販売　03-5299-1730　編集　03-5299-1890
URL https://www.chuko.co.jp/

DTP　ハンズ・ミケ
印　刷　大日本印刷
製　本　大日本印刷

Published by CHUOKORON-SHINSHA, INC.
Printed in Japan　ISBN978-4-12-207287-9 C1193

各書目の下段の数字はＩＳＢＮコードです。978－4－12が省略してあります。

中公文庫既刊より

お-87-1
アリゾナ無宿
逢坂　剛
時は一八七五年。合衆国アリゾナ。身寄りのない一六歳の少女は、凄腕の賞金稼ぎ、謎のサムライと賞金稼ぎのチームを組むことに⁉〈解説〉堂場瞬一
206329-7

お-87-2
逆襲の地平線
逢坂　剛
〝賞金稼ぎ〟の三人組に舞い込んだ依頼。それは十年前にコマンチ族にさらわれた娘を奪還してほしいというものだった……。〈解説〉川本三郎
206330-3

お-87-3
果てしなき追跡（上）
逢坂　剛
土方歳三は箱館で銃弾に斃れた――はずだった。一命を取り留めた土方は密航船で米国へ。友を、そして記憶を失ったサムライは果たしてどこへ向かうのか？
206779-0

お-87-4
果てしなき追跡（下）
逢坂　剛
西部の大地で離別した土方とゆら。人の命が銃弾一発より軽いこの地で、二人は生きて巡り会うことができるのか？　巻末に逢坂剛×月村了衛対談を掲載。
206780-6

お-87-5
最果ての決闘者
逢坂　剛
記憶を失い、アメリカ西部へと渡った土方歳三を狙うのは、女保安官と元・新選組隊士。大切な者を守り抜き、失った記憶を取り戻せ！〈解説〉西上心太
207245-9

と-25-43
バビロンの秘文字（上）
堂場瞬一
カメラマン・鷹見の眼前で恋人の勤務先が爆破。彼女が持ち出した古代文書を狙う、ＣＩＡ、ロシア、謎の過激派組織――。世界を駆けるエンタメ超大作。
206679-3

と-25-44
バビロンの秘文字（下）
堂場瞬一
激化するバビロン文書争奪戦。鷹見は襲撃者の手をかいくぐり文書解読に奔走する。四五〇〇年前に記された、世界を揺るがす真実とは？〈解説〉竹内海南江
206680-9

中公文庫

螺旋プロジェクト

大森兄弟　原始　『ウナノハテノガタ』

澤田瞳子　古代　『月人《つきひと》壮士《おとこ》』

天野純希　中世・近世　『もののふの国』

薬丸岳　明治　『蒼色《そうしょく》の大地』

乾ルカ　昭和前期　『コイコワレ』

伊坂幸太郎　昭和後期・近未来　『シーソーモンスター』

朝井リョウ　平成　『死にがいを求めて生きているの』

吉田篤弘　未来　『天使も怪物も眠る夜』

特報

螺旋プロジェクト 第2弾
始動

参加作家

伊坂幸太郎

武田綾乃

月村了衛

凪良ゆう

町田そのこ ほか